JN306549

# パンク侍、斬られて候

町田 康

角川文庫
14436

街道沿いの茶店に牢人《ろうにん》が腰をかけていた。

晴天であった。

牢人は茶碗を手に持ち往来の人を放心した人のように眺めていたが静かに茶碗を置いて立ち上がると、茶店に面して道幅が円形に広がった広場のようになったあたりに生えた貧相な三本の松、その根元の自然石に腰掛けて休息している巡礼の父娘に歩み寄った。

六旬まりの父はもう足腰も相当に弱っている様子で或《ある》いは疝気《せんき》でも患っているのであろうか、腰を押さえ苦しそうにへたばっている。また娘の方はというと年の頃十七、八、健康そうで器量もよろしく、年老いた父を甲斐甲斐しく世話しているのであるが、娘が一方的に父の面倒をみるわけにいかぬというのは娘が盲目であったからである。

父は患っていて娘は盲目。このような境遇をはかなんでふたりは巡礼の旅に出たのであろうか。

親子の前で立ち止まった牢人は、にた。と笑った。妙であった。にこ。ならよい。しかし彼は、にた、と笑ったのである。いったいぜんたいどうしたのだろうか、と巡礼の父娘が思う間もない、牢人は抜く手も見せずに大刀を振りかざすと、ずば。父親の右肩から左脇にかけて袈裟懸《けさが》けに斬りつけた。

ぎゃん。父親は右手をかざしつつ後方に倒れた。頸《けい》動脈が切れ、噴水の如くに血液が噴出、返り血を浴びるのを避けたのか、牢人は一尺飛び下がって肩に刀を担いで腰を沈め傲《ごう》然《ぜん》とした。

父親はひくひく痙攣《けいれん》して出血が夥《おびただ》しく、もはや命が助かる見込みはない。目が見えないながらも異変を察知した娘もただ取りすがるばかりでなにもできない。

なんという無茶苦茶なことをするのであろうか。いきなりなんの罪科もない巡礼の父娘をたたき斬る。こんなことが許されるのか。

茶店界隈《かいわい》には随分と人がいた。茶店の主の他、人足風の男たち。行商人風の男。角兵衛獅子《じし》。鳥追い。その他有象無象群衆民衆である。

この凶行に対して群集は、きゃあ。とも、すう。とも言わず、また驚き惑い恐慌に陥ってあさましくおめきつつ逃げまどうということはなく黙りこくって立ちつくし無表情であった。

誰も声を立てない。牢人も無言、群集も無言。茶店の親爺も無言。上空に雲ひとつない青空が広がって、雀がちゅんちゅらと鳴いた。そのときである。一人の侍が歩いてきて牢人の前で立ち止まり、会釈して言った。

「卒爾《そつじ》ながらお尋ね申す」

「はあ。なんでしょうか」

「拙者は当黒和《くろあえ》藩藩士、長岡主馬《ながおかしゅめ》と申すものだが尊公は？」

侍に穏やかに話しかけられた牢人は無残な凶行に及んだのにもかかわらず同じく落ち着いて納刀すると、

「私は炸州《さくしゅう》牢人掛十之進《かかりじゅうのしん》です」と尋常の口調で言った。

「では、その掛殿にお尋ね申す」

「なんでしょうか？」

「なにゆえこの者達を斬ったのだ」と、ここで初めて長岡は返答次第によっては容赦はしない、という気合のこもった口調で言った。

しかし掛十之進はどこまでも落ち着いて、

「なぜこの者を斬ったかってことですね」

「その通り」

「では申す。この者達はこの土地に恐るべき災厄をもたらすに違いないから私は事前にそれを防止すべく斬ったのです」と言ってちらりと父娘の方を見た。

父親はもはや絶命したのであろうか。ぴくりとも動かない。一方娘の方は虚脱したように座り込んでいた。

「なにゆえこの者どもが当地に災厄をもたらすのです？　とうていそのような者には見えぬが」

「ははは。そらそうでしょう。それが奴らの恐ろしいところですからな。それと分からぬ恰好で潜り込み一国を滅ぼす」

「おっしゃってることがよく分からぬな」

「それも無理はない。ではこの者どもの正体を申し上げましょう。この者どもは腹ふり党です」

「腹ふり党。はて、それはなんでござるか」

主馬はぽかんとして尋ねた。

「あなたが腹ふり党についてなにも知らぬのは無理からぬところだ。説明いたそう」と掛は主馬に以下のごとき話をした。


漢末に五斗米道が猖獗《しょうけつ》をきわめ、またわが朝においても歴史の節目においてはかならずや奇怪な宗教が流行したものですが、腹ふり党もまた、そのような邪教の類で、当時、各藩・各国にウイルスのごとくに侵入、大流行の兆しを見せ始めてます。

醜《す》道乱倫才《どうらんりんさい》という男が岐阜羽島で結党した腹ふり党は結社風の名前ですが完全な宗教団体です。腹ふり党の党員達はこの世界は巨大な条虫の胎内にあると信じています。彼らにとってこの世界で起こることはすべて無意味です。彼らが願うのは条虫の胎外、真実・真正の世界への脱出であり、その脱出口はただひとつすなわち条虫の肛門です。

腹ふり党の説く真正世界への脱出のためにはいくつかの手順がありますが、基本的には

「腹ふり」を行うことによって人々は真正世界へ脱出することができます。「腹ふり」とはなにかというと一種の舞踊です。足を開いて立ってやや腰を落とす。両手を左右に伸ばして腹を左右に激しく揺すぶります。首を前後に、或いは左右にがくがくさせつつ、目を閉じ、「ああ」とか「うーん」などと呻《うめ》くのです。これを集団で行うというのですから、ほんとうに無意味で虚無的な行動ですが、彼らにとってはこの無意味さがいいのです。なぜならこの世界を腹中に収めている巨大な条虫は、かかる馬鹿げた無意味なことがなにより苦手でこのバカ騒ぎが原因で条虫は苦悶《くもん》するのです。

　実は腹ふり党の目的はそれで、条虫はこの胎内に突如として湧いた毒のような物質、すなわち腹ふり党員達を胎外に糞として排出しようとします。これこそが腹ふり党員が熱望する真正世界への脱出なのです。しかしことはそう簡単に運びません。というのは我々だってそうですがいくら苦しみに身をよじったところでいったん身体に入った毒は免疫その他の身体の機能が出動して初めて働き始めるのであり、この程度の騒ぎではなかなか毒は排出・排便されないのです。これは条虫、党員双方にとって不幸なことといえますが、しかし条虫の胎内ということ自体が党員達の考え出した架空の観念だし、バカ騒ぎも苦行というわけではなく、むしろ面白がってやっていることで、実際上はひとつも不幸ではないといえるかも知れません。

　とはいうものの便として排出されることが目的の党員はもっと腹ふりをせねばならず、人の家の門口であろうが、商店であろうが、会所であろうがところかまわず狂熱的に腹を振りわめき散らします。市民はまあ最初のうちこそ若い娘も含めて半裸で腹をすくすく振っている様を好奇もしくは好色の目でもって眺めますが、人間というものは不思議なもので自分に理解できない現象を目の当たりした場合、それがいくら楽しげであっても恐怖を感じたり不快になったりしますから、「人の家の門口で阿呆なことをするのはやめろ」と説得したり、銭を与えて立ち去らせようとします。しかしそんなことで腹ふり党の面々が立ち去るわけがなく、ここを先途と腹を振ります。市民はますます不快を募らせ、今度は実力を行使、すなわち、石を投げる、殴る、蹴る、棒で叩くなどして排除にかかりますが、こういう現実の側からの反応を党員は条虫が苦悶している「しるし」と受け止めていますから、むしろこれを喜び、ますます腹を振ります。

結果、死ぬ党員も出て来るというのは当然の成り行きです。ところがたちの悪いことにこのことは党員の腹ふり行動を抑制するどころか、助長する方向に働きます。

なぜならもちろん条虫の糞便として排出されることは党員の理想なのだけれども腹ふり修行の中途で死ぬということは「おへど」と称され、いずれまた胎内に戻るのだけれども一度は真正世界を見ることができると信じられており、党員が死ぬと「おへど」されたと言ってこれを尊崇、尊敬、「おへど聖者」として崇《あが》めたてまつられるのです。

例えば新田の五八聖者という聖者は、あろうことかさる藩の重役の屋敷に闖入《ちんにゅう》、令嬢の部屋まで入り込んで陰茎を丸出しにして踊りまくってお手討ちになり、すぱん、首を斬り落とされたのにもかかわらず、それでも二時間ばかり踊り続け、また生首は宙を飛んでくるくる回転、床の間にぴたと収まると、踊り続ける首無しの自分をにたにた笑いながら眺めつづけ、この後、その重役は深夜、周囲に誰もおらぬというのに、おのれまだやめぬか、などと絶叫、抜刀して暴れ出し、家の者をみな斬り殺して自らは、どういう訳か城下の神社で首を吊って死んだ。などという馬鹿げた伝説を党員は本当のことだと信じています。

昔から、一犬虚に吠ゆれば万犬実を伝う、などといいます。信仰はともすれば人民の間に伝播《でんぱ》・伝染しやすく、党勢は増すばかりです。しかしこれは為政者にとっては憂慮すべき事態です。

なぜならこのようなばか者が増えれば税収が減少、予算が組めなくなり、足りない部分は借金になるからその利払いは財政を圧迫、半知召上といって人件費を削減したり、歳出を減らしたりと勘定方もいろいろと工夫をしますがなにしろそもそもの歳入が不足なのだから打てる手は限られています。そんな調子だから下級の武士の生活はきわめて苦しく、これらの階層の者のなかにも腹ふり党に入党する者が現れ始め、出仕をしないで腹を振ったり、或いは、上級の者の妻子などにも入党する者が出て、結果、国はいよいよ乱れ、政治経済が著しく混乱して、という悪循環に陥ります。

そうなるといけないから当局はこれを弾圧しますが、腹ふり行為は一種のやけくそ行為なので、弾圧もさほどの成果を挙げることができず、腹ふり党はいまやマイナーな新宗教といって無視できないほどその勢力を広げつつあるのであり、当藩にもその魔の手が及びそうだったのを私は事前に食い止めたのです。

という内容の腹ふり党に関する説明を聞いた長岡主馬は言った。

「そんな怖ろしいものが当藩にやってこようとは……。ううむ。油断のならぬことだ。ううむ。ううむ」

「唸ったって駄目ですよ。実際来ちゃったんだから」

「しかしまあ重畳であった」

「なにがよかったんです? ちっともよくないじゃありませんか」

「いや、よかった。だってそんな邪教が広まったら大変ではないか。それを尊公が事前に食い止めてくれたわけだから……、ってああそうだ。この娘の方も斬らないと」と言うなり主馬が刀の柄に手をかけるのを押しとどめて掛十之進は言った。

「お待ちなさい」

「でも早く斬らないと腹ふりが伝染る」

「空気感染しないから大丈夫ですよ。まだ斬らないほうがよい」

「まことか」

「まことです。ここは私の言うことを聞いた方が得だと思いますよ」

「では信用するが、なんで斬らない方がよいのだ?」

「ええっと、なにから説明すればいいのかな。ええっと先《ま》ず、まあ尊公がよかったよかったと安心していることについて言います」

「申されよ」

「ちっともよくはないですな」

「は？」

「事態はまるでよくありません」

「そんなことないだろう。現にこうしてほら我が藩は腹ふり党を水際でくい止めた」

「失礼ながら尊公は甘い。確かに私はきゃつを斬った」

「ではよいではないか」

「それがよくないのです」

「なぜだ」

「腹ふり党というのはひとりいたらそこいらに二十人は潜伏していると思わねばなりません」

「つまり既に腹ふり党が増殖している可能性がある、と申されるか？」と主馬は尋ねた。

「まあその可能性は大きいです」と言って十之進は腕組みをした。

「では我が藩はどうなるのでしょうか？」

「おそらく滅亡するでしょう」

「そ、それは大変だ。どうしよう」

「どうしようもありませんね。うまくいけば腹ふり党は貴藩になじまずさほど党勢が伸びぬうちに自然に消滅するだろうし、下手をすると党勢は猖獗をきわめ、貴藩はたちゆかなくなるでしょう。ま、その可能性の方が高いかな」

十之進はごくあっさりと言ったが、しかし主馬は顔面を紅潮させ、「ま、まことでござるか」と十之進に詰め寄った。しかし十之進につめよったってしょうがないというか、十之進はますます他人事のように、ま、そういうことですよ、じゃあね、と手を振り、主馬とそして相変わらず放心したように座り込んでいる娘をその場にうち捨てて、二、三歩踏みだした。

主馬は驚いた。なぜならこれまで十之進は頼みもしないのに腹ふり党についていろいろ教えてくれたし、娘を斬ろうとした主馬を押しとどめて、ちょっと待て、と言いもしたからである。主馬は、十之進がもっと腹ふり党のことについて教えてくれるものだと当然の如くに思っていたし、娘の処遇についても意見を言ってくれるものだとも思っていた。

ところが十之進はあっさり立ち去ろうとしている。

主馬は慌てて十之進を引き止めた。

「あの、ちょっと待って」

「まだ、なにか?」振り返った十之進に主馬は言った。

「このままいっちゃうっていうのはなしでしょう」

「なぜです」

「そうではないか。さんざん詳しそうなことといって、そのうえ娘を斬ろうとしたら訳知り顔でやめとけと言ってもそれからなにいうのかと思ったら、滅亡の可能性の方が高いなどと否定的なことを言い、具体的にどうすればいいのかっていう方途・方策についてはなにひとつ示唆せずに立ち去るというのはないのではないか」

「そうでしょうか」

「そうですよ」

「私はぜんぜんそう思わない」

「なぜ？」

「それはそうでしょう。この藩に腹ふり党が侵入したのは別に私のせいではないし、それを教えてやったのはまあいわば私の親切だ。私は最初から知らん顔をしていてそのままいってしまってもよかった。つまり私がほんの少ししか教えなくてもあなたにとってそれはプラスなのだ。それを、ほんの少ししか教えないと言ってあなたは怒っている。それは親切が少ないと言って怒っているのと同じです」

「そう言うとそうかも知れぬが」

「どう言ったってそうですよ」

「しかしだなあ」

「なんです？」

「尊公は、私が娘を斬ろうとしたとき、俺の言うことを聞いておけ、と申した」

「言ったよ」

「あのときの感じだと拙者にはなんかもっと説明がありそうな感じがしたのだ。拙者にだけかも知らんけど確かにそういう感じがしたんだよ。だからなんか急に見捨てられたような感じがしたって言うか、そんな感じが……」

「私もあのときは確かにもっといろいろ私の知ってる腹ふり党についての知識とかその娘の処遇についてとか、いろいろ教えてあげようかなって思っていたよ」

「で、ではなんで教えてくれぬのです。失礼の段があったのならお詫《わ》び申す。この通りだ。だ、だから」

「武士がみっともない。おやめなさい。別に失礼などあり申さぬ」

「じゃ、じゃあなんで？」

「気が変わったんだよ」

「へ？」

「最初はね、教えてやろうかな、と思ったんだけどなんだか急速に気が変わってやめたんだ」

「な、なんで気が変わったのです？」

「気が変わったのに理由なんかないよ。突然、なんの脈絡もなく教えるのが嫌になった。しかもそれはさっきもいった通り義務ではなく親切だからいつやめてもいいんだ。では御免」

「待って。待って」

「まだなにか？」

「お、お願いしますから教えて下さい」

「やだね」

十之進は主馬に背を向けて歩きかけた。風が吹いて十之進の着物の背中がはためいた。俯《うつむ》いて立ちつくしていた主馬の、これまでとうって変わった大声が突如として響いた。

「待てっ」

「もういいよ。じゃあな」と十之進は振り返りもしない、その背に主馬は、

「待てっ。さもなくば」と怒鳴った。

「どうすんの？」

「斬る」主馬は抜刀してこれを青眼に構えた。

「やめたほうがいいと思うよ」と言いながら十之進は刀を抜いた。

右手に持った刀をだらりとぶら下げて、その口調と同様にやる気のなさそうな態度である。

一方、主馬は青眼に構えた刀を今度は上段にふりかぶり、りゃあきゃあ、などと気合を入れている。十之進は依然、投げ遣《や》りな口調で言った。

「だいたいさあ、あんた、俺の意見を聞きたいわけでしょ？　なのに俺を斬っちゃっちゃあしょうがないじゃない」

「まあそうです。だから拙者は貴公を脅迫しているのです。命が惜しかったら拙者に協力しろと言って。でもこれは単なる脅迫ではないですよ。もし教えないのだったら、教えて

貰えないという結果は同じこと。だったら腹いせとして拙者は尊公を斬殺《ざんさつ》します」

「くわつはつはつはつはつ」

「なんですか？　その文字的な笑いは？」

「あんたに俺が斬れるわけねぇよ」

「そ、そんなことはない。さあさあさあさあ」

「本当にやめたほうがいいよ」

「なぜだ」

「だって言ってなかったけど俺は実は超人的剣客なんだよ。すっげぇ強いんだよ」

「それは拙者だってそうだ」

「レベルが違うと思うよ」

「左様ですか。拙者は一刀流の目録なのですが」

「あー、まー俺はそういうのないけどね。でも強いのは間違いないですよ。やめよ、やめよ」と言って余裕の十之進は刀を鞘《さや》に収めた。それをみてとった主馬は、「問答無用」と叫びつつ十之進に斬りかかった、と見えた瞬間、主馬は刀を取り落として地面に蹲《うずくま》っていた。主馬が斬りかかったその刹那《せつな》、十之進は抜く手も見せずに抜刀、主馬の小手めがけて刀を振り下ろし、いままさに斬らんとした瞬間、素早く刀を返し、主馬の小手をしたたか峰打ちに打ったのであった。

主馬は左手で右手を押さえて蹲ったまま一言も発しない。

納刀した十之進はばつの悪そうな顔をして傍らに蹲る娘を見るなどしている。

娘は依然、放心したように座り込んだまま動けない。

凝然と動かぬ異様なる三人とは裏腹に街道は長閑《のどか》であった。

ふたりのやりとりを見守っていた群衆はふたりが議論ばかりして話が進展しないのに業を煮やしていつの間にか散っていた。いま少し頑張っていれば斬り合いが見物できたのに。

雲ひとつない空はいよいよ青く、ときおり、もおおお。と鳴く牛の声、ちゅんちゅらと囀《さえず》る鳥の声が聞こえていた。

その長閑なる鳴き声に混じって、あっ。あっ。あっ。という醜怪なる声が小さく響き始め、その醜怪なる声は次第に高くなって、とうとう、おおん。おおん。おおん。という泣き声になった。主馬が男泣きに泣いているのであった。

中年のおっさんが手放しで号泣している。実に見苦しい姿である。人通りが絶えいったん奥に引き込んでいた茶店の親爺が表に出てきてちらちら様子を窺《うかが》っていた。十之進はますます決まりが悪くなったのか主馬の方を見ないで、

「武士が泣くなよ。みっともない」と吐き捨てるように言った。

「だって。だって」

「だってじゃねぇよ。甘えてんじゃねぇよ」

「だって、もう僕はどうしたらいいか分からない」

「苛々《いらいら》する奴だなあ。泣くなっ、つうの。だいたい俺はさあ、最初はいろいろ教えてやろ

うと思ってたんだよ。だけどあんたの態度がなんか依存的っていうかさあ、俺の親切はも う既に織り込み済みっていうか、やってもらって当然、っていうその甘えた態度がむかついてやめようと思ったんだよね。そしたらなんだよ。逆ギレして斬りかかってくる。こっちもむざむざ斬られて犬死にするわけにはいかないからやり返したら今度は被害者的に泣くのかよ。まったくどうしようもないね」


「わあああああ。すみません。ごめんなさい。なんだかパニックになっちゃって」

「パニックじゃねぇよ。じゃあ、俺はもう行くからね。御免」

「わああああああ。待って。待って。待って下さい。あなたに行かれたら僕はもうどうしていいんだか」

「知らねぇよ。放せよ。うわっ。きったねぇな。鼻水が垂れてんじゃねぇかよ」

「小便もちびってます」

「マジ汚ねぇよ。放せっつうの。ほら。また人がたかりだしたじゃねぇか。こら、散れ散れ」

「お願いしますお願いします」


ああもー。あまりの鬱陶《うっとう》しさにやってられない、という風情で十之進は天を仰ぎ、ややあってから調子を変え、

「分かったよ。教えてやってもいいよ」と言った。

「ホントですか」

「うん」

「か、忝《かたじけ》ない。忝ない」と、ぺこぺこ頭を下げる主馬に十之進は、

「ただし」と、大きな声で言った。

「条件がある」

「じょ、条件ですか」

「左様」

「と申しますとそれはどのような条件でしょうか」主馬はおそるおそる尋ねた。

「まあ拙者も最初は親切で教えてやろうと思った。しかしながら尊公の甘えた態度ふざけた態度、果ては逆ギレして斬りかかる、挙げ句の果ては泣きわめく、嫌味で小便を洩《も》らすなどの態度に拙者はほとほと嫌気がさした。もう嫌な気持になった。拙者のなかの親切心は雲散霧消してなくなった。それでも尊公は教えてくれという、となると」と十之進は言葉を切った。

「となると、どうなるのでしょう?」

「後はもうビジネスだ」

「ビジネスとはどういうことでしょうか」

「親切のいっさいない欲得ずくの仕事という意味だ。つまり条件次第で教えてやったりやらなかったりするということだよ」

「その条件というのはつまりカネですか」おそるおそる尋ねる主馬に十之進は言った。

「うん。それもある。それもあるが御覧の通り拙者、永らく浪々の身の上だ。できるものならそろそろ仕官をしたい。ついては尊公にお口添えを頂いたうえで当藩にお召し抱え願えればと存ずる。それが私の条件だ」

「し、新規お召し抱えで御座るか」

「左様」

「ううむ。そ、その儀ばかりは拙者の一存ではどうにも……。やはり新規お召し抱えとなるとそれなりの手続きも必要だし、カネならまあ十両くらいは。いや無理か。いや当藩の謝礼規定というものが御座ってなあ、やはり金一枚ということになろうが……、それくらいしか残念ながら当藩にはできぬので御座るよ。それに尊公の素姓もしかと確かではないし……」などと、仕官、と聞いた途端、ぐずぐず言い始めた主馬が言い終わらぬうちに十之進は大声で、「まーたこれだよ」と呆れ果てたという口調で言った。

「あんたさあ、さっきまで小便ちびって泣いてたんだよねー。それがなに？　こっちが条件出した途端、自分の一存では決められない、とか、当藩規定のとか言って挙げ句の果てに尊公の素姓が確かでない、ってなんだよ？　それ？　なめてんのかよ」

「なめてません」

「じゃあなんなんだよ。泣いたり騒いだりするのはただだからやるけど、カネを出すとかしかるべき待遇で迎え入れるということはできないわけね」

「いや、できないとはいってません。ただ、当藩も財政が苦しく藩士はみなまさにさっきあなたがおっしゃった半知召上なんてことになってるような苦しい状態でして、そのなかでの新規お召し抱えというのはちょっときついかなあ、とか思ったりとかしたりしたみたいなって感じがちょっとするかなあと思っただけで」

「まあ、そういう事情なら別にいいですよ。僕も無理に仕官したいとか思ってるわけじゃないし。この条件がのめないのであればこの話はなかったことにしましょう。なにも腹ふり党対策で苦しんでいる藩はおたくだけじゃないんだ。まあ僕の素姓も怪しいことだし、いいんじゃない？　召し抱えなくても。ね。それで腹ふり党が蔓延《まんえん》して滅亡すればいいじゃない。そしたら、あんたも、ははは、浪々の身の上ってことだよ。まあ牢人しても僕のようなスペシャリストはいくらでも仕官の口はあるけど、あんたなんだっけ？　ま、いいや。とにかくこの話はなかったってことで。では御免」

「待って下さい」

「なんですか？　また斬るってんですか？」

「違います。さっきは主家が滅亡すると聞いて逆上してしまったのです。すいません」

「すいません、とは恐れ入るね。すみませんじゃねぇの？　普通」

「それも含めてお詫び申し上げます。それから」

「それから？」

「仕官の儀。上司に相談のうえ必ず善処しますゆえ、なにとぞ、なにとぞ」主馬はその場に土下座した。

二人の頭上には虚無的なまでに青い空が広がっていた。

街道を城下に向かって駆けていく主馬の後ろ姿を十之進はなんの表情も浮かべずに眺めていたが、その姿が次第に小さくなり、やがて見えなくなると、鼻孔がむず痒《がゆ》いような、或いはなにか悲しいことがあったような、奇妙な顔をすると、むはっ、という音を漏らし、やや間をおいて再び、むはっ、という音を洩らすと、今度は連続的に、むはっむはっむはっむはっはっはっはっはっはっはっ、という声を上げた。

十之進は遠ざかる主馬の後ろ姿を見て笑っていたのである。

「むはは。すっくりいきやがった。しかしまあ、あれくらい脅かしておけば礼金をけちるということもなかろう。さんざん脅かして礼金をふんだくったら、ははは、いい加減なことを言って逃げてやれ。腹ふり党を根絶する方法などあるものか。第一、そんなものがあったら俺はこうして牢人などしていない。ぬはっ、ぬはっ、ぬはははははは」

悪人である。十之進は初手から主馬並びに黒和藩を騙《だま》すつもりで腹ふり党対策について熟知しているようなことを言ったがその実、腹ふり党対策についてこれといった方途・方策があるわけではなく、相手の恐怖心に乗じて礼金を引き出したらあとは野となれとばかりに逃げてしまおうと考えていたのである。

十之進は鼻歌もので親爺の死骸《しがい》に近づくと、なにかを調べるように、

「腹ふり党が侵入した藩は滅びるより他ないのだ。しかし一応は調べんければ相成らぬ」

と言ってその胸元をくつろげたが、「ややや」と声を上げ目を剝《む》いたた。

「おかしい。確かにこの風体は腹ふり党の一味だと思ったが、腹ふり党に本来あるべき入れ墨がない。ということは？　ややや。早まったかっ」言うと十之進は娘の方に向き直って。

「ということはこの娘も違ったかあ。しまったことをしてしまった。ということは別に俺は洒落《しゃれ》だと思っていっているのではなくして、もはや口癖というか自分のなかで慣用句のようになってしまっているわけであって、だから別段これを口にしたからといってなんらの効果というか、感情にエフェクトをかけることは自ら期待していないのだけれども、しかし少し、ほんの少しだけど俺の心のなかに、しまったことをしてしまった、ということによって誤って老爺《ろうや》を殺害してしまったことを誤魔化してしまおう、まやかしてしまおうという気持ちはこれはやはりあったのであって、つまりやっぱり俺はしまったことをしてしまったと思っているのだってアレ？　また言っちゃったよ。っていうことは俺はやはり相当焦っている。パニックに陥っている。ということは問題はこの娘だけれどもこいつをこのままにしておくとまずいことになる、後に禍根を残すことになるに違いなく、ここは一番、斬り捨てるのがベストなのだけれども俺もそこまで鬼になりきれぬというか、まあそういう俺の気の弱いところがいろいろ人生で失敗をしていまこんなところでこんなことをしている原因なんだけどね。くはは。しかしまあ失敗したからどうだというのだ。もはやこれ以上落ちぶれるということもあるまい。それにね。俺はいままで生きんがためにけっこう悪逆非道なことをやってきた。だから俺はまあきっと死んだら地獄に堕ちるだろうけれども、ほら「蜘蛛《くも》の糸」という話があるでしょう。つまりもう無茶苦茶に放火や殺人をやってきた男が地獄に堕ちて苦しんでいたところ、ただ蜘蛛を殺さなかったという一事を釈迦が尊しと思し召してこれを救おうとする、という話があるでしょう？　あれはよい話だ。だから俺もこの盲目の娘を斬らずに釈迦に救って貰う権利をここで確保しておくのもひとつの見識だ。だから娘、俺はおまえを斬らぬ。どこへなと立ち去るがよい。ただし城下に立ち入ることは相成らぬぞ。そなたが無暗に姿を現さば拙者の事業にちと故障が生じるでな。もし城下で姿を見かけたらただちに斬る。それ以外はどこへ失せようとそなたの勝手次第じゃ。さあ、これは爺《じじ》ぃの香典じゃ」

十之進は叢《くさむら》に銭を投げ城下の方へ立ち去った。

娘は唇を歪め、

「いってんじゃねぇよ。ぶっ殺す」と言って草をちぎって立ち上がった。

一刻後。主馬は黒和藩出頭家老内藤帯刀《ないとうたてわき》とその私邸で面会をしていた。

主馬のやや興奮気味の報告を受けた内藤は、ふむ、と小さな声を上げると茶碗の底を撫でさすり、首を傾げて縁先の庭園を眺めて黙った。

主馬のごとくに、ま、まことでござるか、などと周章狼狽《ろうばい》しないのはさすがである。内藤は茶碗を置き、主馬に尋ねた。

「で？　その掛十之進という者はいかなる素姓の者じゃ」

「は。素姓はしかと知れませぬが相当の人物と見ました」

「うむ。相当の人物。大したものだ。最近ではもうそこいら中に相当の人物が溢《あふ》れている。みんな一廉《ひとかど》のものだ。家中は相当の人物で溢れておる。相当の人物しかいないといっても過言ではない。しかしこれは実は困ったものでなあ。相当の人物は相当偉いから相当の仕事を与えねばならぬ。ところが家中の御役には相当の仕事というのはない。どれもこれも取るに足らぬくだらぬ仕事ばかりだ。というかそういうくだらない仕事が集まって実に大変な仕事になっているのだが家中の相当な人物どもはこれに気がつかない。例えばついこないだも僕は部下の勘定方の若いものに書類の作成を依頼した。ところが彼は仏頂面をして、僕はこんな仕事をするために家督を継いだのではありません。かなんか言ってふくれるのじゃ。やむなく儂《わし》が自分で書類を届けてきた。或いは藩財政逼迫《ひっぱく》の折から儂は民間に見習えということで城下の商家に若侍を研修に出す制度を拵《こしら》えたがこれも、僕には武士のプライドがありますからそんなことはできません、などと吐《ぬ》かしおって、しかもその顔つきを見ていると、そういうことを出頭家老に向かって言うヒロイックなボク、に酔っているような様子で実にもう大した人物だ。或いはとにかく偉い奴もいる。といって実際に偉いわけではない。実はアホなのだ。しかし組織というものは不可解なものでそういうアホが責任ある地位についてしまうこともままある。ところがアホは組織の間違いによってではなく自分が偉いから責任ある地位につけたのだと思いこむ。これは様々の混乱を招く。

アホはアホなので儂の指示を理解できない。理解できないのなら聞きに来ればよいのだがアホは自分が賢いと思っているから聞きに来ない。で、どうするかというと自分勝手な間違った解釈で仕事を進める。途中でそれを知った儂はそんなことを進めるととんでもないことになるから中止するように指示するのだけれどもアホは自分が偉いと思っているから、この偉いわたしのプランを中止するなどということは出来ない。この偉いオレがせっかく考えたというのに出頭家老ごときがなにをいっても無駄だ、などと「偉いオレ」に固執するあまり間違ったプランをそのまま進行してしまう。もちろん職責上そんなことを捨て置く訳にはいかず、当人を呼んで厳命するのだけれども、そもそもアホなのをもっぱら自分の幻想によって無理矢理偉いことにしているから現実に対する不随意な防衛機能のようなものが異様に発達していて、自らに都合の悪い議論になると突如として耳が聞こえなくなって反応をしなくなる。おそ松くんにでてくる旗坊のような顔をして黙っているだけになってしまう。或いはそこまでいかなくても、こっちがなにかいう度に横を向いて、はっ、くはっ、などと嘲笑《ちょうしょう》したり、ことさら、この人はなにを気違いぢみたことを言っているのだ。シュールすぎて理解できない。という具合に目をまん丸に見開いて口をぽかんと開けてみせる。しかしそれとて自説を曲げたくないが相手を論破できないのでやむなくそうして見せた田舎芝居で、心底驚いているわけではなく、アホにそういうクサイ芝居をされるだけでも疲れるのだけれども、とにかくいずれにしても話にならぬからしょうがない、その部署のまだ話の分かる若い者に直接指示を出して事態の収拾を図ろうとすると、アホはこの偉いオレの顔を潰したと遺恨に思ってさまざまの陰湿な工作をして、またこういう奸《かん》智《ち》にだけはどういうわけか長けていて、プロジェクトが善き方向に進むのを妨げる。ならいっそのこと、そんなアホは降格して別の者をその部署の責任者に据えればよいようなものだが、組織というのは難しいものでなかなかそういう訳にもいかず、ほとほと疲れ果てて庭を眺めながら茶を飲んでおったところへその方が参ってまた難しい問題を持ち込んで掛十之進という素姓の知れぬ者を召し抱えよと言ってきたというわけでそのうえにこうして四百字詰め原稿用紙四枚分も喋ってしまったので儂はますます疲れてしまったのだが、まあ腹ふり党なるものが御領内に入り込んでおるというのは由由《ゆゆ》しき事態である。まあ疲れてはいるがしょうがない儂がその掛なる者に直々に会うてみよう」

「ありがたき仕合わせに存じます。忝《かたじけ》のう存じます」と主馬は平伏した。

しかしながら、たとえそれが保身ゆえだとしても、そうしてあくまで主家の安泰のみを考える主馬とは違って内藤は腹のなかではまた別のこと、すなわちこの騒動を年来の宿敵次席家老大浦主膳《おおうらしゅぜん》を追い落とすきっかけにできぬだろうか、と考えを巡らせていたのである。

そのような内心の修羅とは裏腹に帯刀の外見はあくまで静かであった。主馬は頭を上げ額の汗を拭った。

内藤帯刀と大浦主膳の対立は昨日今日のものではなかった。

内藤帯刀も大浦主膳もともに藩の重臣の家の嫡子、手を相携えて事に当たればふたりとも頭脳が賢く、どれだけ藩のためになるかわからなかった。

ところがこのふたりときたら気が合わぬと言うか、内藤は日録「屁鰡壺漫録」に、大浦の姿を見掛けると、「なんだんぬらりとした不快な感触の粘汁のごときが身の内を駆けめぐるような心持ち」がして「その日一日気分が悪く……」と書いているし、大浦は大浦で、周囲の者に、「あの分別くさい顔をみているとわけもなく殴りたくなってくるのだ」と語っていた。

うまがあう友達というのは例えば、ひとりが気が長いとすればもうひとりは気が短いといった具合に、その性格が逆であることが多いが、この大浦と内藤というのは、内藤は学を好み武術が苦手であるが大浦はその逆、武芸にすぐれているが学問はからきし駄目。内藤が洋楽好きなら大浦は邦楽を好む。内藤は左党、大浦は甘党。内藤は大兵肥満、大浦は痩身。小説を読んで内藤が絶讃すれば大浦は酷評する。内藤が赤ワインを飲めば大浦は白ワインを飲む。内藤が鰻を注文すれば大浦は泥鰌《どじよう》汁をそういう。内藤が神主を呼べば大浦は僧侶《そうりよ》を呼ぶ、といった具合に性格・性質も真反対であるにもかかわらずきわめて仲が悪かった。

ふたりは少年時代から反目しあっていた。

ふたりとも武家の子弟だから素読をする。大学、中庸、論語、孟子の四書、易経、詩経、書経、春秋、礼記の五経を素読といってただただ声に出して読むのである。

内藤はこれがとてもできた。ところが大浦はちっともできない。内藤がすらすら読んで、大浦の番になると、「あだだ、あば、ひも、ばぬけの、ふんが、はり、はきまきてはきなり」なんてなにを言っているのかさっぱり分からない。これを聞いた内藤は、「くはっ」と馬鹿にしたような笑い声をことさらたてて、そのため余の者はみな大浦に注目する。大浦はますますあがって、「わめが、したりはが、あほむらのたい、あがも、ほげみりてほげたり」などといっそう訳の分からぬ素読をする。内藤は、もはや可笑しさに耐え切れない、という体で、「ぶっ」と噴きだし、これにつられて習い所中が爆笑の渦になって大浦は屈辱に歯噛《はが》みをするのである。

しかしこれが武芸になるとたちまち形勢が逆転する。

大浦は武芸百般に秀でているが内藤はなにをやらしても鈍くさく、ならば武芸はこれは避ければよいのだけれども、黒和藩士の子弟は武芸に励むことが義務付けられ、日々、城下にあった先代の真鍋《まなべ》道場に通うことになっていて、朝など、武者窓から往来へ、「あぎゃあ」「うぐぐーん」「きえーい」「ひえーい」「いひひーん」という裂帛《れっぱく》の気合が響いていたくらいで、嫌だからといって勝手に稽古《けいこ》をよすことはできない。

当然、内藤もこれに通わなければならない。しかし気持ちが重い。なんとなれば道場では大浦が幅を利かせているうえ、本来であれば内藤のような鈍くさい者に大浦のようなできる者が稽古をつけるということは腕が違いすぎてないのだけれども、内藤が竹刀を構えると必ず、僕がお相手いたそう、といって大浦が立ち上がり、内藤はさんざんにやられるのが常であったからである。

しかしその日は特にひどかった。というのは前日、大学を読み、「あいだよ、あいだほ、あいたよ、あいあいあいあいあいあいあるばーとあいらーよ、あいだよ」などとなにをいってるか分からないループにはまってやはり素読のできない大浦を内藤は、「あの、間よ、間。あほだね」と、ひどいことからかい、大浦は屈辱のあまり悶絶、家の者が迎えに来るという恥ずかしの事柄があったことである。

当然、大浦は復讐に燃えている。竹刀を構えると、「わぎゃあ。さるーん」とおっそろしい気合を込める。内藤は、まずいことになったなあ。ここはひとつすぐさまやられてじきに参ったと言おうと思い、「りゃありゃありゃありゃああありゃらら」などと口先だけで気合をいって竹刀の先端を小刻みに、公魚釣りでもしているような様子でふるわせ尻をぷりぷりしている。

その様がふざけきって自分を馬鹿にしているようにみえ、心が怒りと不快でぬらぬらするのを感じた大浦は、

「わきゃーん」

おっそろしい気合で内藤の脳天めがけて竹刀を振りおろす。膂力《りょりょく》が凄《すご》いから、ぶんっ、竹刀がしなる。内藤だってでもただ殴られはしない、これを竹刀で受けるのだけれども勢いに押されて、がんっ、自分の竹刀もろとも脳天にぶつかって、一発殴られたらすぐに、

「参ったあ」と言おうと思っていたのがあまりにも頭脳が痛くて言えず、

「あきゃーん」

悲鳴を上げて隙だらけになったところを大浦はこんだは突き、

「あしゃ――」

もの凄い声とともに突きまくってくる。

「いひーん」

これにはたまらず内藤は竹刀を捨てて逃げ惑い、しかし道場の隅に追い詰められてもうむちゃくちゃに打たれて、これにいたって初めて、「参ったあ、参ったよお、参った」と声をあげたのだけれども間の悪いことに、この、まいったあ、というのがそういう風にどつきまわされながらいっているものだからはっきり発音できない、「あいだ、あいだよお、あいだ、あほ」と大浦の耳に聞こえ、大浦は此の期に及んでまだ素読のことをいっていやがると逆上、竹刀を捨てて飛びかかると、大浦は柔もできる、技をかけて内藤を投げ飛ばして内藤は失神、多少、怪我もしたようだが柔弱の誹《そし》りを受けるのをおそれて内藤家はこれを公にしなかった。

内藤が十九になったとき縁談が持ち上がった。

相手は勘定方与力の息女でへま。

絶世の美女であった。話はへまの父、今岡伊織《いまおかいおり》が上役である勘定方支配の巡文之丞《めぐりぶんのじょう》と語らい、内藤家にかたづけようと決めた話である。

ところがここに手違いがあったというのは、へまには別の縁談が持ち上がっており、今岡は元は花田《はなだ》源右衛門《げんえもん》というものの三男であり十二の歳に今岡家に養子に行き、花田家の家督は長男の一馬が相続していたのであるがこの伊織にとっては兄、へまにとっては伯父《おじ》である一馬は、別に大浦家に縁談を持ち掛けていたからである。大浦家でもこれを喜び、また大浦主膳はことのほか喜び、意味不明なタイミングで、「あひゃーん。わきゃきゃーん」と気合を入れるなどして入れ込んでいたのである。

今岡伊織も花田一馬も巡文之丞も実に立派な武士であった。

その立派な武士たちがなぜかかる失策、へまのダブルブッキングをしてしまったのか？　それは三名が立派な武士過ぎたからで、というのは立派な武士がなにかする場合、それはやはり不言実行、近所のおばはんのごとくにやる前から、「実はこうこうこうこうこういうことをしようと思っている」など軽々に口にしないのが常だからで、彼らは互いに充分話し合うことがないまま各々独自に不言実行を行ったからである。

こういうことはしかし別に武士でなくてもよくあることで、例えば家庭のお父さん。あまり立派でないお父さんは、べちゃくちゃしゃべってばかりで、

「おいおいみんなどうするどうする？　いまはちょうど時分時でおまけにこのあたりはレストランが少ないからお客が殺到、大行列になっているぞ。レストランで行列していたらせっかくこうして家族うち揃って行楽に出掛けてきたのに遊ぶ時間が少なくなる。オレはそこいらでパンかなにか買ってこようとおもうのだけれども母さんはどう思う？　みんな

はどう思う？　僕はパンかな？　君らはなに？　焼きそばパン？　それとも寿司がいい？　テイクアウト寿司？　あれはまずいと父さんは思うよ。人生の先輩として」などとうるさいことこのうえなく、やっとパンを買いに行ったかと思ったら、頭を掻《か》き掻き、手ぶらで戻ってきて、

「売り切れだったよー。やはり行列に並ぼう」などというのであるが、立派な父さんはそんなことはない。なにも言わないなにも聞かないで不言実行。黙って握り飯とシューアイスを買ってきて、「ほら」などと言葉少なに家族に手渡すのである。ただし問題なのはみんなそんなものはまったく食べたくなく、並んでもよいからレストランで食事をしたいと思っているということで、こういう具合に立派な人の不言実行というのは場合によってはみなに迷惑がかかるのである。

しかしこの場合、そんなシューアイスがどうしたとかいう気楽の問題ではなかった。大揉《も》めに揉めたうえ、最終的に複数の立派な侍が腹を切りお役ご免になる者があり、閉門を命ぜられる者も多数出て、可哀相にへまは頭を剃《そ》って仏門にはいるし、と城中は上へ下への大騒動となったのである。

そんなことがありながらも時は経ち、ふたりが重役として藩政に携わるようになったのだから大変だ。あらゆる政策をめぐって二人は対立、藩政は混乱した。

それでも藩主が英明であればこの対立・反目する二人をうまく操縦して藩の利益になるように使いこなすことができたのかも知れないが、しかし藩主・黒和直仁《なおひと》公は特異なる性

格の持ち主であった。

内藤帯刀の日録「屁鰡壺漫禄」に「御幼少の砌《みぎり》は師の誤りを指摘、これを正したとうかがった云々《うんぬん》」とあるからよほど発明であったに違いないが、長ずるに及んでこれが次第に怪しくなってきた。

酒色、遊蕩《ゆうとう》に溺《おぼ》れたのではない。というか、黒和直仁、当時の弁《べん》の助《すけ》君はきわめて真面目な若君であった。というか問題はまさにそこにあった。

真面目すぎたのである。

なにごとも度が過ぎるというのはよろしくないが弁の助君はきわめて真面目で、どんな場合でも正論を唱えて一歩も引かなかったのである。

弁の助は師の教えを守った。

ある日、師は弁の助に、巧言令色鮮《すくな》し仁、ということを教えた。口先だけでへつらう者には仁の心がないということである。

弁の助はこのことを真っ直ぐに信じ込んだ。

翌日、弁の助が奥の庭に立っているとむこうから警護の侍で井書笊《いがきざる》という者がやってきた。井書は、弁の助に、「これはこれは弁の助君、たいへんによい御天気で御気色もうるわしゅうござってよろしゅうございまする」と言って腰をこごめた。

子供に対して遜《へりくだ》りすぎているようにも思うが将来の主君であることを考えれば、まあ通常の挨拶である。ところが弁の助はこれが気に入らず井書に言った。

「なにいってんだ。井書」言われた井書は相手が子供だと思ったのか、「はっ。なにぶんよい天気なのでお元気そうでよろしゅうございまする、と申しあげたのでござる」と平たく言った。しかし弁の助はなお不機嫌で、

「井書」

「はっ」

「その方、余をあほだっと思ってんの？」

「いいえ。けっして左様なことは」

「ないってのか？」

「御意」

「じゃあ聞くけどさあ、なんで二回おんなじことというんだよ」

「はっ」

「二回もおんなじこと言うんじゃねぇよ。時間の無駄なんだよ」

「相済みませぬ」

「余が言いたかったのはそういうことじゃないんだよ。つまり井書、その方はいま御天気と御気色のことを言ったけどさあ、別にその方が御天気にしてるわけじゃないだろ？」

「はっ」

「それに余の御気色がうるわしいかどうかどうしておまえに分かるんだよ」

「相済みませぬ」

「わかんねぇことをいうなよ。どうでもいいこと言うなよ。そういうことはな、無用の媚びへつらいであってそういうことをなんでするかというと、その方の心に仁がないからそういうことを言うんだよ。それを称して巧言令色鮮し仁というのだ。な、そこのところを知らんからその方はそういうべんちゃらのようなことを言うのだ。まったくもってばかなベンチャラ侍だ。お前の心に仁はないのか？　あるのか？　どうなんだ井書」

「おそれいってござる」

こんな調子で正論を言いつづけるのだからけむったくてうっとおしくてしょうがない。そんな弁の助も元服して黒和直仁公、家督を継いで少しはまともになるかと思ったらなにかにつけ正論を述べてひかない癖はますます高じ、このころになると、直仁公と呼ぶ者はなく、直仁は、正論公と呼ばれるようになったのであり、黒和、正論公、直仁は、交渉の効かぬ人、本音と建て前の使い分けのできぬ人、融通というもののいっさいきかぬ人、偏屈、直情径行の人として知られるようになったのであった。

様々の利害の交錯する内外の事情をうまく捌《さば》くのがまつりごとだとすれば、直仁ほどまつりごとに向いていない人はない。しかしながら藩公であるからには藩政に携わらぬ訳にはいかず、直仁の御代になって藩政は大きく混乱した。慣習や情実というものを直仁はいっさい無視をした、というより理解できなかったからである。

ある寺社をめぐる不明朗な支出について報告を受けた直仁は担当者を呼び付けて言った。

「この支出はなんだ」

「これは、まあ慣習のような形で毎年、支出することになってまして、急にやめるわけにはいかんのです」

「というか名目はなんなのよ。なんのためにこんな支出をしてるのよ」

「え、まあ名目というかですね、まあなんというのかこのエリアのですね、人間関係の潤滑油のようなものでして」

「なにをいってるのかぜんぜん分からん。潤滑油というのは歯車のような固いものの摩擦抵抗を減らすためにかける油のことだ。ここでは人間が歯車みたいにぎしぎしいって熱くなってんのか？」

「さすがは殿。うまいこと仰る」

「相分かった。ではいますぐ余が行って油をかけてやるゆえ、急ぎ油をもて。よし持ってきたか。では案内をいたせ」

と言って直仁、本当に油を持って当該の寺方に出掛けていき、担当の役人、僧、神官、氏子、檀家その他関係者の頭から油をジャアジャアかけて回ったのであって、以降、不明朗な支出が大幅に減ったというのだから直仁公、一概に莫迦《ばか》ともいえぬかも知れぬのである。

それにつけてもそうして、阿吽《あうん》の呼吸、言外ににおわす、目でものを言う、あえて逆のことを言ってわからせるといったことが一切、理解できない直仁公、言い訳や言い抜けは通用せず、間違ったり、さぼったりした場合、あまりにも真正面から、「なぜさぼるのだ」

「なぜ間違えたのだ」などと心底不思議そうに目をみひらいて聞くものだから家中の者がこれをおそれるその様は一通りや二通りではなかった。

直仁がそのような有り様なので、藩は完全にふたつに分かれた。すなわち内藤と心を一にする内藤派と大浦に忠誠を誓う大浦派である。

二派はなにかというと対立し、藩政を一手に引き受けようと画策し相争ったが、このことはある局面においてはよい結果をもたらした。

二派は各々がより優れているということを主張するために競って画期的な政策を発表、結果を出したグループがその政策については主導権を握ったからである。

しかしそれは内藤大浦の上の世代がにらみを利かせていたから可能であったのであって、それらが家督を譲って隠居したりまたみまかったりして急速にいけなくなった。

両派は政策を競うのではなく、単に対立反目するだけとなったからである。

城中。上段の間に藩公黒和直仁が座っていた。側近くに着座した次席家老、大浦主膳は、「どおほっほっほっほっ。腹ふり党？　埒《らち》もないことを吐《ぬ》かしおる。まことか？」と憎々しげに問うた。

問われた掛十之進はしかし涼しげである。衣服も涼しげ目元も涼しげ、全身これ涼しげであった。そして、この、涼しい感じ、の本然はつまり、これから採用試験に臨む者に特有の演出された涼しさでつまり採用する側が、お？　なかなか爽やかな若者ではないか。と思って採用してくれるかも知らん、という思惑のもとに人工的に作られた爽やかさで、まあだいたいこういう爽やかさ・涼しげな感じは嘘であると考えた方がよく、例えば、ときおり、よくこの人があの会社に入れたなあ、と思うような人に遭遇することがあるが、それは右の爽やか・涼しげの詐術を用いて採用担当者を騙《だま》したからで、牢人生活の苦労、汚れ、焦り、惨めの埃で疲れ果てている十之進が自然に、自由闊達《かったつ》に振る舞えば、爽やかとはほど遠い、虚無的冷笑的な人物であるのだけれども、そこはやはり採用されて礼金を貰いたい、という目的があるから、衣服などもそれらしく調え、言辞などにも気を遣っているのであって、主膳の憎々しい問いにも、「まことでございます」とあくまで爽やか、温和にして諂《へつら》わぬ調子でこともなげに答えるのであった。

　しかしそれでは素っ気ないと思ったのか長岡主馬が言葉を継いだが、次席家老の前で主馬はすっかり逆上していた。

「まったくその通りで御座います。現に、あの、私は見ました。あの、腹ふり党のあれを。それが斬り殺された、じゃなく、斬り殺したのです。それは掛殿がです」

「話がばらばらだ。少しは落ち着け」

「申し訳ありません。つまり、あの、あの、あの」

「その方はもうよい。そこの、なんと申したかな？」

「掛十之進と申します」

「うん。掛。その方が申せ」言われた十之進は、ますます涼しげに、いかにこの地にとって腹ふり党が災厄であるか。そしてその対策が重要であるか。さらには十之進がその対策を推進するにあたって必要欠くべからざる人物であるかについて語るかと思いきや、「申せとおっしゃられても、申し上げることはすべて申し上げた。それを重ねて申し上げろと仰るが、それは双方にとって時間の無駄というもので御座ろう。しかしなお重ねて申せと仰る。しかしまあ尊公がひとの言ったことが一度で理解できぬ程のばかで、拙者の話が理解できぬというのならまあ可哀相だからもう一度、重ねて言ってやらぬでもない。そこで尋ねます。尊公ってばか？　それともあほ？」と、とんでもないことを言った。

「ちと失礼つかまつります」言って主馬はおかしげな恰好で退出した。

主馬は自らが推挙した十之進があまりにも乱暴な口を利くのに衝撃を受け小便を洩《も》らしたのであった。

主君の御前において小便を洩らすなどみなに知れたら大変なこと、すなわち切腹をということになるのは必定で、そんなことになったら、と考えただけで主馬の頭はホワイトアウトしてまた少量の小便が洩れたのであった。

そのように小心な主馬に比して十之進はいよいよ涼しげで庭の方を眺めて爽やかな顔をしている。その様に大浦主膳は激怒、「ぬわわ。素浪人の分際で。ううむ。猪口才《ちょこざい》な」と十之進を睨《にら》みつけた。しかし、十之進は、相も変わらずマイペースで、「なるほど。やはりばかか。まあ地位のある人間がこんなにすぐ怒っては駄目だ」と大きな声で言った。こ

れを聞いた主膳はぶちきれ、

「それへなおれ。成敗してくれる」と立ちあがり、座敷に緊張が走った。とそのとき、それまで一言も言葉を発しなかった内藤帯刀が、

「またらっしゃい」と大きな声を発し、一同彼の方を見た。帯刀は言葉を続けた。

「大浦殿。殿の御前でございまするぞ」

「うぐぐぐ」呻《うめ》いて主膳は座り直した。

「それから掛とやら。その方もその方である。当藩の重役にむかっての悪口雑言はもっての外である。向後そのようなことを申すではないぞ」帯刀が言うと、十之進は、ははは、と威に打たれたように平伏した。

「まあそれはそれとしてこの内藤帯刀には先程来、この者が申すこと、どうも嘘とも思えぬのだがどうだろうか？　大浦殿」

「こんな奴の言うことなど嘘に決まっておる。腹ふり党などというものが当藩に入り込んでおるわけがない」と主膳が言うと、十之進は、ははん、と嗤《わら》った。

「なにがおかしいか」

「別段、おかしくありません」

「なにをいう貴様いま、ははん、と冷笑的に嗤ったではないか。その冷笑的な感じがむかつくのだ」

と主膳はますます怒り、藩公黒和直仁に向かって、「仮にこの者が専門的な知識を持ち

合わせていたとしても、かように非礼な者をけっして召し抱えてはなりませぬ」と力説、直仁が、

「大浦の申し条、いちいちもっともである」と言明し、掛の仕官は見送りと決定した。

大浦主膳はよほど頭に来たのであろう、下城するにいたってなお駕籠《かご》に揺られながら、

「まったくもってあの掛という若いのはなんだなめやがって。むかつくんだよ。なんで俺があんなガキにばかとかいわれなきゃなんねぇんだよ。家老《ごせんろう》だぞバカヤロー。百年はえーっつーんだよ。ぶっ殺してやる。つって、そうだ。真鍋五千郎に命じて暗殺してくれよう、つってもまだ藩内にいるかなー。とにかく早くしよう、おい」と声をかけて行列を停め、駕籠の垂れをあげると用人に耳打ちをした。すぐに駕籠は動き始め、瘦せて小さい男が列を離れて駕籠とは逆の方向に歩きはじめた。

黒和藩を東西に横切る竹田街道の山裾《やますそ》。竹林を背に四つ目垣を巡らせてひっそりと建っている藁葺《わらぶ》きの家は真鍋五千郎の住まいである。

周囲に人家はなく四辺は漆黒の闇であった。

真鍋五千郎の父・真鍋阿瀬水《あせすい》は牢人であったが、五千郎、十五歳の折、黒和藩に首切り役人として仕官した。

五千郎は幼少の頃より阿瀬水より剣術を仕込まれ、また当人もこれに打ち込んで十一歳の頃には大人をうち負かすほどの腕になっていた。それでも当人はあきたらず、十七歳の頃より、山野を飛び歩き、立木に打ち込む、巌《いわお》に打ち込むなどして何日も里に帰らず、腹

が減れば木の実を拾い、或いは手づかみでとらまえた毛だ物を引き裂いて生食するなどして、ざんばら髪は伸び放題に伸び目ばかりが炯々《けいけい》と光っているという浅ましい有り様で、ほんの少し空気が震え木の葉がわずかに揺らぐのにも鋭敏に反応し殺気を漲《みなぎ》らせ、柴《しば》や薪《まき》を拾いに来て彼の姿を見かけ恐怖のあまり卒倒する領民が続出し、五千郎は鬼神に魅入られて天狗になった、などという噂が立ち、困惑した阿瀬水が学問を勧めても見向きもせず、もはや剣術とも言えぬ修羅の技に狂気したように打ち込むのであった。

五千郎二十歳の誕生日に父・阿瀬水が頓死《とんし》した。五千郎は直ちに家督を継いだがやがてお役ご免を願い出た。

父亡き後、以前に比べて多少人がましくなったとはいえやはり五千郎の偏屈・人嫌いは相変わらずで、城中の煩わしい人間関係に耐えられなかったからである。

しかし黒和藩との縁が完全に切れたという訳ではなかった。

人を斬るのに躊躇《ちゅうちょ》を感じない五千郎は斬罪《ざんざい》があるときは相変わらず出向いていって罪人の首を斬ったし、それ以外にもときおり藩の依頼する殺人を請け負っていたからである。

依頼はしばしばあった。

藩に入り込んだ隠密らしき人物。一定の勢力を持ち、藩権力といえども迂闊《うかつ》に手を出せない博徒《ばくと》の首領。藩に融資している富商。一揆を計画しているかも知れない人物などを五千郎は腕にまかせて斬り捨てた。

暗殺料はその人物の社会的地位にかかわらずひと一人あたり銀八百匁であった。

五千郎は人の多い城下の屋敷を嫌い山裾の百姓家を買い取り気儘《きまま》に暮らしていた。

そんな暮らしを十年ほど続けるうち五千郎には、世の中を斜めから見る、自分は世の中の傍観者である、という意地悪な、なにをみても冷笑しなければ気が済まぬというアウトロー意識、そして、その意識に裏打ちされた、自分はあらゆる世間の事象の埒外にあるものなのでなにをやってもよいのだ、という意識が生まれていた。

大浦主膳の用人幕暮《まくぼ》孫兵衛《まごべえ》は囲炉裏の前に正座してちろちろ燃える火の向こうで意地悪な目つきでじろじろと無遠慮な視線を向ける五千郎と対座して、腹の底からぞくぞく冷えるような心持ちがしていた。

「で？　なんですか？　なんの用ですか？」

と慇懃《いんぎん》な口調で尋ねて五千郎は心のなかで、けけけ、と笑った。

かかる夜更けに自分のところを尋ねてきた用人、幕暮孫兵衛の用件が当然、暗殺依頼であることは分かっていた。しかしだからといって自分から、あ。暗殺ですか？　と愛想よく応対する必要はない。ところが孫兵衛ときたらちくとも用件を切り出さず、まるでこちらから、殺人ですか？　と言い出すのを待っているかのように、俯《うつむ》いてもじもじして羞《は》じらっている。

そこのところが五千郎は気に入らなかった。

そちらが依頼に来たのだからはっきりと、「殺人をお願いします」と言えばよいではないか。それをばなんだこいつは？　胸の前で両手をあわせていやんいやんをするようにしてくねくね羞じらっている。

　そうして羞じらっていれば、「なに？　殺人？　いいよ。やってあげるよ。たれを斬ればいいの？」などと優しく訊いて貰えると思っているのだ。馬鹿かあっ。そりゃ出仕しての若侍がそうして羞じらっていれば周囲の先輩が、衆道的親切心でもって仕事を教えてくれる場合もあるだろう。しかしながら幕暮はもはやよい歳である。俯いてくねくね羞じらっていても見苦しいだけである。ところがそうやって羞じらっているというのはつまりは一言でいうとカマトト。ガキぶって甘えているのである。というのは、まあ彼もいまでこそこんなおっさんだが、若侍の頃には可愛らしい部分もあって、ああやって羞じらっていれば周囲の先輩が手取り足取り仕事を手伝ってくれたのだろう。しかしいつまでもそうやって甘えていられるわけではなく、むしろ年齢的には後輩を指導していかねばならぬ立場にあるというのに、いつまでもああやって薄く笑ってくねくねしているというのはけしからぬ。

　と、五千郎は憤ったのである。そして若い頃の五千郎であればそうしてむかついたならば直きに、てめぇこの野郎、むかつくんだよ、ぶっ殺す。と叫び幕暮を木剣でたたきのめし片輪にしただろう。

　しかしいまや偏屈、人嫌い、偏狭、偏頗《へんぱ》、嫌味と意地悪の権化のような五千郎である。彼は、苛《いじ》めてやる、と思い、けけけ、と心のなかで笑ったのである。

　五千郎はもじもじしている幕暮に重ねていった。

「かかる夜更けに何用で御座る」

「ええっと、それがですね、実はちょっとお願いしたいことがありましてですねー」

「お願い？」と言って五千郎は目を剝《む》いた。

「いったいなんのお願いで御座る。とんと見当がつかない」わざとらしい大声を出す五千郎に気圧《けお》された幕暮はそもそも気が弱い。というか、大浦に用を言われたのは昼間である。それがなんでこんなに遅くなったのかというと、ひとえに幕暮の心の弱さゆえで、真鍋の家を訪問するのがなんとなく嫌だった幕暮は、大浦に申しつかってすぐには真鍋方に向かわず、城下をほっつき歩いたり、寺に参って寺男と雑談してみたり、いろんなことをしてずるずる先延ばしにし、陽が落ちてからようやく心を決して、それでもすぐには立たず、よい加減な家に入り込んで晩飯を食べてからようやく真鍋方を目指したからである。そのように心の弱い幕暮なので、真鍋に大声を出されてはきはき答えられるわけがない、

「実はあのちょっといいにくいことなんですけど……」と蚊の鳴くような声で言った。

「いいにくい？　ははははは。なにを申される。御遠慮なく、なんでも申されるがよい。こんな夜更けにアポなしで尋ねてきて非常識とかそんなことはいっさい気にせずに、さあ自由闊達《かったつ》に、思ったことを早く申されい。さあ。早くしてくれないとこっちも忙しいのだが、そんなことはちっとも気にする必要はありませんぞ。長い話なら長く、でも短いなら短いにこしたことはないよ。拙者は多忙でござるによって」

　嫌味を言われて幕暮がなにも言えず俯いていると、五千郎は突如としてとんでもない大

声を上げた。

「あ。わかった。あれでしょう？　つまりこんな夜更けに拙者を訪ねてきたのはつまり、一手御教授願いたい、つまり、剣術を教えて欲しい、とこういうことでしょ？」

言われた幕暮は震え上がった。真鍋五千郎に稽古をつけて貰うということはすなわち片輪にされるということである。

幕暮は慌てて言った。

「ち、違います。違います。ぜんぜん違います」

「いいよいいよ。ぜーんぜんオッケーだよ。教えましょう」

「いやホント違うんですよ」

「いいって、もう。遠慮しなくたっていいよ。つまりあれでしょ？　例えばこういうことでしょ？　そなたは今日の日中、ふとしたことで朋輩《ほうばい》と口論になり、その際、朋輩に剣術ができぬことを馬鹿にされ、算盤《そろばん》侍、漬け物侍などと罵倒をされた。罵倒などというのは当たっていなければ聞き流せるものだがなまじ当たっていると心底腹の立つもの、あなたは嚇っとなって刀の柄《つか》に手を掛けたのだけれども、はは、残念無念、いわれたとおり剣術はからきし駄目だ。それに一時の感情で朋輩に斬りつけるなどしたら仕事、首になっちゃうしね。そこで僕のところに来て剣術を習って、私闘ではない、休みの日に、試合しない？　かなんかいってみんなの前でさんざんに叩きのめして笑ってやろうと思ったんでしょ？　いいよいいよ。教えてやるよ。さあ、参られい」と五千郎は立ち上がった。

「いえ、ほんとに違います」

「まーだ遠慮してんの。いいよ、教えるから。その代わりねぇ、まあ剣術ってのはそう一朝一夕にうまくなるもんじゃないからね、そこをなんとかかっつうんだったらやっぱり真剣で稽古をつける必要があるよね。そいで腕の一本も落とさないと今日明日で強くなるってことはない」

「いや、ほーんと違うんですよ。真剣なんてとんでもないですよ、参ったなあ、もう」と、幕暮が苦笑交じりで迷惑そうに言った途端、真鍋五千郎の顔つきが豹変《ひょうへん》した。それまでは親切そうな口ぶりで、いいよいいよ、と言っていたのが、顔面を蒼白にして唇をわなわな震わせた。頬の筋肉がひくひく痙攣《けいれん》した。もちろん幕暮が怖がるのを面白がってわざとやっているのである。

風に樹木が揺れる音が響いて、五千郎は一転、低く押し殺した声で言った。

「いまなんつった？」

ただでさえ怖い五千郎が物凄い顔をしている。幕暮は一瞬、上目遣いで五千郎の顔を見て慌てて顔を伏せ、「え？」と答えるのが精一杯であった。

「いまなんつったよ？」

「いえ、あの別に」

「別になんだよ？」

「別になんにも……」

「嘘つくなよ。聞こえたよ。いま、おめえ、参ったつったよなあ」

「え？」

「参ったつったじゃんよー」

「え？」

「参ったつったじゃんよー。つったよ。つったじゃんよー。むかつくんだよ、バカヤロー」とついに五千郎は大声を出した。

「俺がだよ、本来、教える立場にねぇおめえに親切で剣術教えてやるつったんだよ。それをなんだよ、おめえはよー、参ったなあ？　参ったなあ、つって頭掻《か》くのかよ？　苦笑すんのかよ？　そういうのってさあ、相手が自分よりものすごく馬鹿で劣っていっていってることのレベルが極端に低いのにもかかわらずそれを知らないでものを言ってくる、たとえて言うならば、シャム69に、ギター教えたろか？　と言われたザッパの困惑みたいなものでしょ？　ザッパがどこから説明したらよいのか分からなくて苦笑交じりに、参ったなあ、とか言ってるわけでしょ？　つまりどういうことかというと、その参ったなあ、っていうのは、つまりそういう具合に相手を見下しているから出てくる言葉な訳でしょ？　ああ、むかつくなー。ああ、むかつく。つまりなに？　君はこんな夜中にわざわざ見下すために、馬鹿にするために拙宅にやってきた訳？　なにそれ？　そんなのあり？　ないでしょう。普通。っていうかここまで馬鹿にされても俺って我慢しなきゃいけないの？　そんなことないでしょう。武士が体面を汚されたのだから逆にこれは積極的に斬らねばならない。ということで、幕暮孫兵衛。拙者はいまから尊公を斬るが、それへ直れとは言わぬ。抵抗するんならしてもよい。さあ。抜け」と言って、はしっ。と幕暮を睨《にら》みつけた。

目を瞠いて口を開き、五千郎の言うのを聞いていた幕暮は、しかし、「ひいいいっ」とも「あひいいいっ」とも言わずに、朽木が倒れるように前のめりに倒れ、湯呑みに顔を突っ込んで動かなくなった。

五千郎は驚いた。

「こはいかに。俺まだ斬ってねぇんだけどなあ。どうしたのだ」五千郎は納刀して襟首を摑んで起こそうとしたが幕暮の身体はぐにゃぐにゃだった。

幕暮は仮死状態に陥っていた。

五千郎は呆れ果てた。

最近の若侍はひ弱というか、精神が極端に鋭敏で傷つきやすいとは思っていたがまさか仮死状態になるとは思っていなかったからである。五千郎は思った。

まったくもって自分が窮地に陥ると気絶するとは得な性分だ。というか、考えてみればこんな楽な話はない。例えば、決定的なミスをして藩に損害を与える。上司は激怒して叱《しっ》責《せき》する。責任問題に発展する。気絶をする。いままで話をしていた人が目の前で突然意識を失うとは誰も思っていないから叱責していた人はとりあえず驚き、責任問題は一時棚上げされる。これがこいつの狙い目で、彼らは進退これきわまったらとにかく仮死状態になれば責任をとりあえずは免れると身体で知っているのだ。

しかしこいつとて武士だ。いまは世の中が治まっているがひとたび戦が始まったら戦場で敵と戦わんければならぬ。その際はどうするのだ？　って、ああそうか。最近の若侍ときたらみなこうして傷つきやすいからお互い様っていうか、敵と遭遇した瞬間、ぎゃん、と叫んで双方が気絶してしまうからちょうどいいか。となるとこれは平和だ。武具馬具の散乱する戦場に累々たる屍《しかばね》、と思ったらみんな気絶・失神しているだけなんだからね。

そうなると大砲や鉄砲というのは馬鹿にされてるようなものでこれは一種の平和イベントだ。鎧甲冑《よろいかっちゅう》を纏《まと》って弓矢、鉄砲、槍《やり》などを携行、馬に乗って戦場に向かい、敵と合うやいなや、その場に寝てしまうというパフォーマンス。

戦場のところどころに柱が立っていて、その先端にはスピーカーが設置されており、「イマジン」が流れている。やがて正気に返った侍達は敵と目があうや、じきに目を伏せ、気絶した者どうし、照れくさそうに頭をかく。そして今度目があったときはもう仲間だ。ふたりの若者は美しい笑顔で笑う。そこへガンジャがまわってきてみなで一服をしていると、丘の上、あほらしくなって城に帰った御大将が陣取っていたあたりにいつの間にか特設ステージができていて、ボブ・マーリィ&ウェイラーズが演奏を始める。「ワンラブ、ワンハート、レッツゲットギャーザアンフィールオーライ」みんなのこころがひとつになり、兵どもは、「アヨーヨーヨー」と言って踊ってみんな仲間になる。これが新しい世紀の戦争だ。

ってそんなあほな話があるか。といってでもないわけではないな。たとえばこの幕暮孫兵衛が戦で御主君のため藩のため命を捨てるかといえば、それは絶対に捨てないだろう、それどころかこやつらときたら保身の能力というか、こうして仮死状態に陥っているのも一種の保身だけれども、その保身の能力だけは絶望的に優れている。

名と実というものがあるとすれば、実を捨てて名をとるのが武士だ。戦場で勇敢に戦うなどしてね。で名を捨てて実をとるのが町人だ。だから通常、武士が保身を図る場合、なんとかその名、すなわち地位や名誉を守ろうとするし、町人が保身を図る場合、なんとかその実、すなわち利益や財産を守ろうとするものなのだけれども、ナイーブな彼らの場合、ちょっと違っていて、守ろうとするのは名でもなければ実でもなく、ではいったいなにかというと自意識・自尊心のようなものだ。

上司に兵を率い、戦争に行って敵と戦ってこい、と命ぜられる。しかしながら戦争に行ってもし敗退した場合、自分は敗軍の将、戦争に負けた奴、ということになる。それは嫌だ。だからなんとかして戦争に行かないようにする。「いやー、ボク的にはいま我が国は戦争はやるべきでないっていう判断があるんですよ。そういう判断を持ちつつ戦争に行くっていうのは、我が国にとってもマイナスだと思うし、そういうボクが兵を率いて戦争に行くというのはやっぱり現時点ではまだ無理というか、壊滅的敗北を喫する前に中止した方がよい、と思うんですよ」などと理屈にもならぬことをいって戦争に行こうとしない。

つまり、名、実、自意識とあるとすれば、彼らはまず自意識、自意識が傷つくことをなによりもおそれ、名よりも実よりも自意識を尊重するのである。戦争で敗北する、といったことも、未知の相手に電話をかけ邪険にされる、などといった些細《ささい》なことも自意識が傷つくことには違いがなく、彼らはつとめてこれを避ける。では、従来の武士は実を捨てて名を取り、町人は名を捨てて実を取っているが、彼らはいったい自意識をとるためになにを捨てているのであろうか？　名を捨てているのか？　さもなくば実を捨てているのか？　或いは名も実も捨てているのか？　というと、驚くべきことに彼はなにも捨てていない。なにも捨てずに自意識を守っているのだ。彼らの狙っているのはあらゆる意味で永遠の不戦敗である。つまり、自意識を脅威にさらすまいと彼らはあらゆる努力をするが、しかしそのために名も実も捨てることはしない。というか、ある程度家柄がよい彼らにとって、名や実は努力して守るべきものではなく、空気のように存在するあたりまえのもので、この偉いボクが名や実を他よりも多く得るのは当然じゃん、だってボクはボクなんだよ。と思っているというか、それは、自分は男である、女であるというのと同じくらいに自然なことでことさらそのことについて考えたり議論したりすることはない。つまり、彼らは上司の命令を断ったことによって自分が名や実を失うとは露ほどにも思っていない。

　なぜ、そう思わぬかというと、泰平の世に生まれ、親にも世間にも大事にされて育ってきた彼らは、いわゆる銀のスプーンをくわえて生まれてきた存在であると信じて疑わないからだ。そしてこのことは各方面に軋轢《あつれき》を生み、結果的に藩政をうちから腐らせ、彼ひとりおのれの自意識をまもって恬然《てんぜん》としているうちに藩政は無茶苦茶になり、財政等も破綻して藩は滅亡、彼も上司もみな牢人をする。はは。おもろ。と俺などは手に職があるから思うが、彼なんぞはそんなことは考えたこともないのだろうな。そうなったときの狼狽《ろうばい》ぶりを見てみたいとも思うが、しかしそれはまだ先のこと、いったいいまどうしてくれようかな。っていうか、いま俺がこいつに活を入れて正気づかせたとして彼はどうするだろうか？　まあ、なかったことにするだろう。っていうか、気絶をしていたのだから彼にとってなかったことだ。ここはどこ？　わたしはたれ？　かなんか言って終わりだろう。この真鍋五千郎にそんなギャグが通用するか、ばか。といってもどうせこいつのこと、このままほおっておけば、俺には平謝りに謝って、そして俺がこいつの上司らのように気絶という事実に周章狼狽して、「いいよいいよ暗殺はこっちでやっとくから、とりあえず水を……」と言って、暗殺を引き受ければ、家老には、「万事うまくいきましてございます、アヨーヨーヨー」かなんか適当な報告をして素知らぬ顔をするのだろうし、俺が暗殺を断れば、「やはり真鍋五千郎は狂人です。暗殺代金は五億両鐚《びた》一文まからぬといってます」なんてな虚偽を真顔で報告し、俺が悪いことにしてすべてを終わらすに決まっている。ううむ。憎い野郎だ。だから俺は別に活なんていれる必要はない、駕籠《かご》を呼んでこいつをこのままの状態で送り返すのがよいか。

いや待てよ、その場合、こいつが途中で気がつく、息を吹き返す可能性はきわめて大で、そうすっとこいつは絶対に右のごとき虚偽を平気で言うから、やはりこいつはこのまま気絶させておいて、家老に手紙を書き、あなたのところの用人がうちで気絶して困ってますので引き取りに来て下さい、というべきだろう。そのうえで、ははは、暗殺代金を引き上げてやろうかな。
そう考えた真鍋五千郎は次の間にたち文机の前に座ると燭台を引き寄せた。
幕暮孫兵衛は気絶したまま動かない。

長岡主馬は先ほどから薄くらい部屋で立ったり坐ったり、落ちつかぬ様子であったがやがて腕組みをして、部屋のなかを歩きまわりながら、相手もおらぬというのにはきはきした声で喋りはじめた。
「ま、このー、どんどんどんどん、入ってくるわけでしょ。頭のなかにどんどんどんどんどん。したらこのやっぱり、人名を考える場合はですね、文豪バルザックなんかどうしていたのでしょうね。或《ある》いは他の文豪とかね、どうしていたのかなあ。どんどんどんどん。って、この音が太鼓でしょ？　たから、たはっ、だからじゃない、たから、どんどんどんどん。音駕帯壺郎。音曲が帝《みかど》に嘉され帯が壺に入っている。ううむ。腐った名前だ。なんで帯が壺に入るのだ。蛇じゃあるまいし。うむっ。どんどんどんどん。帯壺蛇右衛門。っていうのはどうだろう？　蛇右衛門。蛇蠍《だかつ》のごとくに嫌われる、なんていうけど、ほんとに蛇のような男、月代《さかやき》がぬるんとして、目つきが膜が掛かったようになっていて眸《ひとみ》が針の穴のよう。舌をちろちろ出すのが癖で、どんどんどんどん。うひゃあ。こりゃ婦にはぜったいもてないやね。じゃあいっそもうなに？　どんどんどんどん。痰壺蛇右衛門。これでどうだい？　痰壺からぬるぬるの蛇が出てきて全身にぬるぬるまとわりついて離れない。

いやいやいやいや。私はそんなのは苦手なんだ。どんどんどんどん。どんどんどんどん。ああああああああああああああああああっ。って喚いてみたらすっきりするかと思ったらあんまりすっきりしないね。ああああああああああああああああああっ。俗に言う草木染めっ、ちゅうやっちゃ」

喋りは次第に白熱し、主馬は狂したがごとくに絶叫するなどして、そこに掛十之進が入ってきたのにも気がつかない。

「おい。長岡氏」

「どんどんどんどん。どんどんどんどん、この。どんどんどんどん、この。ぬる蛇が躰にまとわりついて、躰にまとわりついて、ミハヒンキュウニカラマレテ、あはっ。あはっはっ。賄役の禄がそんなに、あはっ。惜しいのかねぇ、誰さん？　あなた誰さん？　名前がまだ決まってないのよ。だって、どんどんどんどん、この。どんどんどんどん、この」

「なにをいっとるんだこいつは。おい、しっかりしろ」

「しっかりしろと抱き起こした。まだ沈まずや定遠は、どんどんどんどん、この」

「なにをいっとるのかぜんぜん分からんな。さては悪い狐にでもとりつかれたか。よしこは」と、十之進、一歩下がると、そこは武道の心得のある男、主馬の目をじい、っと見据えると、えいっ、気合を入れた。

「どんどんどんどん、この。ばかけ猿ゾル」

「まだ言うかっ、えいっ」

「佐兵衛どんが垢《あか》抜けぬ。その娘、さえ、さえ、茶がまに尻《しり》をいれないで、どんどんどんどん、この。どんどんどんどん、この」

「まだ、吐《ぬ》かしおるか。えいっ。えいっ。えいっ」

「真っ赤に燃えた、体温だから、真夏の海は、鯉の生け簀《す》なの」

「こんなに気合を入れているというのにまだ正気に返らない。よほど性の悪い狐とみえる。かくなるうえはいたしかたない。諸人に危害を加えぬうちに」言って十之進が刀の柄《つか》に手をかけると主馬は、

「たははは、すみません。すみません。やめますやめます」と通常の声を出した。

「いつから正気づいておったのだ」

「いつからって別に最初から正気ですよ」

「そうは思えなんだがな」

「っていうか、なんか無茶苦茶いってるうちにだんだん気持ちよくなってきて……」

「たわけたことを。それにつけても情けないざまだ」

「どうもすみません」と、主馬は頭を下げそれから飛び上がった。

「っていうか、あなたいままでどこ行ってたんです?」

「うむ。ちょっと城下を歩いてね、それから煮豆を肴に居酒を飲んで戻ってきた」

「まったくもって呑気な人だ。僕がいったいどんな思いでいたか知ってます?」

「ああ、存知しておるぞ。滅茶苦茶言って楽しかったんだろ。ぬるぬるの蛇とか言って」

「とんでもない」

「左様か」

「左様ですよ。そりゃね、最後の方は少しは楽しかったですよ。でもそれはあまりにも追い詰められた揚げ句、頭脳がまっ白になった揚げ句の楽しさであってその前には激しい苦悩や葛藤《かっとう》があったし、それはいまも続いているのです」

「では少しばかり伺ってもよろしいかな」

「どうぞ」

「まず、その、どんどんどんどん、この。というのはなんでござる」

「あ。これですか？　これはですね、たーたらたーん。たーたらたーん。たーたらたーん。つちゃつちゃつちゃつちゃつちゃつちゃ」

「いきなり歌いだすとはいかがいたした」

「これはですね、ジミー・クリフのですね、ザ・ハーダー・ゼイ・カムという曲のイントロダクションです」

「それがいったいなんの関係がある」

「つまりですね、この曲のサビのですね、ざ、はーだぜぇかーむ、はーだぜぇかーむ、わねんのー、というところがですねぇ、これは、日々の暮らしがどんどんきつくなってきている、という意味なんです」

「ああ。そうなの」

「そうなんです。で、つまりいま私もとてもきつい状況にあるわけでしょ？　それをこの歌に託そうと思ったんですよ。でもほら？　そのまま歌うっていうのも芸がないでしょ？　だから、一応、替え歌って言うかね、どんどんどんどんどん、この。どんどんどんどんどん、この。と言った訳です」

「成る程ね。で、それは分かったけど、なに？　尊公はいまそんなにきつい状況なのか」

と、十之進が言うと主馬はまた飛び上がり大声で言った。

「あたりまえですよ」

「ああ、そうなんだ」

「ああそうじゃありませんよ。私がねぇ、どんな気持でいるか分かってるんですか？　あなた」

「いや、分かってないから聞いてるのだけどね」

「ああもう。厭《いや》になるなあ。厭になるよ。どんどんどんどんどん、この。どんどんどんどんどん、この。って、ああ、ああ、ああもうこれも楽しくない。ますます追いつまって哀しくなるばかりだ」

「どうかしたのかい？」

「もうずっとどうかしてますよ。そしたら逆に訊《たず》ねますけどね。さっき私が音駕帯壺郎とか帯壺蛇右衛門とか痰壺蛇右衛門とか言ってたのはいったいなんだと思います？」

「いっこうに分からぬ」

「名前ですよ。名前」

「それくらいは俺にだって分かるよ」

「いや、そうじゃなくてですね、私の名前ですよ」

「私の名前って尊公は長岡主馬」

「そうですよ。けどね、もはやその名前を名乗っていられなくなったので別の名前を考えてたんじゃないすか」

「なぜ」

「は？　なんですか」

「なぜ尊公は前の名前を名乗っていられなくなったのだ」

「はは。ははは」主馬は力なく笑った。

「あなたがそういうことを聞きますか？　そうですか。じゃあ言いますよ。あなたが大浦様にあんな口を利くからにきまってるじゃないですか。いいですか。あの方はねえ、重臣なんですよ、重臣。偉いんですよ。その偉い人にあなたは滅茶苦茶な口のききかたをした。そら偉い人は怒りますよねー。けどあなたは藩外の人間だ、責任をとる必要はない。ぅでもね、責任は誰かがとらされるんですよ。その場合、責任とるの誰だと思います？　私ですよ、私。あなたの口車に乗せられてあなたを推挙した私ですよ。はははは。私はねぇ、多分、召し放ちですよ。いま藩は財政再建やってますからね、藩士を減らすのに躍起ですよ。そうすっとどうなります？　生きていくためにはなんでもやらなければならないでしょう。非道なこともしなければならなくなるでしょう。ならばいっそ、私は家名を守るために逆に長岡の名を捨て仮の名を名乗る決意をしたのです。そんな私の気持が分かります？　わかんないでしょう？」主馬は一気にまくしたて、

「どんどんどん、この。どんどんどん、この。うわあ、また楽しくなってきた。私はこのまま狂っていたい、あああああああああああああああああああああああああああああああっ」と絶叫、掛は呆れて主馬の狂態を眺め、なるほどまあ無理はない、と思った。井蛙《せいあ》大海を知らず、藩内に生まれ藩内に死ぬる主馬のような男にとって、藩のなかで居場所がなくなるということは死ぬるよりもつらいことなのだろうと思ったのである。

　掛は一瞬、憐憫《れんびん》の感情を抱いた。

「あわれったら、あわれ。あわれったら、哀れ」

「どんどんどん、この。どんどんどんどん、この。おこのおこのおこのこの」

「あわっれたら、あわれ。あわれったら、哀れ」

「どどどどいきよるてんがちゃのこの。どんどんがどんどんやきのこしらいでござい」

「あわれったら、あわれ、あわれったら。哀れ」

「どんどん焼きってのがこの単なる粉のやきどんどん……、ってあれ？」

「あわれったら、あわれ、あわれったら、哀れ」

「なにいってんの？　掛さん」

「あわれったら、あわれ。あわれったら、哀れ」

「今度はこっちがおかしくなっちゃったよ。これ。掛さーん」

「あわれったら、あわれ、あわれったら、あわ……、ってあれ?」

「なに歌っちゃってるんですよ」

「ああ、御免御免、思わず歌の世界に入ってしまった」

「って冗談じゃありませんよ。はめられたボクがおかしくなるんなら話は分かりますよ。けど、なんであなたが歌の世界はいっちゃうんですか? いい加減にしてくださいよ」

「すまぬ。他意はない」

「他意って例えばなんですか」

「考えてなかったが」

「ほらね。こういういい加減な人なんですよ。だから私は免職になる」

「いやいや、違う。尊公は免職にはならんよ」

「いえ、なります」

「いやそれがならんのですよ。それどころか栄転するかも知れないよ」

栄転という言葉を聞いて主馬は一瞬嬉しそうな顔をしたが、すぐに疑わしそうな顔をしたかと思ったら、口許に皮肉な笑みを浮かべ首を振りながら、甲高い声で言った。

「いっやー」

「なにが嫌なんです」

「いっやー。どうかな。僕が、いっやー。重臣を罵倒するような人を推挙した僕が栄転ってのは、いっやー、どうかな、いっやー、ない？　ある？　いっやー、ないでしょう。いっやー。いっやー」

普投、粗末な餌しかもらっていないのに急においしそうな餌を貰った犬が疑わしそうな小狡《こずる》い目で飼い主を見上げるような目で、いやいや言いつづける主馬に掛は言った。

「それが本当にそうなのだ。というのはな、実はいまだから言うが、拙者はお城にあがる前に内藤帯刀様にお目通りを願ってな。すべて話はついているのだ。じゃによって尊公はなにも心配には及ばぬのだ」

「それは嘘だ」

「なぜそう思う」

「だって私がなにも聞いてない」

「ところが拙者は本当に内藤様にお目通りを願ったのじゃ」

「いっやー。それはどうかな」

と主馬は疑ってやまなかったが掛は実際に内藤に会っていた。

尊大寺という寺の離れ座敷で内藤と掛は相対し、茶を飲みながら話したのであった。

「してなにかその腹ふり党というのは本当に危ないものなのか？」

「御意」答えた十之進を内藤はじろりと睨《にら》みつけ内心で胡乱《うろん》な奴である、と思った。妙に落ち着き払っていて態度がでかい。そのわりには細かなところに気がついている様子で礼法を心得ている様子でもある。謹厳な口調で喋っているのだけれどもふざけてそうしているようにもみえる。

内藤帯刀は思った。

乱世にはこのような男が一国の運命を左右したのであろう、しかしながらいまのような世の中ではただ詐偽漢に過ぎぬ。

ただし、その腹ふり党なるものの脅威が本当の話であれば捨ておけぬ話で、内藤は、十之進の話を聴き、腹ふり党が猖獗《しょうけつ》をきわめているというのはおそらく真実、その腹ふり党に関して十之進が知識を持っているというのも真実、ただし十之進が腹ふり党に対して特種の対抗措置を講ずるためのスキルを持っているというのは嘘であろう、と判断した。

内藤はあることを考え十之進に、

「政治家っていうのは一般に権謀術数をつくすものだと思われているようだが、あなた、掛さんはどう思われます」と、ゆっくりとした、鄭重《ていちょう》な口調で話し掛けた。通常、かかる目上かつ年上の者が、このように鄭重に、しかも、一度、あなたと呼び掛け、もう一度、「さん」づけで言い直す、というやり口に、通常の若い者はたいていどぎまぎしたりへどもどするなどして度を我を失うものなのだけれども、十之進は平静な口調で、

「そう思います。思っています」とはきとした口調で答え、内藤は内心、ちゃっ、と舌打ちしたいような気持になったが、もちろんそんな様子はちらともみせずますます鄭重な口調で言った。

「ところがね、必ずしもそうではないのです。というか、私なんぞは権謀術数なんて実は一度も使ったことがないのです。掛さん。私はもともとものぐさな質《たち》なんだ。権謀術数なんてものはめんどくさくてしゃあない。だから私はこれまで思ったことはそのままストレートに言うことにしてきた。夏目漱石の『吾輩は猫である』はお読みかな」

「いえ。まだ」

「まあ、そうじゃろうな。そのなかに、ばか竹の話というのが出てきて、私はその話をしようと思ったがめんどくさくなった。と、ほらね？　儂《わし》は思ったことをそのまま真顔でストレートに言う。そんな男なんじゃよ。というと、思うことがあるよね？　ここで君が儂に質問すべきことはなんだ？」

　と問われ、こういうところの如才のなさ、権力者の心を咄嗟に読んで相手の欲する問い、そう答えではなく問いを発することができるのが、掛が阿諛《あゆ》者としてトップに取り入ることのできる理由であった。しかしもとよりこういうことは頭がよくなくてはできず、主馬などは絶対にできない芸当であった。

「つまり、そんな思ったことをそのまま言っていて権力闘争を勝ち残っていけるのですか、という質問ですか」

　期待した答えがかえって内藤の機嫌が少しよくなった。言葉もさきほどから丁寧語ではなくなっていた。

「そう思うのが普通じゃろう。ところが勝ち残っていけるのだ。みなが権謀術数の限りをつくし、くねくね身体を曲げたり、あえてラテン語で喋ってみたり、思ったことの逆を言ってみたり、観測気球を打ち上げたりしている。そこへ儂は真っ直ぐ最短距離を歩いていって、はきはきと日本語で自らの主張や要求を述べる。するとどうでしょう。そうしてほかの奴がいろいろ曲げたりしていることはなにも意味もなく、結局、事態は儂の希望どおりに推移していくのだよ。ところが大浦主膳などはそこいらの勘どころが分からぬものだからいろいろ屈折した権謀術数をつくして様々の局面において、儂の仕事の邪魔をするのでうっとうしくてしょうがないんだけれども」

「そうですか」

「そうなんだ。それでまあそういう直球主義で単刀直入に聞くけど、例えばまず、私がこうして自分の成功した軌跡、っていうか経緯について君に語っているのは掛くん、はっきりいってオヤジの説教入った自慢が始まった、と思ってるのと違うかな？」

「そんなこと思ってません」

「よろしい。それでよろしいのだ。そこで儂の直球主義をまともに訓戒として受け取って、はい、思ってます、なんていう馬鹿な小僧とは仕事ができんからな。では、もう一つ、ストレートに真顔で聞く」

「はい。なんでしょう」と訊ねる掛に内藤は、ねらねらした、甘えたような調子で問うた。

「君が腹ふり党を根絶できるというのは嘘なんだろ？」

掛は瞬間、絶句した。

十之進が腹ふり党に対して明確な対策、骨太な方針をもっているというのは確かに嘘であった。掛がコーディネーターのようなことをやっていた西国のさる藩に腹ふり党が広まる経緯をつぶさに見ていたため、腹ふり党に関する知識はある。しかしその事態に対しての有効な措置を知っているわけではなかった。

もっというと十之進は外部の人間だったので、その意見が直接、藩政に反映されるということはまずなく、また逆に、藩のすべての情報をにぎっていたわけではなく彼が知り得た情報は噂の域を出ていなかった。

すべてははったりであった。

そのことを出し抜けに問われ、さすがに人生に関して図太いのか高をくくっているのか、あらゆる局面において慌てる、或いは真剣になる、マジになるということのない十之進も言葉に詰まった。

「うぐぐ」

「うん。なるほど。図星をさされて言葉に詰まった、というところだな」と内藤はあくまでも直球主義である。

「いえ、左様なことは」

「はっはーん。いちおう、そうして取り繕うようなこともいってみるわけだな。でもどうだろう、そこで僕が大人らしくすべてをのみ込んで、よいよい、分かったといって話を進めると思っているのかも知らんが、そんなことは僕はしないよ。というか、僕はねぇ、そうやって若者に好かれようとする年寄りじゃないんだよ。若者に好かれようとする年寄りというのはつまり自分がもはや年寄りであるということを恐れているだけだからね。きみたち若い者の気持も分かる僕、という僕を確認したいだけなんだよ。そんな年寄りが指導者となると国は亡ぶ。会社は業績が下がる。右のごとき事情で部下を叱ることのできない管理職が多くてほんと僕も困ってる。ということで、僕は君の心情を察しもしないし、君がはっきり答えるまで質問をやめる気はないんだよ。そこのところを理解してくれ」

言われて十之進はなお言葉に詰まった。

「ええ、まあ、その、あれです私は……」

「あと言っとくけど僕は甘える奴は嫌いだからね。よく老人キラーなどと称して若干のホモ臭を漂わせながら権力のある老人に、なぜか、はは、なぜか、っていうのが笑わせる、当人は意識しているにしろ無意識にしろ計算してるんじゃがね、なぜか可愛がられて実力以上に出世をする男があるが、その手は僕には通用しないからね。僕に特別可愛がられて、超自然的に物事がうまくいくことはないよ」

すべて読まれている。この老人にはなにも通用しない。そう悟った十之進は、しょうがない、すべてを有り体に打ち明けようかと思ったが、しかしすぐに思いなおした。

殺されるかも知れない、と思ったからである。掛は、必要な情報を取得するや、ただちにこの男は自分を殺すに違いない、と思ったのである。

ううむ。しまった。たまたま境内で姿を見掛けたのを幸い、話し掛けてうまいことやってやれなどと思ったのが失敗であった。くうっ。どうしようかしら。あくまで腹ふり党対策に関しての知識があると主張しようか。しかし、どうもそうでないことは露顕しているようだし、となると腹を割って、すみませんでした、と虚心坦懐《たんかい》謝るか？　しかし、それも駄目だとこいつはすでに言ってる。こういうとき俺はそういえば、困ったちゃんですねー、と、あえて他人事のように呟くことによって心に余裕をつくってクールダウンしてまた別の観点を自らのなかに生じせしめてきたのだが、いまは言えない。なぜなら、このおっさんがいるから。でもいいか、言ってみるか。十之進は言った。

「困ったちゃんですねー」

「いま、なんと申した」

「あ。だめだった。心に余裕が生まれない」

「なにを申しておるのだ」

「いえ、あの、困ったちゃんですねー、と」

「なんだ、その困ったちゃんというのは」

「え。これはですね、ニコちゃんと困ったちゃんというのがありましてですね、万事善きことをなすのがニコちゃんでありまして、反対に万事悪しきをなすのが困ったちゃんなんでして、ニコちゃんはその名の通り、いつもニコニコして顔貌《がんぼう》も円満温和であります。それに比して困ったちゃんはその名の通り凶相であり目をぎらぎらさせ口をとがらせ物欲しげな面つきできょろきょろいたしておりまする。転じて、なにか困ったことが起きた際、困ったちゃんですねー、と呟くのが習慣のようになっておりましていまもつい口をついて出た様な次第でございまして、まことにもって失礼をいたしました」

と、困ったちゃんのことをとがめられたのを幸い、空想を交えていい加減な話をして時間稼ぎを図りにかかった十之進に内藤は、

「なるほど。ということは尊公はいま困っておられる、ということだな。というのはつまり腹ふり党について有効な手段を講じることができるというのが嘘であることが露顕してそれで困ったと申しておるのだな」と話を引き戻した。一瞬、余裕を取り戻しかけたに見えた十之進は慌てて、

「いやいやいやいやいやいやいやいや」

「なんで八回もいやいやいうの？　図星だから？」

「いやいやいやいやいやいやいやいや。って、あ、またいってしまった。でも違いますよ。つまりですねぇ、僕が困ったちゃんと言ったのは、ほら、そうやって疑われてるっていう僕の立場自体が困ったちゃんだと言っただけであって、別に嘘とかついてるからじゃありませんよ」

「なんで？　別に嘘ついてないんだったら困る必要ないじゃない。堂々と自分は腹ふり党対策に自信があるっていえばいいじゃねぇの」

「いや、そうじゃなくてですねぇ、つまり僕が言ってんのは、そうして内藤様が疑っている以上、僕は説明をしなきゃいけないわけですよねぇ、つまりそうじゃないってことを」

「日本語が乱れて指示代名詞が増えてきたのは自信がないから？」

「また、ほら。そういうこと言うでしょ。だから僕は困ったっと言っただけですよ。それとはっきりいいましょうか？　はっきり言いますよ。内藤さんはあれでしょ？　つまり、僕が嘘をついていると思っていて、僕がそれを認めたら僕を殺すんでしょ？　殺そうと思ってるんでしょ？」

「まあ殺すでしょうね。ただでさえ面倒くさいんだから、これ以上面倒が起きそうなファクターを藩内に抱えていたくないからね」

「ほら、やっぱりそうだ。僕を殺そうと思ってる。ね？　殺されると分かっていて困ったと思わない人間がいると思います？　ところが内藤さんはそれすら疑惑の材料として、って、ああ、指示代名詞で喋っちゃいけないんですよね、それすらっていうのは、僕が困ったちゃんと呟いたこと自体すら、ということです。っていうか、指示代名詞で喋ること自体が駄目だっつうんでしょ。かはっ。それじゃあ、やってらんないですよ。なにいっても殺すっていうか、はなから人の話を聞く気がないんだもん。説明したって、その説明で殺すっつうんでしょ。なにを言っても疑われるんじゃ説明したって意味ないじゃないですかあ？　そんなんだったら喋るだけ無駄っつうか、あ。そんなんっていうのも指示代名詞で死刑ですか？　馬鹿馬鹿しい」

　と十之進はふてくされて横を向いたとき、鐘が鳴った。ごーん。ごーん。ごーん。命のリストラクチュアリングがなされるような哲学的な寺院の鐘の音が三度なって空に融けた。

解けた。肝がぞくりと冷えたような心持ちがした十之進が思わず、あの、と言いかけるのと同時に内藤が口を開いた。

「よろしい。分かった」

「あの、なにが……」

「つまり君がこれ以上、質問に答える気がないということが分かったのだ。けっこうです。しかしひとつだけ言っておく。君はそうして不貞腐《ふてくさ》れて横を向くなどしているが、なにも私は君に質問に答えてくれ、とお願いしたのではない。君に弁明のチャンスを与えてやっただけだ。ところが君はそのチャンスを棒に振り、私の質問の仕方を批判して不貞腐れて横を向いた。もう駄目だ。私だって人間だ。気分を悪くすることもある。それに君が正しいか私が正しいかという議論をしているのではないのだ。私と君は対等ではない。いまから私は、出合え、と叫ぶ。さすれば次の間に控えて先程から聞き耳を立てている部下が瞬間的に君を捕縛する。さらに言っておくが、君は超人的剣客だそうだな。でも抵抗は諦《あきら》めた方がいいよ。よく芝居で超人的剣客が何十人もの敵をたったひとりで切り殺しているが、現実にはそういうことは起こり得ない。抵抗は諦めた方がいいよ。では、そろそろ叫ぼうかな」

と内藤が言った。十之進は、

「待ってください」と大声を上げた。

目算があって叫んだわけではない。実際に殺されると思った瞬間、十之進の口が自動的に動いて、「待ってください」という音声が口腔《こうこう》から自然的に発せられたのであった。

「なんだね？」という内藤の威圧的な問いに、なお自然的な十之進は言った。

「殺さないでください」

「いまなんといった」

「私を殺さないでください」はっきりとした発音で言った十之進の顔を見て内藤は、ほっほーん、と言った。小癪《こしゃく》なかけひきで世の中を渡ってきたであろう十之進が自分に対してもその小癪なかけひきを行おうとしているのがきわめて鬱陶《うっとう》しく、また片腹痛かったので、そのようなことはやっても無駄だよ、という意味で先手をうっているうちに逆切れした十之進がここにいたって本心を吐露し始めたのが意外だったからである。

「ほっほーん。なるほど。やっと君は正直にものをいう気になったらしいな。つまり、君は私に殺さないでくれと言っているのだね。なるほど。僕は君はもっと頑《かたく》なな人格、或いはニヒリストだと思ってたし、僕が、殺す、と言った場合、はは。殺すのね、かなんか言って、じゃあの世ってのをひとつ確認してくるわ、かなんか言って、虚無的な笑いを笑って、そいで殺されるのかと思ってたのだけれども、どうやらそれも買い被りだった。殺されると分かった途端、そうやって素直になるというのは、いやあ意外でした」

若者特有の客気を挑発するような内藤の述懐にしかし十之進は乗らず、なおも、

「ええ、もうあの、仰《おっしゃ》るとおりです。とにかく殺さないでください」

「なるほどね。ということはだんだんはっきりしてきたな。つまり、僕は君を殺そうと思

ってる。ところが君は殺さないでくれ、と言ってる。つまり、僕らはこの溝を埋めなければならないのだけど、君は僕がいったん差し伸べた手を振り払った。だから君は独力でこの溝を埋めなければならないんだけど、どうする？」

「と申しますとどういうことでしょうか？」

「あー、もうわからん人やな。と言うらしいね、上方では。或いは、眠たいやっちゃなー、なんていうことも言うらしい。そんな風に上方の言葉を使ったりすることやなんかも含めてなにかと面倒くさいから殺そうかな」

と内藤がもちろんわざとつくったような口調ではあるがさも面倒くさそうに言うと、十之進は飛び上がった。

「すみませんすみませんすみませんすみません」

「なにが、すみませんのだ」

「いえ、あのつまり、僕の方から説明をしろっていうことですよね」

「そうそう。つまり殺したくないような気持にさせるのはおまえだと言ってるのよ、ぼかあ」

言われて十之進は困じ果てた。これまで自分が相手からなにを得るか、すなわち、自分のメリットについては考えてきたが、相手が自分から本当になにを得るか、すなわち相手にどのようなメリットがあるのかを考えたことが一度もなかったからである。まあ、もちろん、相手にそう思わせた、或いは勝手に思い込んだことはある。しかしながらそれはみな十之進の嘘、若しくは計略によってそう思っただけであって、実際に相手の利益があったわけではないのである。

「ううむ。そっすねー、僕を殺さないほうがよいというのはですねぇ、まあ、あの最終的には生かしておくとなにかとお役に立つということにつきるのですが……」

「けど、腹ふり党に対する具体的な方策を持っているというのは嘘なんだろ？」

改めて問われた十之進はもはやとりつくろうべきではないと思ってはきはきした口調で言った。

「はい。それは嘘です」

「じゃあ、殺さなきゃしょうがないよね」

「あ、でもですねぇ」

「なに？」

「いちおうほら、確かに実効的な対策はないかも知れませんけどね、いちおう僕ら現場にいたわけじゃないですかあ？　だからなんつうのかなあ、そういう現場にいたからこそ持ってるデータっていうか、そういうの持ってるじゃないですかあ？　僕としてはそういう部分で、そういう部分を提供するということを前提としてなにかお役に立てる部分があればなあ、というお互いの気持を重視したところでなにかできることがあれば探っていきたいなあ、といったような気持の持ち様を持つことはできないだろうか、ということをお互いに考えていきたいと思っていたわけなんですけどね」

「君がどういう人生を送ってきたかよく分かるよ」

「どういう人生でしょうか？」

「詐欺師の人生だ。あれだけ言ったのにもかかわらず、ちょっと気を許すと、訳の分からないことを言って人に責任を転嫁しようとする。お互いに模索するのではなく、君がプレゼンテーションをするのだ。いいね。三回言わないよ」

「申しわけございませぬ」

「それでいま君が言おうとしていたのはこういうことだね、つまり、自分は腹ふり党に関する集積されたデータを持っているのでそれを活用したらどうか、と言っておるのだね」

「まったくその通りでござる」

「さっきから急に言葉をあらためたね。はは。まあいいや。僕は口調に誤魔化されないよ。しかしそれは僕にとってはあんまり魅力的じゃないな。っていうのは、聞くけど掛くんね、君は以前いたという藩で腹ふり党担当だったの？」と聞かれ、反射的になにか言おうとした十之進に内藤は鋭い口調で言った。

「嘘はやめような。分かった瞬間、殺す」言われて十之進は一瞬、黙りやがて言いにくそうに言った。

「実は、僕は腹ふり党を担当してたわけではなく、コーディネーターとして雇われていただけです」

「やはりな」

「し、しかしですね、先ほども申しあげましたがやはりその現場にいた当事者としての情報は貴重じゃないかと思うのですが……」

「ははは。被害者の声ですか？　徒《いたず》らに情緒的な記事を書きなぐるアホ記者ならインタビューとりたいだろうね。でもそういう「ある小さな局面」は我々が政治的な判断をする際には必要ではないのだよ。そういう情報はしかるべきところに照会すれば入手できます。つまりその程度の情報と引き替えに他国の者に御領内をうろつかれるのは困りますってことだね。つまりその腹ふり党に関する知識は君の命を救わない、ってことだよ、ははは。よろしいですか？　殺して」

「ま、ま、待ってください、あの、あの、ちょっと卒爾《そつじ》ながらなんですけど」

「まだなにか？」

「いま思い出したのですが、僕は超人的剣客です」

「らしいね。それがなにか？」

「その剣の技術がお役に立たないでしょうか？」

「どういうこと？」

「つまり護衛とかそういうことですよ。どんな奴が斬り込んできても僕なら撃退できる」

「ははは。やめときましょう」

「なぜでしょうか？」

「だってそうでしょう？　あなたは剣が強いんでしょ。けどその剣が私に向かってきたらどうします？」

「けっしてそのようなことは……」

「いっやー、どうかなー。こうしてお互いのメリットを考えて契約関係でドライにやってるわけでしょう。あなただって率のいい話があったらすぐ寝返るでしょう。絶望と猜疑《さいぎ》から出発してる人間関係なんだから。それに人間には突然の発狂ということもあるしね」

「くはは」

内藤は悲嘆にくれる十之進を見て、きひひ、だんだん素直になってきやがった、と思って笑った。十之進は内藤の笑顔を見て言った。

「あなたが、くわあ、そうやって笑っているのはつまり僕を殺す、それで僕がいろいろと見苦しい姿や珍妙な姿をさらすだろうと想像して笑ったんですね。くわあ。じゃあ僕はいよいよ殺される訳だ。いやだなあ。怖いなあ」と怯える十之進をしげしげと見ていた内藤は独り言のように言った。

「まあ頭は悪くないんだよね」

「は？　なんすか？」

「君は頭はそんなに悪くないんだよね」

「ああそうですか、と喜んだところでどうせ殺すわけでしょ。つまり頭がいいと持ち上げて、そして落とす。というか、もはや亡くなった人を懐古するような口調であなたは喋った」

「うん。これならいけるかな」と内藤はまた独り言のように言った。

「なにがいけるのです。棺桶のサイズの心配でもしているのですか？　どうだっていいですよ。死骸なんかそこらに捨てちゃってください。どうしてもっていうんだったらドラキュラみたいな五角形の切支丹仕様にしてください」

「なんでそれがいいんだ」

「純然たる嫌味です。ははは。そしたら甦って復讐するかも知らんでしょ。あ、いまから言っときますけど僕は絶対に化けて出ますからね。或いはゾンビみたいに半分腐ったような状態で出てくるかな。ははは。武士道とは死ぬこととみつけたり。ああ、もうなにを言っているのか分からない」

「なにを言ってるか分からない、ということが分かっているだけでもたいしたものだ。っていうか、君は超人的剣客と言っていたな」

「まあそうだけど」

「つまりね、僕が言ってるのは君が超人的剣客のわりには頭がいいな、と思ったということで、まあ、とは言っても頭の良さというのにもいろいろな方向性があって、僕は君が反・超人的剣客的に頭がいいな、と思ったのさ。というと普通、なんで？　聞くんだけど君は聞かないのかな？」

「なんで？」

「うん。だんだん素直になってきたな。話しはじめた頃の君なら、なんで、なんで？　と言わなきゃならんの？　と言っただろうな。言わないまでも思っただろうな。で、その答えだが、つまりさっき君は自分が死ぬときの姿はさぞかし滑稽だろう珍妙だろう、そしてその様を見て僕が笑うだろう、と言った。そしてそのことを伝えるとどうせ死ぬんだから関係ない、と言った。つまりこれは一定程度、自分のことを客観化できているということで、しかし超人的剣客というのはきまってこれができないんだ」

「あ、そうなんですか」

「そうなんですよ。剣術ができる奴というのは自分しかないというか、自分をいったん離れて物事を考えることができない困った連中でね、例えば滅茶苦茶なこと、例えば金子百両を拝借したい、なんてなことを平気な顔をして頼んでくるから、こっちは驚いて、なんで僕が君に百両貸さなきゃいけないわけ？　と、聞くと向こうはもっと驚いて、なんで君は僕に百両貸さないわけ？　と言うのだ。よくよく話を聞いて分かるのは、つまり彼の根拠は、僕は僕だからこのかけがえのない僕に金を貸さないなんて非道いじゃないか、と言っているわけで、つまり彼は自分が相手にとって彼だということが分からない、つまり自分にとって自分は僕だから相手も自分を僕だと思っているのだ。だから相手に感情や意志があるということがわからんのだよ。つまり自他の区別が付いていないということだな。要するにこれは幼児の態度であって、世の中全体を母親だと思っているのだ」

「そんな人が本当にいるんですか？」

「それがけっこういるんだよ。特に超人的剣客などというものは最終的には斬ればよいと思っていて独善的だからこういう傾向に陥る場合が多いんだわ。後、多いのはミュージシャンとか映画監督な。いずれもある種の才能が必要で一定程度、頭もよくなければできん仕事なのだが、どういう訳かこのボクボク病の人が多いんだな。いずれもスタッフにかしずかれる立場だから間違っちゃうのかな」

「まあ、ボク、いや拙者の場合は牢人して苦労しましたから」

「いや、それが一概に恵まれているからという訳じゃないんだよね。けっこう悲惨な奴でも気がつかないでボクボク言ってる奴が多いんだよ」

「あ、そうなんですか」

「そうなんです。それに比して君は、すぐに人を出し抜こうとするはしこさ。詐偽漢のようなところはあるが、しかし自他の区別はきちんとついている」

「あ、そうですか。そりゃどうも。でも、まあもう死ぬし」

「それで僕はね、これなら使えるかな。と思ったんだよ。素直にもなったし」

「と申しますと？」

「いや君を私の部下として使おうかな、と思ったということですよ」

「え？」と十之進は大声を出した。

「ということは私は殺されない？」

「と思ったんだけどね。どしようかな。やめようかな。やはり詐偽漢のようなところがあって信用できないしな。どうしようかな。採用しようかな。殺そうかな。やっぱ採用、う

「まあ口ではなんとでも言えるからね」と内藤が、絶対に他人を信用しない小商人のような口調で言うと十之進は言った。

「絶対に裏切りません」と十之進は誠実だけが取り柄の営業マンのような口調で言った。

うむ、でも裏切るかも知らんし」

「私には妹がひとりおりました。子供の頃の話です。親に豚饅頭をひとつ宛貰てました。私はそれを早く食べました。ところが妹はなかなか食べず、私が食べ終わるのを見とどけてからゆっくり食べ始めました。なぜそんなことをしたかというと、私に見せびらかしたかったからです。なんという根性の腐った妹でしょう。妹はうまそうに豚饅頭を食べ始めました。私は非常に索漠たる、まるでなにも食べなかったような気持になり、妹に、おい。ちょっと兄にひとくち呉れ、と言いました。すると妹は兄のくせに妹に饅頭をねだるとは何ごとぞ、と理屈を言いました。私は非常に腹がたって、うるせぇ、くれ、と言いました。すると妹は、あげようかな、やめよかな、と歌うような調子で言いました。私は妹が、あげよかな、と言うたびに期待し、やめよかな、と言うたびに失望、落胆いたしました。ちょうど散歩に連れて行って貰いたい犬が飼い主の顔を期待して見上げているようなあんな感じでした。そうこうするうちに、饅頭は小さくなっていき、最後のひとくちになりました。しかしながらなんという妹でしょう、これに及んでも妹はまだ、あげよかな、やめよかなをやめんのです。私は妹に、君は、こんな犬のように期待をしている兄を哀れだと思わぬのか？　実の兄がこんなに欲しがっているものを君はくれないのか。君は兄が可哀相だとは思わぬのか？　惨めで哀れなこの兄が、と言いました。ところがどこまでソウルのふざけた妹でしょう、妹は、まったく思わない、と言うと最後の一切れとなった饅頭を食べると、ばーか、と言って彼方へ走っていったのです。そんな妹もいまは他家に嫁いで元気で頑張っています」

言い終わると十之進は犬のようにうるんだ瞳で内藤を見上げた。内藤は苦りきった様子で、

「あのね。私は忙しいのだよ。君はいったいなにが言いたいのだね」と言って不機嫌そうな仕草をした。十之進は慌てて言った。

「あっ、あっ、あっ、あのあのあの、あのすみません申し訳ありません。私の、私の言いたかったのは、二点です。一点はこんないままで誰にもしたことのなかった過去の恥をあなたに話したということは、それだけあなたを信頼しなにも隠さずにすべての情報をオープンにするということをお伝えしたかったからです。それと、話を聞いてお分かりだと思いますが、この場合、私は妹を殴って饅頭を奪ってもよかった。たいていの兄はそうしている。しかし私は最後まで言論を用いて事態の解決を図ったのであり、つまりなにがいいたいかというと私は誠実な人間だということをいいたかったのです」

「なるほど。君の気持は概ね分かったよ。じゃああのー、あれだね。いちおう君の命は僕が一時預かるということにしよう」

「わ、ほんとですか？　あ、ありがとうございます。ありがたい。ありがたい。私は、私

は助かった。頑張って誠実にやります。正直一途になります」

平身する十之進に内藤は言った。

「まあ頑張ってくれ。あと正直なのは私に対してだけでよいからな。藩内にはなにかと敵も多いでな。朋輩《ほうばい》や重臣に対して正直になる必要はないのだよ」

「わかりましたです。ではいまから私はあなたの陪臣です。なんでも命令してください」

「まあ、わしらの関係は他に知られぬ方がよい。あくまでも君はフリーでいいよ。で、まず君に頼みたいのはな、近う」

と言われて犬のように近付いてきた十之進に内藤は以下のように命令した。

「私はいまから君に命令を伝える。単純な命令だがよく聞いてくれたまえ。質問は後でまとめて受けつける。メモを取ることはゆるさん。二度、同じことを言わぬからよく聞くように」

「承知つかまつった」

「よろしい。では申す。明日登城の折、私はその方を宗門取調方として殿に推挙する」

「じゃあ、あの私は、という質問は後でいたしますのでお続けください」

「むかつくけどよろしい。続けよう。途中で命令を思い出したのじゃな。そうすると次席家老の大浦主膳というものが必ず、それはどうでしょうか、よろしくないのではないでしょうか、かなんか言ってくる。そしたら君は、得意の生意気な人を小馬鹿にしたような、年長者を嘲弄《ちょうろう》するような、得意のあの口調で大浦を馬鹿にするようなことをいってくれ。

命令は以上だ」

「あの」

「なんだ」

「質問してよろしいのでしょうか」

「あ。結構だよ。ただし手短にね」

「では儀礼的修飾を排して直截《ちょくせつ》にうかがいますが、一、私が小馬鹿にしたら大浦氏はなにかしらの反応をすると思うがそれに対して自分はどのように反応すればよいのか？　二、いったいなんのためにそんなことをするのか？　質問は以上でございます」

「いいねえ。万事そういう風に言って貰えるとこちらとしては非常にありがたいのだ。とかく会話には繁文縟礼《はんぶんじょくれい》というか時候の挨拶その他、儀礼的なことが多くて無駄だからね。一度、私は文字数をカウントしたことがあるのだが、電話の場合、そういう時候の挨拶やなんかが全体の90％を占めるんだよね。直接の面談の場合は、これも相手に断ってから録音、そのうえでカウントしたのだけれども、ちょっとさがって75％というのは顔が見えているから安心なのかね。それに比して、ファクシミリの場合27％、イーメールだと7％で、イーメールだと一分で互いに理解できる伝達事項が電話だと約十分を要するんだよね。これはおそるべき時間の無駄ですよ。ただしイーメールやファクシミリの場合、事前に自分の考えをまとめて文章にする必要があるでしょ。それを面倒くさがって、なにかというと電話で済まそうとする奴がいるが、あれには参るね。俺と話しながら考えをまとめるということは自分の脳を使ってやるべきことの半分を俺の脳を使ってやっているということだからね。それははっきりいって時間泥棒、頭脳泥棒だと思うのだけれどもね。それで、えっと、私はなにを喋ってたんだ？」

「私の質問が手短でよい、ということだったと思います」

「あ、そうだった、そうだった。いいんだよ。そこまではいいんだけれども、そのあとがいかん。というのは、君が嘲弄して大浦がどう反応して、それに対して自分はどう振る舞えばよいのか、っていうことを聞いたのがだめだ。なにがどうまずいかというと、君がやったことは指示待ちだ。これは仕事を進めるうえでもっともいけないことだ。というのは俺は大浦ではないし、大浦がどういう反応をするかその場になってみないと分からん。それは君だって条件は同じはずだ。だから君は、私が指示した傍若無人で無礼な若者という基本線にそって自分の頭でどういう風に振る舞うかを考えなければならんのだ。指示されたことをやるのなら誰でもできる。言ってくれればやります、という人間はいらん。私が必要としているのは自ら考えて行動し、結果について責任をとる人間だ。そういう人間でないなら、別に要らん。殺す」

「すみません。愚問でした。撤回いたします」

「よろしい。次に君はいったいなんのためにこんなことをするのでしょうか？　と聞いたが、君はそんなことを知る必要はない。君は兵だ。兵はただの駒に過ぎん。その駒がなんのために敵陣に突入するのでしょうか？　なんて質問を発し、将がいちいちそれに答えていたのでは戦争にならない。兵は命じられるままに突入すればよいのだ。それをば、僕は納得いかないうちは仕事をしません、などと最近の餓鬼はほざくが、そんな70年代フォークソングみたいな心のやさしみを求めて会社に入ってきてもだめだ。なぜならビジネスは戦争だからね。君がいつまでもそんなことをいっていると会社は潰れ、君は職を失う。それでも、納得いきません、って言って怒るのかね。誰を相手に怒るのだ？　会社は親じゃないんだよ。いつまでも君を甘やかしていられない。能力のない奴は整理される。君ももちろん整理される。というかこの場合、そんな面倒くさい手続は必要でない。この場で君を殺して終わりだ。まだなにか質問はあるかね」

「申し訳ありませんでした。仰るとおりにいたします」と十之進は答え、「では、明朝、登城いたせ」と言って立ち上がりかけた内藤に十之進は声をかけた。

「しばらく、しばらくお待ちください」

「まだ、なにか」

「ちょっと確認したいんですが、私はあなたに雇われたわけですよねぇ」

「まあ、非公式にだけれどもね」

「じゃあ、あのちょっと不躾《ぶしつけ》なんですけどお訊《たず》ねしてもよろしいですか」

「許す」

「給銀の方はどうなっているのでしょうか」

「かっ。どこまでも興醒《きょうざ》めな男だな、君は」

「恐れ入ります」

「まあ、給銀は君の命だ、と答えてもよいのだが僕はもはや君との問答に時間を割きすぎたし、いまの質問で君という人間にほとんど興味を失った。なんとなれば君はそういうドライなことをいうことによって僕に一矢報いたつもりかも知らんが、嘘でも僕は一国の経済を預かっているのだよ。君の給銀程度のことはまったくどうでもいい些事《さじ》だ。それをばふんふん鼻息を荒くして緊張して給銀は、といわれるのだから片腹が痛い。馬鹿馬鹿しい、それでなに？　いくら欲しいの？」

「銀八百匁程度頂戴できればありがたき仕合わせに存じます」

「銀八百とはまた高くつけたね？　はったりかなあ、殺そうかなあ。面倒くせえなあ。そういえばむかしとんでもない女がうちに奉公に来たことがあったなあ、あれも給銀だけは人並み以上にとってた、用人が苦労しとったわ。でもなんで？　なんで銀八百なの？　どういう基準でそういう値段つけたの？」

「いま私は長岡主馬殿のお小屋に厄介になっており、先日来いろいろお世話になっておる長岡氏にご恩をおかえししたいというか、彼もいまいろいろと窮乏・逼迫《ひっぱく》しておりまして、そんなこんなで」

「ああ、あいつなあ。あいつもリストラ対象で半知召上になっとるからなあ。っていうか、まあ、そうして世話になった人に恩を返す、という名目があるというのはまあしょうがないな。じゃあ銀八百っていうか銭を二十貫文をつかわす」

「ありがたき仕合わせ。ください」

「と言って、いまはない。後で取りにいけ」

「御屋敷に参上つかまつればよろしゅうございますか」

「当家には来るな。城下に美州屋という口入屋があるで、それへ参って受け取れ」

「なにか書いたものは？」

「必要ない。行けば分かるようにしておく」

「では。左様なことにさせていただきます」

「よろしい。さがりなさい」

「はは」

十之進は平伏してそのまま背後に躙《にじ》りさがり、腰をこごめて退出したのであった。

というのが内藤・掛対談のべた起こしである。十之進は対談の内容をかいつまんで長岡主馬に話した。

もちろん自分に都合の悪いところは話さない。話を聞いて主馬は言った。

「ってことは、あの城中でのことはすべて……」

「そう。すべて打ち合わせ済み、予定の行動ってことさ」

「え。そうなんですか」と主馬は心の底から驚き、頭が真白になってその真白な頭にさらに真白な粉雪が音もなくしんしんと降り積もり、ましろあたまにゆきぞふりける、という心境で虚心坦懐、子供のような無邪気さで十之進に訊ねた。

「なぜ、そんなことを」聞かれた十之進が、

「うん、それは俺も最初分からなかったんだけどね、いま思うに、と思うことを尊公に説明しようと思ったのだけれども……」と言って十之進は悪い、ものごとをたくらむような悪戯《いたずら》っぽいような顔をした。

「なんでござる」

「こうやって家の中で話しているのも陰気くさい。ちょっと城下に行って一杯やりながら話すことにしよう」

「うむ。それもよいが当家にはもはや金子がない」

「くわつはつはつはつ。まあ心配するな。金はござる」

「え？　なんで？」

「君は人の話を聞いてるのか？　私は内藤殿の隠密となって給銀を貰うことになったたつったでしょ」

「あ。じゃあ、もう？」

「うん。下城のおりに美州屋に寄って貰ってきた。ほら、このとおり」と言って、十之進は懐から巾着《きんちゃく》を取りだし、ぽーん、と投げた。

長岡は、あっ、と駆け寄ってこれを拾う、手に取ると他のものとは違う銭の重み、

「では、あの話は本当……」

「尊公は俺が嘘を言っていると思っていたのか？」

「ええ、まああなたのことですから」

「ばかいってんじゃないよ。尊公相手に嘘を言ったって一文の得にもならない」

「じゃあなたこの金子はどうなさる」

「だからさ。これから城下へ行って一連のできごとについて意見を交換しつつ、でもただ交換するのもなんだから、一杯やりながら、といってただ一杯やりながらというのもなんだから、ちょっとこんなことするのを呼んで、それからこんなコトするのも呼んで、あ、こーりゃこーりゃこーりゃこーりゃこーりゃ、なんてことをやるというのはどうかなと思ったんだけどね」

「そら、そらいけません」

「なぜだ。別に誰に迷惑かけるわけでもない、俺が一生懸命に働いて得た金子で、あ、こーりゃこーりゃこーりゃこーりゃ、と言ってどこが悪い」

「いえいえ、それはもっともでござるが財政逼迫のおりから節倹のお触れが出ております折柄、そんな目立つ散財をしたら目付方に叱られます」

　言われて十之進は唸った。

「ううむ。なるほど。それで金の出所を調べられたら内藤殿と拙者の雇用関係が露顕するかもしらんな。やむをえぬ。散財は諦《あきら》めてテレビ時代劇で牢人ものかなんかが入っていって、おやじ、めしと酒だ、かなんか無用に威張って言うような腰かけの飯屋に行こう。破れ提灯《ちょうちん》がさがったような。表は腰高障子でそこに、めし、と書いてあるような店。っていうのは、あれ前から疑問だったんだけど、おやじ、めしと酒だ。といってなにが出てくるのだろうか。飯というのは食事という意味で適宜お新香やぶた汁などもついているのだろうか。それにしては、ここにおくぞ、かなんか言って、ぴしゃって銭おいてるけど五文とか六文とかいっても十文くらいしかおいていない気がするんだよね。いま、ここいらでそんくらいいくったらまあぶた汁は十五文、お新香はそうだなあ店にもよるけど、ま十文かそれくらいは絶対するでしょ。ライスが五文だとして酒は二十文はするでしょ。じゃあそれだけでもいくらだ？　五十文でしょ。いっやー、そんなしない感じするんだよなー」

「もし」

「牢人だから怖い？　一種の食い逃げ？」

「もし」

「いやでもそんなことはやはり……、って、あれ？　俺なに話してたんだっけ」

「なんかしきりに小銭の計算を……」

「すまぬすまぬ。えぇっと、なんだっけ。そうそうそうだから飯を食いに行きましょうよ」

「それもまずいのでござる」

「なにがまずいのよ。散財はしないっつってんじゃん」

「いやそうではなくてですなあ、あなたには先日から随分と立て替えがあるのでまずそれを御返済願いたいのです」

「なにをおっしゃる。あんなものはいつでも結構ですよ」

「はなしがあべこべでござる。というか私も困っているのです。あなたが登城するというので調えた装束の代金がござるうえ拙者自身もほうぼうに借銭がござってな、私の指先を御覧なさい」と言って主馬は座敷の一角を指差した。

「みました」

「なにがみえます?」

「爪がみえる」

「違いますよ。爪の先になにがみえます」

「垢がたまってる」

「殴りますよ。それって上方落語じゃないですか。その壁のところを見てください、といってるのです」

「すまぬ。最初から分かっておちょくっていた。ええっと、あ!　あそこにあった立派な仏壇がなくなっている。いかがなされた」

「金がなくて売ったんですよ。御先祖様に申し訳ない。さ。金子を返してください」

「といっていくら返せばよいのだ」

「されば三両です」

「そら、そら阿漕《あこぎ》だ」

「阿漕ではなく三両というのは本当です。さあ、すみやかに返却してください」

と主馬は借金返済を迫った。

しかし主馬はかかる交渉に慣れた十之進の敵ではない。

「まままままま。そういう話も含めていっぱいやりながら。ままままままま、とにかくとにかく」かなんか言う十之進に抱えられるようにして表に出た。

ふたりは肩を並べて城下へ続く道を歩いた。


「ああ、ここがよろしいですな」と、一軒の店の前でふたりは足を止めた。

軒に提灯がぶら下げてあり、腰高障子に、めし、と書いてある。

「こうとこがえてしていっがいにうまかったりするんだよね」

「どうでしょうね?」

「まあいいではないか。入りましょうしょう」言うと、十之進は障子を開けてなかに入った。

大きな木の卓の回りに筵《むしろ》を敷いた空樽が並んでいて、手前の席には年かさの商人のような男と職人体の男が二人なにごとか話し込んでおり、その反対側にも大工か左官のような男たちが肉厚の杯で焼酎を飲んでいる。

十之進は、刀を手に持ち、「御免」と大声をあげると、奥の小上り様の席に先に立って坐り、主馬もこれに続いた。ちょっと間があって、「へい」という返事が聞こえて、仕切りの奥の調理場のようなところから店主とおぼしき男がでてきて、「いらっしゃいまし」と覇気のない声で言った。

「おやじ。酒と飯だ」と十之進は言い、「へーい」と承って親爺が奥に引き込むと、主馬にむかってにやりと笑っていった。

「これをね、一度言ってみたかったんですよ」

「は？」

「いや、つまりさっきも言ってたでしょ。つまり酒と飯というもののその実体を……」言っていると親爺が、「お待たせしました」とやってきて卓の上に茶碗とちろりを並べた。

「なんです？　これは？」

「酒と飯でございます」

「こういうことでござったの？　酒と飯というのは」

「ええ、酒とそれからめしになっておりますです」

「しょうがねぇなあ、じゃあね、ええっと、品書きはこれか。ええ、じゃあね、鱈白子ポン酢とね、つくね。それからあ、ええ、鯛の造り、ええ、それから」

「そんな頼んで大丈夫ですか？」

「大丈夫、大丈夫。ええっと、あと、風呂吹大根」

「すぐにさしていただきますです」

と料理を注文の揚げ句、十之進は、ままま、とちろりを取りあげ主馬にさし、それから

自分も一杯飲み、

「さ」と言って主馬の顔を見た。

「さ。どうです、こう、ぐっ、といった感じは。お？　なかなかいい酒でござるな」

「左様でござるか」

「うむ。じつにいい酒でござるよ。こういう店だからまったく期待はしていなかったのだが、ぜんたい酒というのは難しいものでござってな」

「左様でござるか」

「左様左様。難しいのでござるよ。微妙にこう味が違っただけでね、こう味わいという観点ではぜんぜん違うのでござるよ。その段、ビールなんていうともうだいたいみんな同じようなものでね、あまあ、南蛮渡りのビールなんていうのはだいぶ味が違うようでござるがな」

「左様でござるか」

「って、君さっきからさあ、左様でござるか左様でござるか、ってぜんぜん気がない様子だけどどうかした訳？」

聞かれて主馬はここぞとばかりに勢いごんでいった。

「そらそうでござろう。だいたいにおいて僕たちはなんのためにここに出てきたわけです？　内藤様のお考えについて話しあうためでしょ。それをなんです？　清酒がどうのビールがどうのって、こっちはお役ご免になるかも知らんのですからね、いい加減にしてくださいよ」

普段、気弱な主馬が珍しく憤然としているのを半ば意外に思いつつもその勢いに押された十之進は珍しく素直に、

「いやこれは相済まぬ。そこのところに気がつかなかった」と謝ったところへさして、誂《あつら》えものが運ばれてきた。

「おっーほっほっほっ。きたたきたきたきた。お。こ、これはなかなかというか、酒の性がいいとこうしたあての、と言ってあてという言葉を尊公はご存知ないだろうな。上方ではこうしたちょっとしたつまみもののことをあてと申すのでござる。といって、こういうことをいってるとまた怒るんでしょ？」

「怒りはせぬが」

「わあったわあった。じゃあまあ、このうまいつまみもののことは特段描写しないでまあ我々はそれを食ってうまいと思っているのだけれども、そのことには触れずに要談にふけっていると、そういうことですな」

「なにをいってるのです」

「いや、つまりほら、料理があるそのことはまあ我々にとってどうでもいいっていうか、まあ我々じゃないね、僕にとってはそういう話をあなたとするのもいいかな、と思うのだけれどもあなたはお役に関する話がしたいんだよね。つまりそれくらい勤め人にとって人事の話というのは面白い話な訳で、例えば人に聞いた話だが、ある人が会合に出席して、

その会合がひけ二次会ってことになり、各々車に分乗して二次会場に向かったのね。で一緒になったのがやはり勤め人で、その人は牢人だからぜんぜん興味がないのに、車のなかで延々と人事の話をしてるのね、そしてそれがさあ、と、そのときのデテールを僕が喋ろうとしたら、ほら、君はもう嫌な顔してるでしょ。それくらいに人事の話というのは大事なんだね。しかもこの話というのも人事の話なんだけれどもね、ところがそれには興味がない。それはなぜかというと自分がそこに関係をしないからだね。このことは、パーソナルなストーリーに狂熱する人々ということを考えるにあたってなるほどね、と思う点は多いよね、オリンピックとかサッカーとかに対する狂熱もそうだしね。つまり直接的な小さな利害損得の関係が神話的なシンプルなストーリーと組みあわさるとみんな気が狂って正気を失って泥酔者のようになるということさ。そのストーリーに乗り切れない人が腹ふり党に入る、って話は気に入らないんだろ？」

「いかにも」

「わかったほんとにやめる。で、なにから話そうか？　なにから聞きたい？」

「内藤様は拙者のことをなんと仰《おつしや》っていたのでござる」

「単刀直入でござるな」

「拙者が知りたいのはその一点でござる」

「そらまあそうだろうけど、内藤さんはね、国事全般のことを考えているのであってそんなあなたの処遇なんていちいち考えてないよ」

「では拙者はどうなるのでしょう」と主馬は、はりつめていたものが一気に崩れたのか、やっといつもの情けない感じになった。

「いや、それはまあ全体がどう動くかによるよ」

「じゃあ、全体はどう動くんです」

「そら分からんけど少なくとも僕らは内藤さんにとりあえず乗ったんだから内藤さんの動きが僕らにとって一番重要だよね」

「なるほど。ということはその内藤さんはどういう風なことを考えているのでしょうか？」

「やっと話がここまできたね。つまり僕が城中でわざと無礼な振る舞いをしたのはあれは内藤さんと打ち合わせ済みのことであって、いったいなんのために内藤さんはそんなことをさせたのかということでしょ」

「あ、左様左様。左様でござった。忘れてた」

「保身ばかり考えているからそうやって大局を見誤って破滅していくのだ。よいか。よく聞きなされよ。つまりは結局、内藤さんは殿様に腹ふり党対策を講じる必要があると進言をなさり、具体策としてその道のエキスパート、すなわち拙者を雇い入れてはどうか、ということを提言したわけだよね」

「左様左様。ところが尊公が偉そうにしてすべてはおじゃんになり内藤様に尊公を紹介した拙者が責任をとらされる」

「ところがそうならんのだ」

「どうなる」

「つまり、その時点では責任問題は生じないんだよ。責任問題というのは実際の問題が生じて初めて生じるんだよ。無礼な奴が来たので追い返した。これで話は終わりさ。なにも問題は生じていない」

「でも城中での無礼な振る舞いというのは問題でしょう」

「いまが平穏無事な時代だったらね。ところがいまおたくの藩はそれどころじゃないでしょ。財政は破綻寸前だし藩内には策謀が渦巻いている。みんな目前の、自分のことで精一杯で無礼なんてきにしちゃいないさ。まあ怒ってるとしたら大浦さんくらいじゃない？」

「でも御家老を怒らすというのはたいへんなことですよ」

「そんなことないよ。だって俺たちは内藤側の人間なんだぜ。内藤を怒らしちゃまずいけど大浦がいくらむかついたってなんらの痛痒《つうよう》も感じない」

「そうなの？」

「あったりまえじゃん。内藤と大浦というのはどうしたって並び立たない」

「まあ、拙者にはくわしいことは分からぬが内藤様と大浦様とはなにかと御意見の相違があるという話はよく耳にいたす」

「だろ？　しかしあんたはぼやーっとした人だね。部外者の僕でもこんなはっきり感じているのに。まままあそれはよいとして、つまりでもね、本当の意味での責任問題というのはだからこれから生じるんだよ」

「と、というとやはり私はお役ご免……」

「ってそんなね、あなたのレベルの話じゃないんだよ。つまりね、これから腹ふり党がどんどんどんどんやってくるわけでしょう。そしたらみんな腹ふって働かない。しかも奴らは現世のことは全部、条虫の腹の中のことと信じて善悪が逆転してますからね、押し込みはする火つけはする娘は手籠《てご》めにする、或いはもっと無茶苦茶な、にやにや笑って自分の腕切り落とすとか、髪の毛燃やすとかそんなことも始める。しかし、それを取り締まる警察力というのも財政窮乏の折から整備するのは難しいからより無茶苦茶になる。そうなってはじめて責任問題というのが生じる訳ですよ。つまり、もっと早く対策できなかったのかっつう話になるわけですよ」

「なるほどね」

「そうなって責任とらされるのは誰？　僕を推挙した内藤さんか？」

「そら違うでしょう。だって事前に推挙した訳だから」

「じゃあ内藤さんに僕を紹介した貴殿か？」

「なんで私が？　私はそうならないために尊公を推薦したんだ。藩がなくなるという君に騙《だま》されて」

「人聞きのわるいことをいうなよ。騙してないよ。そうなると藩は実際危ないよ。ということは誰なんだよ？　責任とるのは？」

「そりゃあ誰かっていえば尊公をしりぞけた大浦主膳殿になるなあ」

「だろ？　ということはどうなる？　大浦一派は一掃されて藩政は内藤様の思うがままではないか」

「なるほど。そこまでお考えであったか」主馬は慨嘆し腕を組んで天井を見上げ二秒ほどしてから腕をほどき、鱈白子ポン酢をひとくち食べて酒を飲み、

「なるほど。実にうまいものでござるな」とのんびりした口調で言った。

みずからの地位が保全されるとなるやこの体たらくでまことにもって情けない人物である。

主馬は言った。

「では追って沙汰があるまで私の家でのんびりしておられるがよい」

「そうさせていただく」

掛は答えてなお盃《さかずき》を傾けた。


数日後の昼下がり。主馬の家でなにもやることがない十之進は左手を頭の下に置いて寝転がり、天井を眺めて足を開いたり閉じたり、膝をくっつけて左右にかくかくさせたりしていた。ときおり外から、からん、という音やしゅわん、という音がしていた。それへさして玄関の方で、「ごめんください」という女の声が聞こえたので十之進は、あふふっ、といって立ち上がり、いそいそ玄関に向かった。

玄関に女が立っていた。

玄人の女らしかった。十之進は、陰気な声で、御用でござるか、と言った。女は、「あのおー、これをー、わたっせってぇー、いわれたんでぇー、もってきました」と一文節ごとに語尾を上げていうと十之進に手紙を渡して立ち去った。

女が去った後、不思議な、屁のような香りが立ちこめていた。

封を切ると時候の挨拶もなにもない、

「お世話になっております。松万屋の先を左に曲がって暫く行った先の雑木林の前にある馬場にきていただければ幸いです。よろしくお願いします」とだけ書いてある。

十之進は行ってみようと思った。或いは罠かも知れない。しかしそれがどうしたというのだ。俺は超人的剣客、いざとなれば斬ってしまえばよいし、それによい話かも知れないではないか。ある大企業の創業者は会社が世界企業になった後も会いたいという人があればとりあえず会ってみるらしい。可能性の方にかけるのだ。暇なくせに無闇に忙しがったり、大人物ぶって会わないのは駄目だ。それに俺はいま暇だ。大企業の社長でもない。

そう考えた十之進は玄関に脱いであった赤い鼻緒の日和下駄を履き表に出ると、これをちゃらちゃら鳴らして歩いた。

城下外れの雑木林の手前、草をまあるく刈って馬の調練場にしてあるところがあり、十之進はその調練場のまんなかより少し左の辺に立った。

誰もいない。

「ち。いたずらか」と十之進が呟いたとき、雑木林の影から二人の武士が出てきて、十之進に近づいてきた。

ひとりは痩せて背が低くちょかちょかして落ち着きがない。いまひとりは恰好は普通なのだけれどもどことなく異様の空気が漂っている。なにもいわずに近づいてきて十之進から六尺くらいのところまでくると足を停め、しかし黙りこくって立ちつくしている。

十之進はたまりかねて声をかけた。

「拙者を呼びだしたのは卿等か」

それでもふたりは強情に黙っている。

黙って突き袖をし、悠然としている。

よくみると左右に揺曳《ようえい》しているようにも見える。十之進はむかついて言った。

「なんで黙っておるのだ、むかつくなあ。ひとに電話かけてきて、タナカですけど、などと名前を言ったなり黙る奴がいるけど卿等もそのくちか。なんとか申されよ」

十之進が怒鳴ると、左側に立っていた男が突然、

「斬る」と叫んで抜刀、目にもとまらぬ速さで、ばわんっ、左から右に薙《な》いだ。

十之進が並の剣客であればとっくに臑《すね》を斬られて倒れていただろう、しかし十之進は超人的剣客であった。瞬間、ばっ、八尺も後ろに飛びすさり、それから静かに抜刀してこれを正眼に構え、そして言った。

「いずれ私を掛十之進と知っての狼藉《ろうぜき》であろうがいきなり斬りつけるとは卑怯千万。名を

名乗られよ」と腹から声を出した。錆《さ》びたよい声であったが、内心ではやはり家で寝ていればよかった、と思っていた。

　男は笑った。

「ふっ、ふっふっふっふっふっふっ、ふうっ。ちょっと疲れた。しかしながら俺の秘剣『悪酔いプーさん、くだまいてポン』をかわすとはお主、できるな。その腕に免じて俺の名前を教えて進ぜよう。俺は真鍋五千郎といいます。よろしくお願いします」

「なるほど真鍋五千郎か、ふっふっふっ、ひさびさに腕が鳴る。では返り討ちにしてくれるが、ところでその横で寝ている男は誰だ」と十之進は、はじめ立っていた位置で具合悪そうに横になっている男を刀の柄で指して聞いた。

「こいつか。こいつは幕暮孫兵衛」

「なぜ横になっているのだ。どこか悪いのか」

「こいつは都合が悪くなると気を失う」

「ふーん。変わった奴だな。なぜ都合が悪いのだ」

「それは斬り合いになったら自分も無関係ではいられんからだろう。そんなことはどうでもよい。とにかく俺はお主を斬ることになってるのだから斬る」

「おほほほほ。あなたに拙者が斬れるかな。というかこちらからいくよ。『悪酔いプーさん、くだまいてポン』かなんか知らんが、じゃあこれはどう? 僕の秘剣、『受付嬢、すっぴんあぐら』を受けてみよ」

じゅらじゅらじゅら、ぎゃあああ、なんてなんて凄い顔。ぼっすーん。怖ろしい気合で迫ってくる十之進の剣を間一髪でかわした真鍋は言った。

「ううむ。まじできるな、お主。それでは今度は俺の秘剣、『蜜蜂ハッチの目って狂気的だよね』を受けてみよ」

「メルヘンで攻めてくるな、君は。こいっ」

ふたりの死闘は小半刻も続いた。研ぎすまされた、技と技、精神と精神の戦いであった。顔面花結び、秘技草履《ぞうり》返し、怪奇人間炬燵《こたつ》、海老《えび》一提灯《ちょうちん》斬り、睾丸《こうがん》稲荷返し。ふたりは秘術の限りをつくして闘った。ふたりはかわしきれなくてついた小傷から噴出する血で血みどろだった。そしてふたりは、闘ったうえでお互いの実力を認めあうもの同士だけが感じることができる、奇妙な友情に似た思いをお互いに対して抱いていた。

「はあはあはあ」

「ぜいぜいぜい」

「できるな、お主」

「君こそ」ふたりは倒れそうになりながら刀を杖にして立ち、笑いあった。

しかし一方が倒れない限り、闘いは終わらない。

よろよろになりながらもふたりは刀を正眼に構えてまた向かいあった。

「きええええええっ」

裂帛《れっぱく》の気合で十之進が斬り込もうとした、そのときである、真鍋が頓狂《とんきょう》な声をあげた。

「シトゲちゃん！」

「むむっ」

　十之進は虚を突かれて固まった。シトゲちゃん？　俺をシトゲちゃんと呼ぶのは両親と谷木《やぎ》さんのおばちゃんとそれから誰だろう、もうみんな死んでしまったはずだ、後は瀟子《しょうこ》ちゃんと……、考えていた十之進は、き、君は……、と言って驚愕のあまり少しよろけた。

　自分を殺しに来た刺客が幼なじみのゲラだったことが分かったからである。

「いっやー懐かしいなあ、ゲラちゃん」

「ほんとほんと。懐かしいなあ、シトゲちゃん」

「何年ぶりだろう」

「もう二十年になるんじゃないのかなあ」

「もうそんななんのかー。いっやー、懐かしいなあ。で、いまなにやってんのよ」

「いまはね、まあぶらぶらしてるけど、ただ暇だからさあ、ときどき刺客みたいなことやってんだよね、頼まれで」

「やや。刺客？」

「むっ。そうだった」

　ふたりは同時にとびすさった。

　六尺もとびすさった。

　ふたりは刀を構えてむきあった。

しかしふたりは、先ほどまでの気合が満ちてこないのを感じていた。

真鍋五千郎が言った。

「やめた」

「え？　なんだって」

「おまえがシトゲちゃんだと思うとちっとも斬る気にならん。三歳の頃、お遊戯があって俺は義経の役をやってシトゲちゃんは牛若丸をやったろ。あのときのことを覚えてるか」

聞かれて十之進は刀を曖昧にひいて言った。

「ああ、覚えているとも。あのときは君の侍の扮装《ふんそう》が羨ましかったぜ。こっちは公家風のなよなよで笛持ってたからね。それも芝居用の鳴らないやつだ」

「なつかしいよな。でもあのときお前は瀟子ちゃんと一緒になって俺を助けてくれたんだぜ」

「そんなことあったっけ」

「あったさ。芝居が終わって俺は麦畑でひとり立ってた。そしたら向こうから芝居を見たという子供が五人やってきてね、気に入らないから殴る、というんだ。よくみると、牛の首の役と下人の役をやっていた連中だ。俺が主役なのが気に入らなかったのだね。殴るって言う。しょせん子供だと思ってなめてはいけない。っていうのはまあ何人かは大したことないのだけれども、なかのひとり、こいつが問題だ。佛野《ほとけの》ジョウジっていう牢人の子供で差オムっていうのだけれども悪いことに親がシャブ中でこいつも八歳なのにシャブ漬け。

なにをするか分からない。こわいなあ、と思ったけれども俺は義経でへなへなの弓しか持ってない。それへさしてお主と瀟子ちゃんが来てくれて笛と扇、両方とも硬い木でできたので無茶苦茶にどつきまわしてくれてそれで俺は助かったんだ。あのとき、笛で無茶苦茶にどつき回された差オムの懐から注射器が落ちてがしゃんと割れて、その瞬間、脇にいた差オムの弟、まだみっつくらいだったのが、わっ、と泣きだして、そのとき俺は世界が哀しみに満ちていることをはじめて知ったんだ。夕焼けが麦畑を紅く照らして向こうの林が逆光で黒いのが無気味だった。空がどんどんわたくしに向けて縮まってくるような気がして胸が苦しくなった。俺は声を放って泣いた。助かったのに。その俺をお主は家まで送ってくれたんだ。そんな君を僕が斬れると思うか」

「なるほどね。まあ、君が斬らないというのなら僕の方に無理に闘う理由はない。しいていえば突然呼びだされて斬りかかられたことに対してのむかつきがあるけどそれも君がゲラちゃんだということがわかったらなんでもない、っていうかこんな喋り方自体やめようよ、昔みたいに話そうよ、差オムやなんかどうしてんの？　みんなどうしてんの？」

「そうだよね、っていうか、みんながどうしてるか俺にも分からないんだよ、君がいなくなってすぐに俺はこの藩に戻ったからね。それから一度もあすこへは帰ってない。君こそ、あれからどうしてたんだい」

聞かれて十之進は目を伏せ、それから顔を上げて寂しく笑って言った。

「いろいろ。いろいろあったんだよ」

という十之進の様子を見て十之進がなだらかでない人生を送ってきたのをみてとった真鍋五千郎はそれ以上尋ねない、ただ薄く笑った。

ややあって十之進が言った。

「ところでなんで俺を斬ることになったの？」

「それを聞かれるとつらい。まあ頼まれたからだ」

「誰に？　こいつに？」と十之進は脇で気絶したままの幕暮孫兵衛をさして言った。

「違うよ。そいつはただの使われものだ。そいつの上司に頼まれたんだ」

「ってことはつまり、大浦主膳に頼まれたってことか」

「そうだよ」

「やばくない？　勝手にやめて」

「ぜんぜん問題ないよ。俺は別に藩のどの派閥にも属してないし義理もないんだ。ただ金もらって殺人してるだけだから」

「じゃあ大丈夫だな」

「そうだよ」と五千郎が言ったとき幕暮が、ううむ、と唸った。

「うるせえ。てめえのせいで友達を殺すところだった」と言うと五千郎は刀の鞘《さや》で幕暮の鳩尾を思いきりついた。

「ううん」可哀相に幕暮、白目をむいてまた気絶した。幕暮に五千郎は、

「この金さえ返せば義理はないんだ」と言って懐から銀八百の入った巾着《きんちゃく》を取りだし幕暮

のうえにぶちまけ、

「ああ、すっきりした。どうだ？　つもる話もある。そこらでいっぱいやらないか」と十之進を誘う。十之進、これを受け、

「いいね。というか君は大浦主膳の命令で俺を殺さんでよかった」

「ん？　そらどういうことだ」

「大浦は近く失脚するからだ」

「ああ、そうなの。どういうこと？」

「まあ、道々話そう」

と十之進、五千郎は城下に向かって歩きだした。

ふたりがいなくなるのを見はからって木陰から飛びだしてきた男があった。日に焼けて何日も風呂に入っていないらしくすさまじい悪臭を四囲に発散するその男は隣国からの逃亡民であった。

年貢が払えず村を逃亡、山に逃げ込んで木の実をひらったり新芽をむしって食っていたのがついにそれらも食いつくし、里近くまで食を求めて下りてきたのであった。さほどに隣国の状況はひどかった。黒和藩はまだそこまで悲惨なことにはなっていない。しかしいつまでのんびりしていられるのか知れたものではない。

危機はすぐそこまで迫っていた。

男は油断なく、周囲を見わたすと幕暮の腹の上の銀を一粒もあまさず掻き集めると林に

消えた。猿のように敏捷《びんしょう》であった。

さあ、そうなると幕暮はどうなるのか。

十之進は討ちもらすし、銀は盗まれる。主の大浦主膳にひどいこと叱られるに違いない。しかしまあ幕暮孫兵衛のことだからどうせまた気絶してことを曖昧にするのだろう。気楽な奴だ。

しかしそんなことには関係のない十之進、そして五千郎は話をしながら城下への道を歩いていた。

「さあ、ここを曲がったら城下だ。臭っ。あ、乞食だ。乞食が多いね」

「うん。最近、増えた。隣国からの逃亡民だろう」

「取り締まらぬのかなあ」

「いま上が揉めてるからね、なかなかそこまで手は回らんよ」

「そこなんだよ。つまりね、俺がおまえ、なんでこの藩にいると思う」

「わからん。みたところ牢人をしてるようだが」

「まあそうなんだが実はな……。君は腹ふり党を知ってるか」

「知らぬ」

「なるほどこの藩の奴はみなのんびりだな。このように逃亡民が増えているのもみな腹ふり党のせいなんだ。腹ふり党というのは飯も食わない、酒も飲まない、ただ腹を激しくふるだけでよいところにいけるという妄想のような信心をしてる狂気の宗教教団だ。西国ではこれが猖獗《しょうけつ》をきわめ、多くの藩がこれによって潰れたらしい。諸藩はこの事態を重視して徹底的にこれを取り締まって一時は教勢は相当に衰えた。あ、水たまりだ、気をつけろよ。ところが相手はおそろしい狂信者の集まりだ。衰えたと見えてまだ火種は完全に消えてなかったんだね、半年ほど前から東国で残党が活動をはじめて百姓がみんな腹ふって発狂したもんだから米が一粒も取れなくなった」

「じゃあ隣国の飢饉《ききん》というのは旱《ひでり》とか大水が原因じゃないのか」

「そういうことだ。そしてそのことは大浦主膳の失脚に大いに関係がある」

「どういうことだ」と問われて、十之進が話した内藤の、藩公・黒和直仁に腹ふり党の脅威を説き、腹ふり党対策の専門家である掛十之進を召し抱えるように進言、その際、十之進にわざと無礼な振る舞いをさせ大浦が十之進召し抱えに反対をするようにしむけ、その後、腹ふり党の被害があらわれたときになって大浦の責任を追及、これを罷免してしまおうという企みを話した。

「だからゲラちゃん、君は大浦の命で僕を殺さんでよかったんだよ。お、ちょうどいい。ここに入ろう」と掛は先日、主馬と一緒に入った飯屋に先に入ると、歩きながら言った。

「酒と肴をみつくろってな、早幕で頼むよ。待たされるのは叶《かな》わない。うん、でもね、あっ。親爺、あんまり熱燗にしないでね、かといってぬるすぎるのは困る。そこはちょうど飲みごろに。上燗というやつでひとつ頼むよ。で、なんだっけ？　あ、そうそう、そんなこんなで大浦はいずれ失脚するからね、そいつの命で僕を殺すのはやめた方がいいよ」と言いながら十之進は、自分はこうして相手のためを思っていっているようだが、その実、俺を殺したらためにならんぜ、と言っているような、親切と見せかけて相手を恫喝《どうかつ》しているような、そんな風にゲラちゃんには聞こえなかっただろうかと内心で思い、まずい言い方をしてしまった、と後悔をした。

「お、来た来た、まままままま、何十年ぶりだろう」十之進は気楽な口調で言って酒を注いだ。しかしこんな軽薄な感じで酒を注いだらますます疑われると思った。思えば思うほど意識が空転して、「いっやー、どうも」とか、「しかしながらあれだよね」とかそんなことばっかり言ってまた後悔してる。

真鍋五千郎はそんなシトゲちゃんを見て、杏仁水というのはどこで売っているのだろうなー、と思ってぬる燗酒を飲んでいた。

そんな二人を見て、おぎょぎょ、と驚いている人物があった。

奇妙な人物であった。

絹物を着て白足袋を履いて雪駄を履き、扇子をぱちぱち開いたり閉じたりして玩《もてあそ》んでいるという点に限っては芸人か大家の若旦那のようであったが、つるつるに剃りあげた頭、仁王のように筋肉の隆起した立ち上がると六尺八寸はありそうで身体つきと風体がばらばらなのがいかにも不審であった。

男は江下《えげ》レの魂次《こんじ》という名の内藤帯刀が召し使う密偵であった。

なぜ魂次がかかる一膳《いちぜん》飯屋でゆるゆる飲んでいたのか。

別にただ飲んでいただけである。

いくら密偵だって休みの日には酒くらい飲む。別に密偵だってこれといって仕事がない日もあるし、なんとなく憂鬱でなにもしたくない日だってある。

この日、魂次は特段、調査すべきこともなく、ただししゃもでゆるゆる酒を飲んでいたのである。しかし魂次は驚いた。

魂次は、なぜ、あの二人が同席しているのだ、と訝《いぶか》った。

え？　なになになに？　あの向こう向いてんのは真鍋五千郎だ。それからこっち向いて喋っているのはあれは最近、長岡主馬が連れてきたあやしい男だ、たしか掛十之進とかいったはずだ。あのふたりが、いったいなんの話をしているのだ。分からぬ。まったく分からぬ。

魂次は悩み苦しみ、新たに酒を注文して聞き耳を立てた。

半刻後。城下外れの竹藪を、いやあー、と絶叫しながらもの凄い速度で走っている大きな男があった。江下レの魂次であった。魂次は屈辱にまみれていた。敗北感で一杯だった。魂次は居たたまれぬ気持で無目的に走っていたのであった。魂次は内心で思っていた。

俺は密偵だ。情報をとるのが俺の仕事だ。その俺が一時間も人の話を聞いててなんらの情報も得られなかった。ゲラちゃんとは誰だ？　シトゲちゃんとは誰だ。瀟子ちゃんとはなんなんだ。そしてゲラちゃんが三輪車を川に投げ捨ててそれをシトゲちゃんが白い長靴履いて拾いに行ったというのはいったいなんの暗号なんだ。わからんわからんむむむ。いったいあいつらはなんの策謀をめぐらせているのだ。俺は傷ついた。俺は繊細な魂の持ち主なんだ。その繊細な俺の心が傷ついた。密偵としてのプライドが傷ついた。いやあああああああっ。俺にわからん話をなんでするの。いやあああああああっ。

江下レの魂次はときおりこういう発作を起こすことがあった。

つまりは密偵に向いていなかったということだろう。魂次はときおり芸人のように愛想良く喋ることがあったが。それも魂次にとっては本当は苦痛で魂次は自分の魂が本当に傷ついてしまうのを恐れてそのような話し方をしていたのかもしれない。

それでもなお庇《かば》いきれず心が傷ついた折、魂次はこのような発作を起こすのであり、本当の本当の本当のことをいえば魂次は密偵なんかしていないで地味な職人仕事をしているほうが性に合っていて幸福な人生を送っていたのかも知れない。

村人たちは走る魂次をみて、「あれさ、天狗が行く」と言って怯えた。

城下一の大寺、尊大寺の寺域には七千本の染井吉野が自生していた。ときまさに春。桜はいっせいに咲き誇り、あたりは夢のなかの景色のようであった。民衆が各々酒肴を持ち寄り一枝の下に小宴を張っていた。蓋《けだ》しなごやかな光景である。

その光景を尊大寺の境内から見おろすふたりの武士があった。

ひとりは内藤帯刀、いまひとりは掛十之進、内藤が掛を供に連れ、墓参に訪れての帰りであった。内藤がぽつりと言った。

「平和じゃの」

「そうですか」

「そうだとも。だってみてみろよ。ああやって民百姓が蒲鉾《かまぼこ》とか卵の巻焼とか烏賊《いか》の鹿子焼とか蝦《えび》の鬼殻焼とかそういったものを食べながら酒を飲んで花を愛でている。発句をしているものもある。これはやはり平和と言わざるをえんでしょう」

「そうですね。祝着至極に存じます」

「え？　いまおたくなんていったの？」

「ええ、あのう、平和とおっしゃるので、よかったですね、と申しました」

「君は平和でよかったと僕に言ってるのか？」

「ええ、まあ、あの戦よりは平和の方がよいというのはみなが念願するところですからね」

「なるほど。君は平和主義者だな」

「恐れ入ります」

「別にそんなことで恐れ入る必要はないんだけどさ、ところで君と最初にあったのはいつ頃だったたっけなあ」

「あれは確か二月の初め頃ではなかったでしょうか」

「で、もう桜が咲いている」

「はあ、光陰矢の如しと申しますからなあ。月日の経つのは早いものでござる」

「そうだ。月日が経つのは早い。もはやひと月も経ってしまった。その間、めぼしい動きはなにもなかった。いったいどうなっておるのかなあ」

「と申しますと」

「あのさあ、君はとぼけてるのか。あんまりふざけてると殺すよ」

内藤はついに語気を荒げ、十之進は首をすくめた。

もちろん十之進は内藤のいいたいことは充分理解していた。腹ふり党のことである。

内藤の言うとおりもはやひと月が経っていたが黒和藩領内に腹ふり党が侵出してくるということはなかった。それどころか、一時、領内でよく見掛けた隣国からの逃亡民も最近ではその姿を見掛けなくなっていた。

十之進は仕方なく答えた。

「それはあの、もしかして腹ふり党のことですか」

「決まってるだろう。君は明日にでも腹ふり党の災禍が襲ってくるようなことを言っていたがひと月経ってもぜんぜんなんともないじゃないか。いいか。僕は城中で毎日のように腹ふり党の脅威を説いている。昨日も甁簾退助《べれんたいすけ》に、大浦が反対したが腹ふり党対策を講じないといまに大変なことになる、と言ってきたところだ。最近では城中で腹ふりおとどなんて言われているんだぞ。これで腹ふり党がこなかったら俺は笑いものだ。一体どうなっとるんだ。いつくるんだ、腹ふり党は」

どうなっていると聞かれて十之進は困惑した。

この一カ月というもの、調査料という名目で内藤から給銀をもらいつつ十之進は、遊廓に行き備前屋という家の小照という女郎と馴染みを重ねるばかりでなんらの調査も行っていなかったのであった。小照は笑うとえくぼの生えるキュートな妓であった。十之進は小照の膝枕で豆を食ったり鼻毛を抜いたりして、いやあこんなにのんびりしたのは久しぶりだ。ああ、楽。この楽が生涯続けばなあ、と思っていたのであった。

十之進はわざと口ごもった声を造って言った。

「ぼぇぇえぇ？　ほらほかひいへふな」

「なにをいってるんだ。隣国では猖獗をきわめておるといっておったが隣国からの逃散も最近めっきり減ったではないか。どうなっておる。しかと返答いたせ」

と問い詰められて十之進もほらほらしていられない、慌てて答えた。

「え、それはですな、逃亡民というのは、まあ、腹ふり党から逃げてきたわけです。それが減ったというのは一見、腹ふり党がなくなった、みたいに思われますがな、そんなことはございませんのであって、これはまさしく、まさしく腹ふり党がいまにも押し寄せてくる前兆ですよ。え？　なんで？　なんでっていわれても困りますけど……、そらだって当たり前じゃありませんか。嫌で逃げてきた人が居ない、ということはですよ、いいですか？　みんな嫌じゃなくなったということじゃあありませんか。ということはみんな、みんなみんなみんな全員、腹ふり党ってことになるでしょう、こんなもの。論理的に考えて。じゃあいつ来る、ってそれは、それは一概にね、そんな、相手は、相手ははっきりいって、いいですか？　はっきりいっていいですか？　気ちがいですよ。はっきりいって。それがいつ来るって言うのはね、いまはそれは明確には言えませんよ、誰だって。ええ。言えません」

「なるほど」と内藤は腕を組んだ。勢い込んで十之進が聞いた。

「御理解いただけましたか」

「君の言ってることがさっぱり分からん、ということが理解できた。とにかく人を隣国にやって少し調べさせることにしよう。このままじゃ埒《らち》があかん」

「では私、もうこの足でいまから行ってきます」

「だれが君に行けと言った。行ったらそのまま逃亡するつもりだろう。そうはいくものか」

図星をさされて十之進はちょっとうなだれた。

結局隣国には江下レの魂次が行くことになった。内藤直々の命令に、「えっへっへっへっ。行って参ります」と愛想がよいのか気色が悪いのか分からぬ調子で返答し隣国へ走った。

「おほほ」命をうけた江下レの魂次が退出、用人・菅原庸一《すがわらよういち》が運んできた茶を飲みながら内藤は笑い、いかがなされました、と尋ねる菅原に、「いや、なんでもない」と答え、しかしまた、「おほほ」と笑った。

内藤は機嫌がよかったのであった。なぜかというとついに長年の宿願であった大浦主膳の追い落としに成功したからである。

一昨日、内藤はついに腹ふり党の危険性について藩主黒和直仁公に言上した。

直仁公は例によって他の言ったことに裏があることを疑わず、すべてダイレクトに受け取るから当然のごとくに、「左様に危険な宗教をその方ら、なぜ取り締まらずに捨てておいたのじゃ。だめじゃないか」と怒った。

怒った直仁に内藤は言った。

「へっへっへっ。殿。それは私だって対策を講じなかった訳ではありません。ほれ、いつぞや御前に罷《まか》り出た掛なるものがおり申したでしょう」

「ああ、おった。確か大浦が無礼だとか言って叱責《しっせき》したものであろう」

「左様。その掛でござる。実はあの掛なるものは腹ふり党に詳しく、腹ふり党の脅威をのぞくにあたって必要欠くべからざる人物であったのでござる。それをば大浦は私怨《しえん》を以てしてこの人物を故意に藩政から遠ざけ、今日の危機を招いたのでござる」

内藤が言うのを聞いて直仁はウウムと唸《うな》りそれから内藤に聞いた。

「そりゃまことか」真偽定かでない衝撃的なことを言っているその当人に、そりゃまことか？　なんてきいたって意味がないに決まっている。really？　うそ？　マジ？　みたいなものだ。しかし、直仁は真剣であった。本当に真偽を問い質しているつもりであった。

　それにたいして当然ではあるが内藤が、「いや、それは嘘でぇ、本当はぁ、大浦をぉ、追い落とすためにやりましたぁ」なんて言う訳がない、勿体《もったい》ぶって、「まことでござる」と答える、これを聞いて直仁は激怒した。

「ウウム、憎い奴。そんな好き勝手をやって、余を愚弄《ぐろう》する気か。マジむかつく。急ぎ大浦を呼べ」

「いかがなされるので」

「いうまでもない。切腹を申しつけるのじゃ。いや、腹を切るのは許さぬ。磔《はりつけ》、磔。あんなやつは磔、獄門じゃ」

　死罪と聞いて内藤はちょっと嫌な気持になった。

　自分の策謀で大浦が死罪になる。なんか嫌だった。

　それはこれまで随分人も殺してきた。しかしそれはすべてやむなく殺してきたのであり、いわば身にかかった火の粉を振り払ってきたにすぎなかった。先方からしかけてきた結果、殺すことになったのであった。まあこれまでの確執もあったし、長岡主馬が掛を連れてきたとき、いける、と思った自分があるのもどうも心に引きかかる。こんなことが気になるというのは俺も年をとって弱気になったのだろうか。しかしまああの大浦がむかつくのには変わりはなく、そうじゃ、くはは、死ぬよりもっとひどい目に遭わしてやろう。そうしたら、殺したという罪悪感から免れつつ、いい気味だと思うことができる。おおそうじゃ、あの猿の……、と、内藤は一計を案じた。

「殿、しかし……」

「なんじゃ。命乞いはきかぬぞ」

「さはさりながら殿、いま藩は財政逼迫《ひっぱく》にくわえて腹ふり党の危機で危急存亡の秋《とき》でござる。人材をあたら損亡する余裕はございません。大浦は確かに憎い奴でございますが、その重臣としての手腕は大したもの。そのスキルをみすみす失うのは惜しゅうございまする」

「なるほど。いかがいたすというのじゃ」

「先月、屁高《へだか》村に住まいいたしまする猿回しの名人・笑助《しょうすけ》が卒中で死にました。いま当藩には猿回しがただの一人もおり申しませぬ。これでは民百姓のみならず我々家中の者も猿回しを見ることができず、みんな悲しい思いをいたしまする。そこで殿、あの大浦を猿回しにしてはいかがでしょうか。大浦ならきっとやりとげることでしょう」

「なるほど。しかしそんなことをしてなんになるのじゃ。猿回しというのはそんな重要なものなのか」

「そりゃ重要ですよ。民百姓は猿回しを見て、あははと笑って、そうして初めて明日も頑張って耕作しよう、商いをしようと思うのです。猿回しがなければこの世は闇です」

「なるほど。相わかった。では本日より大浦をさるまわ奉行にいたす」

「それがよろしいかと存じます。ただし与力も同心も相つかい申さず、奉行自らが猿を調教するのがよろしいかと存じますが」

「よきに計らえ」

直仁が言って、大浦はさるまわ奉行に任命されたのであった。


ぶはっ。内藤は直仁とのやりとりを思い出し、それから大浦が苦労して猿に芸を教えているところを想像して堪《こら》えきれずに噴き出した。

ぶはははははははは。内藤は笑い、今度、一度様子を見に行ってやろう、と思っていた。


その頃、大浦主膳は、猿に大浦の正面から走ってきた猿が大浦の腹から胸にかけて駆け上がり、頭上で一回転、肩の上に、すく、と立つ芸を教えていた。

「はいタロー、もう一回、はいっ」

大浦が声をかけると、タローは健気な様子、たたたたたっ、と駆けてくると、大浦の頭上で回転しようとした、しかしタイミングが悪かったのか、空中で体勢を崩し、大浦の頭上に落下、「いたたたたたたっ」大浦は叫んだ。しかも間の悪いことに、信頼していた笑助を亡くしたタローはストレスのため腹をこわしていて、びちびちびちびちびちー、体勢を崩した瞬間、大浦の頭に糞をかけてしまった。

猿の糞にまみれて大浦は叫んだ。

「なんで家老の俺がこんな目に遭うんだあっ」

藩という社会のなかで権力闘争に敗れた者はかほどに惨めであった。しかし死ぬよりはまし、生きてかかる恥辱を受けたからには臥薪嘗胆《がしんしょうたん》、かならずや再起して内藤を倒す、と心に誓い、立ち上がって、タロー っ、と猿を呼ぶのであった。タローは薪《まき》の陰で怯え、今度の猿回しはよほど怖い人だ、と信じて震えているのであった。


魂次が隣国へ走って三日後。「ぼほほほほほ」このところ上機嫌な内藤が自宅座敷で茶を飲みながら笑っていると裏口で、ごめんない、ごめんない、と呼ぶ者があった。

「はて。予告もなく尋ねてくるとはたれだろう」と語りながら応接に出た菅原は一通の書状を手に内藤の前に罷り出た。

「なんだ、誰か来たの？　大浦が泣きを入れてきたのか」

「そうではありません」

「では、なんだ」

「江下レの魂次が報告書を送って参りました」

「なに？　たち帰るのではなく報告書を送って参ったのだな。しかし感心な奴だ、仕事が早いね。しかもこれはなに？　中間報告書？　行き届いている。で、その持ってきた者がまだ裏にいるのか。苦しゅうない、庭に通せ」

言われて菅原は裏口に回り、手紙を持ってきた男、頭をくりくりに丸め、くたくたの着物の尻を端折《はしよ》った男、隣国から駆けてきて疲れているだろうにそんな素振りはつゆみせず戸口のところにうずくまり、蟻の行列を木の枝でつついて気根界にしている男に声をかけた。

「おい、おまえ」

「へ?」

「ちょっとこい」

「へえ」

男は庭に連れてこられ、「ここで待っておれ。いま殿が褒美をくだされるぞ」と言われても、わかっているのかいないのか、「へ、へぇ」曖昧に返事をし、それでも一応正座をし、両手をひざのうえにおいてきょろきょろ庭を見ていた。

「殿、使いの男はあほでござる」

「まあよい、いま書状を読むゆえ、暫時待て」

内藤は言って巻紙を広げた。

長い手紙であった。

劈頭《へきとう》には意外にも達者な蹟で、報告書　と書いてあった。内藤は最初のうち、む。むむ。ややや、げっ。こ、これは。などと洩らしながら読んでいたが中途から無言になった。巻紙を持つ手がぶるぶる震えていた。

報告書　内藤家小者　肴町住居百姓魂次、黒和藩隣国牛逐藩《うしちく》内腹ふり党威勢のことについて謹んでご報告申しあげますが、考えてみれば私の長い密偵生活の間、報告は口頭にてなすことが多く、こんな報告書を書くのはこれが初めてにて乱筆乱文御容赦御容赦。といって悩むのはどういった文体で書いたらよいかまるで困り果てているという点で、こういう時のために平生から小説本の一冊も読んでおけばよかったなあ、といまになって後悔いたしておるような次第です。おっとこれは愚痴、こんなことを書き連ねていてはいつまでたっても報告ができませんネ。さっそく御報告いたします。

私が牛逐藩に入ったのは、初夏の兆しが爽やかな四月の半ばのことでした。深緑が美しく風も心地よく、私はふと密偵というつとめを忘れ、道路脇を流れる小川のせせらぎに足を浸しました。私は思わず呟きました。キモチイー。目の前には美しい田園風景が広がっている。この広い野原いっぱい咲く花をひとつ残らずあなたにあげる。いつしか私は大声で歌ってしまっていました。通行人がいかにも不審者を見るような目で私をみて通り過ぎていきます。いけないいけない。私は密偵なのだ。ちょっと頭を切り換えなければ。

おれはクールな気分になって川から足を引き抜き、油断なくあたりの様子をうかがった。幸いあたりには百姓しかいない。おれはにやりと笑いそれから懐に手をやった。冷たい感触。加賀《かが》の住人小松五郎義兼《こまつごろうよしかね》が精魂込めて鍛えた短刀の贋物。おれのただひとりの友。しがない密偵のおれには少々贅沢な逸品だがおれは仕事の道具にはカネを惜しまない質だ。

暫く行くと関所があった。だが慌てることはない。おれはしょっちゅうこの国境をいったり来たりして、役人とも顔馴染みだ。奴はおれのことを干鰯の行商人だと思っている。ふっ。愛すべき男だ。愛しの田中太兵衛《たなかたへえ》よ。来週はおまえに花を贈ろう。おれには汚れた都会がお似合いだ。

と関所を越えたところで考えた。こんな調子で報告書を書いていたらいつまでたっても終わらない。ここはひとつ調子を変えなきゃ、っていうかこれまでの文章はどうも気どりが目立つというか、ほとんど嘘で、文章文飾に内容が引っ張られているような気がして文学作品ならそれでもよいかも知れないけれどもこれは報告書、そんなことでは駄目なので、以下、真実のみを書きますが、いろいろ試した結果、どうも私（江下レの魂次）は、文章を書こうとするとスタイリッシュになって報告という本来の目的から逸脱する傾向にあるので、文章ということを意識せず、こういう喋っているような調子でそのままかきますのでよろしくお願い申しあげます、ってなんか手紙文みたいですね、っていうような文に対する自意識はもう捨てます。すみません。

それで、ええっと報告なんですけど、牛逐藩、平穏でした。掛さんの話だと、隣国には腹ふり党が跳梁跋扈《ちょうりょうばっこ》して国は荒廃しきっているという話でしたが、ぜんぜんそんなことはありません。僕がいったのはさっきも書いたようにいまから三日前ですが、麦がぶわぁって実ってほんと豊かなよい国って感じでした。うちの藩と大違いって、嘘嘘。

こんなんで腹ふり党とかはびこってんのかなあと思いつつ城下に入った僕は餅屋という

宿屋に逗留することにしました。別に理由はありません。歩いていたら客引きが来て宿が決まってないんだったらぜひうちにと言い、それから必死になって世辞を言うのでなんだか悪いような気になって決めたので他意はありません。特別贅沢な宿というわけではありませんしね。

　なんてくどくど書いてすみません。ほんと僕、文章下手で、要点だけ簡潔に書けばいいのかも知れませんがこうやって順番に書いていかないと頭ごちゃごちゃになっちゃうんですね、それでも無理に書こうとすると最初書いたみたいな訳分かんないタレントの随筆かナルな主人公が都合よく活躍するハードボイルドもどきになっちゃうし、ごめんなさい、だからこうやって順番に書いていきますんでよろしくお願いします。

　番頭は伊八三《いやぞう》という人で親切な人でした。伊八三が「本館とコテージとどっちにしますか」と聞くので僕は、「コテージにしてください」と頼みました。本館は座敷で隣室と襖《ふすま》で仕切られてるだけなんですがコテージは一軒家みたいになっていて玄関から全部別なんですね、だから僕はコテージにしてください、といったんです。ちょっと高いですけどね、本館は一泊二食付きで一人金一分なんですけどコテージは一両なんですよ。でも、僕ほらけっこう神経質で他人の気配とかすると眠れないんですね、それから僕、背がすごい高いからみんなにじろじろ見られて食事のときやなんかも、大きいからたくさん食べるんでしょ、とか、飲むんでしょ、とか言われるんですね、それがなんかすごいやっぱり我慢するんだけどむかつくんですよ。そんなんで仕事できなくなったら意味ないじゃないですかあ。

だからコテージにしたんですよね。

それで伊八三が宿帳持ってきてね、僕は金融屋の手代で松夫《まつお》ということにしてそいで伊八三にさりげなくね、「そういえば聞いたんですけどこの藩ってあれですよね、腹ふり党とかいうのがあって大変らしいですね」って言ってみたんですよ。そしたら番頭がね、怪訝《けげん》な顔するんですよ、「はあ?」みたいな。最初とぼけてんのかなあ、と思ったんですけど僕もいちおう密偵なんで、本当に分からないのかとぼけてるのかくらいは分かる。で、この番頭はどうも本当に知らないみたいなんですね、それでしつこく訊いたら、ああ、とか大声出してそういえばそんなのありましたっけなあ、ははは、と笑って、そのまま行っちゃったんです。それでしょうがないからその日はお腹一杯御飯を食べました。けっこうおいしかったです。味つけが上方風なんですね、いま江戸とか行けば多いらしいですよ、上方風。やっぱりだしがきいてるんですよ、上方風は。鰹だけじゃなくて昆布がね、決め手みたいですね、こくがあってホントおいしいです。っていうか、この餅屋は牛逐の城下で一番お薦めの宿ですね。ごはんを食べてその日は寝ました。

でも翌日は早く起きて諜報活動をしましたよ。いろいろな人に話を聞きました。隣のコテージに泊まっていたおじいさん。この人は越後の縮緬《ちりめん》問屋の隠居で全国を旅して回ってるらしいです。それから宿屋の女中でお縫《ぬい》ちゃん。この子は気立てがよくて可愛いし、昨夜も最初この子が来て喜んでたらお茂《しげ》さんに途中で変わってがっかりです。朝はお縫ちゃんが煙草を持ってきてくれました。呂作《ろさく》さんにも話を聞きました。庭木の手入れをしていた老人です。この人はなんでも上方の海産物問屋の若旦那だったらしいのですが道楽が過ぎて勘当、流れ流れていまは餅屋で働いているそうです。

それから城下でもいろんな人に話を聞きました。妙に色っぽい、でもはきはきした喋り方をするお銀《ぎん》という女、この女はバレエという南蛮の踊りの名取だそうです。それ以外にも弥七という遊び人にも話を聞きました。松平長七郎《まつだいらちょうしちろう》というご牢人にも話を聞きました。鼻づまりのような声の人でした。それから紅《べに》の介《すけ》という女の医者、新吾《しんご》という岡っ引きとも話しました。

いろんなところへ行きましたよ。たぬきという居酒屋、銭湯にもいきましたね、金さんという遊び人がいつ行ってもいました。芝居小屋、瓦版《かわらばん》屋にも行きました。貧乏長屋にも、口入屋にも、この口入屋の主というのが四角い顔の上方弁の親爺《おやじ》で、この人がまた……、なんつってたら、御免なさい、お縫ちゃんが晩ご飯を運んできましたのでかいつまんで申しあげます。

ひと言で言うと腹ふり党は滅びました。みんなもはやそんな宗教があったことすら忘れています。腹ふり党が崩壊したのは教主の醜道乱倫才が当地で捕縛されたからです。そもそも腹ふり党の教勢は衰退の一途を辿《たど》っていました。

一昨年末、諸藩が腹ふり党の取締を本格的に始めて以降、教義の欺瞞《ぎまん》性が暴かれ各地で脱党者が続出していましたし、西国では醜道乱倫才以下幹部を捕縛したものには賞金を出すというお触れが出ていました。

そこで乱倫才以下幹部は東山道《とうさんどう》を東に逃れ、ついに牛逐藩にいたったのです。この地に腹ふり党の悪行が伝わっておらず、万姓のいまだ腹ふり党のなんたるかを知らざるをみてとった乱倫才らはただちに布教に着手しました。腹ふりはたちまちにして広がり、一時は国がぼろぼろになりました。おそらくうちの藩に逃亡民や飢民がいっぱい来てたのはこの頃だと思います。

でもこの牛逐藩の重役衆は偉かったですよ。この時点ですぐに会議を開いて腹ふり党に入信した人はお白洲もなにもなしにすぐに死刑っていう法律をつくってただちに施行したんですね、そしたらほとんどの人はびびって真宗とかに改宗しました。結局乗りで踊ってただけなんですね。はは、馬鹿な奴らです。

一部の狂信的な人はみな捕らえられてむごたらしく殺されました。怖かったらしいです。刀で斬られたり、槍《やり》で突かれたりしながら、その直前までへらへら踊ってるらしいんです。縛られても指だけとか首だけとかリズムに乗って律動してるらしいんですよ。それでうれしそうに殺されていく。なんでうれしいのかというと、なんでも途中で殺されたら、条虫の反吐《へど》としてこの世から脱却できて、その人はいずれはまたこの辛い現世に戻ってくるらしいのだけれど、「おへど聖者」といって死後も尊敬され尊崇されるからだそうです。訳が分かりません。

でも教主と幹部はもちろん商売でやってるだけですから殉教なんてしません。党本部にあったカネを分けてみなちりぢりに逃げました。

教主の乱倫才は愛人にしていた百姓の娘の家で昼寝をしているところを捕り手に囲まれて捕縛されました。もっとも捕まって当然でした。乱倫才の生活は滅茶苦茶だったそうです。

百姓家の牛を撲殺、醤油に味醂、胡麻、蜂蜜を混ぜ、野蒜《のびる》、韮《にら》なども混入して焼いた肉をこれに浸して食べ、焼き肉と嘯《うそぶ》いていたそうです。周囲五里に牛肉の匂いが漂って近在のものは鼻をつまんで通行しました。

また、これを食って精がついたのか、近所の娘女房後家、みさかいなく手籠《てご》めにして、えらいこと騒ぎになりました。後で幹部が金を持って謝って回り、なんとか収まりましたが自殺者が数人でました。乱倫才はこの自殺者を、「おへど聖者」と言って、その残された夫である若い百姓にどつき回されました。

訳の分からぬことをするのも無気味でした。

乱倫才はキンポーゲの花を全身にくくりつけ、

「僕たちは滅亡したけれど／滅亡をみつめてくとそのなかに小さな希望の種子がみつかるよ／その希望の種子が僕たちを慰撫《いぶ》するように注視しているよ／僕たちは充分がんばったよ／そのことを多として／希望の種子は僕たちを守るようにみつめているよ／だから僕たちがこれまでやったことはぜんぶチャラで赦《ゆる》され／これからやることはすべて超自然的に肯定される」という文句を滅茶苦茶な節をつけて聞くに堪えない怒鳴るようながなるような声で歌い、興奮のあまり野壺《のつぼ》・肥溜《こえだめ》に飛び込み、そのなかでも歌い、向こうから人が来るとますます大声で歌いながら、全身肥まみれで飛びだし、走っていって抱きつくということを日課のように繰り返したのです。これにはみな参りました。気持ち悪くて怒ることもできない。肥溜は花だらけになるし。

乱倫才がそんなありさまなら回りの幹部たちも似たり寄ったりの体たらくで、いずれも四つ足は食べる、乱倫には耽《ふけ》る、賭博《とばく》をするものもあり、その腐敗堕落ぶりは怖ろしいほどのものだったらしいです。

こんなことをしていてお役人の耳に入らぬ訳はない。村役一同うち揃って、おおそれながらと訴え出て、醜道乱倫才ら腹ふり党の一味はみな捕縛されてしまいました。

乱倫才らが潜伏していた百姓家の者でその家の者も全員捕縛されました。係わりあいのあった者はみな捕縛されました。なんでもほぼ全員が処刑されたそうです。むごたらしいことです。

裁判で乱倫才はすべてを白状しました。

これまで余は虚空から出現したものである。とか、敦実親王三十三代の皇孫、などとその出自を明らかにしていなかった乱倫才は、悦中国《えっちゅう》の住人でイサミという木挽職とエ寸《えすん》という寡婦の間に生まれた私生児で、本名を太市《たいち》というのだそうです。

太市は十二歳で上方の薬種問屋に就職したのですが十四歳の時にはもういっぱしの悪だったそうで、見世では真面目に大人しくしていましたがその一方でやくざや泥棒と交際、しびれ薬を調合して横流ししたり、泥棒をしたりと滅茶苦茶だったそうです。

しかし悪事千里を走る、そのことは乱倫才が二十七になったときに見世にばれ、乱倫才は見世を解雇されます。そんな悪いことをしながらも、すでに三番番頭となっていて、いずれは別家して薬種問屋の主になるのが夢だった乱倫才は、その夢を断った主家を深く怨《うら》み、つけ火をし、炎の中で主人夫婦を惨殺、炎のなかで娘を犯して自分は一生、悪の道に生きる、と決意をしたそうです。

その後乱倫才は薬の行商人に身をやつして盗みと殺人と強姦の旅を続けたそうです。三十五を過ぎて、そんな暮らしに疲れた乱倫才は盗んだ金を懐に首府に出て、遍路援交堂という小さな薬屋を始めました。これが当たって両隣の家を買い取り、乱倫才もようやく落ち着くかにみえました。世話する者があり、万という娘を娶《めと》ったのもこの頃でした。乱倫才は四十歳になっていました。

しかし翌年、御禁制の薬を売ったという嫌疑で取り調べを受け、多額の罰金を支払わされて以降、家運は急速に傾きました。それと同時に乱倫才は、阿退夜《あのよ》という宗教にのめり込むようになりました。この宗教は験快坊《そうけ》という坊主が武州で始めた宗教で薬を飲んで陶酔、入り乱れての性交を儀式とする邪教です。腹ふり党の教義の原型はおそらくここにあるのだと思います。乱倫才は薬の密売を通じてこの宗教とかかわりを持ったのではないでしょうか。

阿退夜にのめり込んだ乱倫才は遍路援交堂を畳みました。万はその頃病死しました。或いは乱倫才が切害したのかも知れません。

その後、阿退夜は摘発され瓦解《がかい》しましたが、乱倫才は阿退夜の秘密道士として全国を回っていたそうです。いまでも三野《みの》、悦中、登山《とやま》などには阿退夜の隠れ信者が多数いるそうです。

それからさらに数年後、乱倫才は岐阜羽島というところで農奴になりました。まったく生活に窮し、自ら奴隷契約を結んだのです。農家の主はタヘーという男で因業きわまりない男だったそうです。名前も呼ばれず奴、奴とこき使われて腹を立てた乱倫才は、新宗教を立ち上げる決意をしました。これが腹ふり党です。教義は苦しい労働の最中、孤独と夢想に没入してこしらえました。乱倫才は阿退夜で培った方法論に基づいて、女中や下男、タヘーの妻、娘を入信させました。気がつくと家内で腹を振っていないのはタヘーだけになりました。タヘーは納屋に閉じ込められ狂死しました。

後は一瀉《いっしゃ》千里です。教勢はとどまるところを知らず、燎原《りょうげん》の火のように広がりました。それからした栄燿栄華したい放題贅沢三昧《ぜいたくざんまい》酒池肉林についても乱倫才は語りました。それから教義は全部嘘でした、と告白しました。

その後、乱倫才は死刑を宣告されましたが、それを知った乱倫才は大いにとり乱しました。乱倫才は、

「すべて正直に話せば死刑だけは免れるかも知れぬよ、と獄吏がいったからそれを信じて自分はすべて正直に話したのだ。だのに死刑だなんてひどい、全部、話せば生きられると信じて、そう決めて話してきたのに。ひどい、ひどいよ。私は、私は全部、話したのに」

などとくよくよめそめそし、最後まで未練たらたらであったそうです。

乱倫才は斬首に際しても泣き叫び、身悶《みもだ》えし、失禁、気絶など見苦しいことこのうえなく、斬首役人は、これでは斬れませんと言い、やむなく四、五人がかりで抑えつけ、ねじ切りのようにしてやっと首を斬ったそうです。

この藩の指導者の頭のよいところは、この醜態を一般公開したのみならず、乱倫才の口書きも含めて一冊の本にして売りだしたことです。

落ちた偶像という主題は民衆に狂熱的に支持されました。適度のエロもあり、バイオレンスもありますしね。売れ売れです。撲星堂というこの本を出した版元は地所を買いとって大きな店を新築したそうです。大儲けをしたのです。羨ましい話です。

そんなこんなで腹ふり党はいまや影も形もありません。みんな神器、神像を打ち毀《こわ》してまじめに働き、国は栄えています。まあでもどこの国にも偏屈で頑迷な人というのはいますからいまだに残党が居るかも知れず、それについてもう少し調査してみようと思ってます。それとももう帰った方がいいですか？

後、調査費がなくなりました。五十両くらい送っていただけると幸いです。為替でも現金でも構いませんのでよろしくお願いします。

それがないと本館の方に移らなければなりませんのでよろしくお願いします。

取り急ぎ、右、御報告申しあげます。頓首再拝。

追伸、結局、長くなってお縫ちゃん、いっちゃいました。まことに残念なり。職務に熱心な江下レの魂次より、牛逐村から愛をこめて。

読み終わると内藤は用人・菅原庸一に、「ただちに掛十之進を呼べ」と命じた。

菅原は答えた。

「はっ。承りました。書状にはなんて書いてあったのですか」

「っていうか、早く掛を呼びに行ってよ」

「ええ、すぐ参ります」

「じゃあ行けよ」

「ええ、行きます行きます。でもその前に書状になんて書いてあったか教えてください」

「いいよ、後で言うからとにかく掛を呼んできてよ」

「行きますよ、でもなんて書いてあったかちょっと教えてよ。いいじゃんいいじゃん」

「うるさいっ。早く行かぬか」

「わかりました。行きます。でもひとつ聞いていいですか。私は掛以下ですか」

菅原は鼻をふんふんさせて言い、内藤の答えを待たずに座敷を罷《まか》り出た。

内藤はこの大変なときに菅原はなにを面倒くさいことを言っておるのだと思い、二秒間宙を見つめていたが、じきに我に返りいまいちど報告書を読み返し始めた。

庭先では使いの男が音楽に身をゆだねている人のように左右に大きく揺れていた。

菅原はなにも言わなかったとみえ、十之進は、「あどうもこんち」なんて芸人のような挨拶をして座敷に入ってきた。

その気楽な面つきをみるまで内藤は十之進がやってきたら、ああも言ってやろうこうも言ってやろうと思って待っていたが、そのあまりにも危機感のない顔つきを見るとなにかいってよいのかわからなくなり思わず、

「江下レの魂次から書状が参った。書状には、腹ふり党は滅んだ、と書いてあったぞ。どうするんだ、掛」とあっさりと言ってしまい、言ってから、「しまった」と思った。

もっとぐずぐずぶちぶち言ってときに怒鳴りときに低い声でいろいろいって精神的に追い込んでやろうと思っていたのにこんなにあっさり言ってしまった。これじゃおれがあまり怒ってないみたいじゃないか！

内藤はそう思って後悔したが、それでも腹ふり党が滅んだという報告は十之進に衝撃を与えたらしく、十之進は動揺を隠さなかった。

「え、ではあの、腹ふり党は、つまりつまりつまり滅んだ滅んだ滅んだということになるんですかねぇ」

「なにを他人事みたいに言っておる。そうだ。腹ふり党は滅んだのだ」

「ということはどうなるのでございましょうか」

「どうもならん。城中でことあるごとに腹ふり党の危機を訴えてきた私は面目を失って失脚するだろう。君はまあ死刑だろう。主馬とかいったな、あいつはいまどうしてるのだ」

「大浦殿の介添えをしております」

「なに？　さるまわ奉行の与力をしているのか」

「ええ」

「なんでそんなことになったのだ」

「おそらく誰かに恨まれたのでしょう」

まったくその通りであった。大浦がさるまわ奉行に就任するにあたって一名だけ与力をつけることを認められた。しかし旧大浦派の誰ひとりとしてさるまわ奉行所の与力になりたがらず、

「おぬしがいったらどうだ」

「拙者はいやだ。武士たるもの猿回しの真似をするくらいなら自殺する」

「それもそうだ。しかしそれでは大浦殿があまりにも」

「じゃあお主が行ったらどうだ」

「拙者もいやだ」

「じゃあ、どうすんだよ」となすりあいをしていたが、そもそもこんなことになったのもあの長岡主馬とかいう奴が掛十之進なんて奴を推挙するからこんなことになったのだ。あいつさえいなければこんなことにならなかったのだからあいつに責任をとらせろ、あいつをさるまわ与力にしてしまえばよいのだ。という議論が旧大浦派の間に澎湃《ほうはい》として起こり、結局、主馬はさるまわ与力に就任したのである。

自分にも関係することであるのにもかかわらず他人事のように言っている十之進はあんまりであるが、しかしその頃、長岡主馬は意外にも屁高村のさるまわ奉行所で楽しく暮らしていた。

職禄こそないものの与力と言えば出世であったし、それよりもなによりも主馬は官僚としては無能であったが猿回しには意外なほどの才能を発揮した。

天才といってよかった。

主馬にかかると昨日山で獲れたばかりの獰猛《どうもう》な猿も途端に大人しくなった。猿にとって主馬は父であり母であり君主であり神であった。主馬は猿社会に君臨、自在に猿を操り、猿手品、猿芝居、猿音曲、猿どじょうすくい、猿漫談など抱腹絶倒の諸芸を演じさせて絶妙であった。

主馬はそんな毎日が楽しくて仕方なかった。

楽しいのは大浦も同様であった。

初めのうちこそ猿にひっ掻かれ糞をかけられ怒り狂っていた大浦であったが、主馬の親切な指導の元、日々精進するうち次第に骨《こつ》を覚え、最近ではすっかり猿回しの楽しさ、面白さに目ざめた様子で、特に主馬が言ったわけでもないのに、朝早くから夜遅くまで熱心に猿と一緒に玉乗りの稽古などしていた。

主馬は戸の陰からこの様子を覗き見て、「そこはそじゃない、そこはこう」と教えたくなるのをぐっとこらえて、うんうん、これでいいんだ、とばかりに肯くのであった。

囲炉裏端で酌み交わす酒に酔った大浦は述懐した。

「ここでこうしていると権力闘争に明け暮れていた城中での日々がまるで夢のように思える。しかし長岡。俺はちっとも後悔しとらんよ。いまの俺にはこの猿と働き、猿と暮らし、猿と眠る、この日々がとっても大切なんだ。城中での日々は俺にとっては悪夢だ。長岡、俺はここにきて初めて人間の暮らしを知ったような気がするよ」

大浦の述懐を聞き、感極まった主馬が、「御家老」と叫ぶと大浦は、

「御家老はよしてくれ。俺はただの大浦主膳。シュンちゃんとでも呼んでくれ」と言って笑った。

しかしそうはいうものの大浦もまったく権力に未練がなかったわけでもないのだろう、もう少し酔うと、「おのれ内藤め。かならず殺してくれる」と喚いたり、猿の悪口を言ったりした。

それはそうとしてしかし困惑している十之進であった。或いは局面によっては大浦が藩政に復帰、内藤がさるまわ奉行に行き、自分は殺されることになるかも知れぬのだ。

十之進はおそるおそる言った。

「そ、それでこれからどうなるのでしょうか」

「どうにもならんよ」と内藤は静かな口調で言った。

「というのはどういうことですか」

「どうにもならんといっているのだ。腹ふり党は存在するし、この藩にやってくる。そう

いうことだ」

言われて十之進は混乱した。滅びたはずの腹ふり党がやってくる？　そんなことはありえない。いったいこの老人はなにを考えているのだ。気が狂ったのか。訝《いぶか》りながらいまいちど、「あの、それって？」と聞いた十之進は内藤の返事を聞いて、やはりこの人はえぐい。俺には太刀打ちできねぇ、と思った。

内藤はかく語った。

「江下レの魂次は確かに腹ふり党は滅んだ、といった。しかしそれがどうしたというのだ。滅ぼうと滅ぶまいと我が藩に腹ふり党がやってくるということはもはや既定の事実だ。滅んでやって来ないと言うのならやってこさせればよいではないか。やってこさせるのは簡単だ。銭を遣り人を集めて腹を振らせ、これを腹ふり党と呼べばそれで済むことだ。なに？　それじゃインチキだ？　なにをいうか。腹ふり党自体が最初からインチキじゃないか。もっというとおまえもインチキだし俺もインチキだし、この藩だってインチキだ。俺は家老だから知ってるがこんな藩、財政的にもモラル的にももうとっくに破綻してるんだ。それをいろいろ扮飾《ふんしょく》してごまかして破綻してないって言い張ってるだけだ。もっというとこの国の政治体制自体がもう破綻してるんだ。ということはみんなで頑張って力をあわせて苦労して新しい方法を考えなきゃならんはずだ。ところがそれがしんどいものだからみなでダイジョブダイジョブつって慰めあって保障しあってるんだ。でもそれももう限界だ。もうみんなうすうす自分たちがインチキなペンキ絵の世界に生きてることが分かってきたんだ。それに比べれば腹ふり党ごときをでっちあげるなんてぜんぜんたいしたことじゃないんだ。おまえ、なにびびってんだよ。おまえなんかインチキが着物着て刀差して歩いてるようなもんじゃないか、しっかりしろよ、おい。どんな手をつかってでも生き延びる、と思ってないとおまえなんか一発でやられてしまう存在なんだよ。例えばいまだったらまだ俺は権力掌握してるから俺に逆らったらおまえは終わりだ。ああ喋りすぎた。疲れた」

「で、誰がそれをやるんですか」

「いまなんと申した」

「いえね、誰が贋の腹ふり騒動を起こすのかなー、と思って。ちょっと興味あって」

「なんいっとるんだ、君は。君に決まっとるだろう」

「あ、やっぱそうですか。もしかしたら違うのかなー、と思って。はい、じゃあ、ちょっと行ってきます」

「待て。おまえをひとりで行かせるわけにはいかん、とりあえず江下レの魂次と合流するまで監視が必要だ。江下レにも指示書を書かんければならんからな。ちょっと待て」

内藤がそういって十之進を押し留めたとき、菅原が入ってきた。青い顔をしていた。

「殿。大変でござる」

「どうした顔色が悪いな」

「実は、例の江下レの寄こした使いの者ですが」

「ああ、あのアホね。あいつがどうした」

「ええ、実は、ええ、どう説明したらよろしいものやら、やや困惑いたしておるのですが説明を間違えると拙者が気が違ったと思われる気もいたしまして、ええっと、どっから話をすればよいものやら」

「ええい。じれったい。こっちはいま重要な話をしてるのだぞ」

と言われて菅原の顔色が変わった。

「はいはい。分かりましたよ。どうせ私は用人風情ですからね。すみませんでした。ではご説明はいたしません。どうかこちらへいらして御自身の目でお確かめください」そう言うと菅原は先に立って歩きだした。

「どうしたのよ、菅原ちゃん、なに怒ってんのよ」と内藤は立ち上がって後に続く、十之進もこれに続いた。

菅原はふたりを台所に案内した。台所の土間には例の江下レの魂次が寄こした使い、くたくたの着物の尻を端折《はしよ》ったあほの大男がしゃがみ込んで大きな握り飯に齧《かじ》りついていた。夢中で食べているものだから内藤らがやってきたのにも気がつかない。内藤は不思議そうに言った。

「なんだ。どうしたというのだ。かようなところになにがあるというのだ」

それにには答えず男に声をかけた。

「おい。その方」

男は気がつかないで握り飯を食っている。菅原はやや大きな声で、

「おい。おい」と声をかけた。それでも男は気がつかない。菅原は滅茶苦茶に大きな声で、「おい、こら、その方、返事をいたさぬか」と怒鳴った。これにいたって男は初めて呼ばれているのに気がついた。

呼ばれているのに気がついた男は気の毒なくらいに周章狼狽《ろうばい》し、握り飯を持ったまま慌てて立ち上がると、「おれおれおれおれ、あのあのあの」などと訳の分からぬことを言いながら、掌《てのひら》を上に向けて両腕を広げきょろきょろ辺りを見回すような素振りをして、よろめいたり、振り返ったりした。寝起きの人のようによろよろしていた。顔中に飯粒がこびりついていた。

「こちらは殿様じゃ。ちゃんと挨拶をせぬか」菅原に言われて男は目をまん丸にしてますます狼狽《うろた》え、鳩のように頬を膨らませつつ言った。

「あ、おれ、あの、あのあのあの、いま握り飯、握り飯もろて、あの、ちょっと、すんません、くうくうくう食うて、あの、食うてたの、あの握り飯で、あの、おれあの、すんません。もろたもろた、あの、おれ、もろた」

男は懸命に言っているのだけれどもなにをいっているのか誰にも分からない。

実は男がこのように狼狽しているのには訳があった。

先ほど菅原は男を台所に連れてくるとオタケドンという下婢《かひ》にこの男になにか食わせてやってくれ、と頼んだ。ちょうどそのときオタケドンはギスケという奴のために握り飯を拵《こしら》えていた。菅原はオタケドンから握り飯一顆を受け取り、男に与えた。直後、オタケドンは誰かに呼ばれてその場を去り、菅原も台所を出て、台所には男だけが残された。男はたちまちにして握り飯を食い終わった。台の上には竹の皮が敷いてあってそのうえに握り飯があと三顆並んでいた。悪いと知りつつ男は手を伸ばし、三顆目をほおばっているところへ菅原が戻ってきたので、そのことを叱られると考えた男はかく狼狽しているのであった。

しかし一国の重臣とその重臣に仕える家来がなんで握り飯三顆に拘泥して他を叱ろう。男の心配・不安はまったくの見当違いであった。菅原は強い口調で男に言った。

「なにを申しておる。早く殿様に挨拶をせぬかっ」男は目をとびあがって絶句し、ややあって言った。

「あの、あい、あい、挨拶は、挨拶はどう、どうやって、どうやったら、どうやったら挨拶」

「こやつ、挨拶の仕方も知らぬのか。自分の名前を言って、頭を下げればよいのだ」

「あ、あーああ、わか、わかりました。あの、おれ、おれ、オサムオサム」と言うと男は器械運動でもしているかのような動作で頭を下げた。

さきほどから黙ってオサムの様子を見ていた内藤は菅原に苛立《いらだ》った様子で言った。

「菅原、これはいったいどういうことだ。俺になにをみせたいというのだ」

菅原は落ち着いていた。「わかりました」と答えると、叱られると思ってか、落ち着かぬ様子のオサムに向かって言った。

「オサム。では、さきほどのアレを殿様にご覧に入れろ」

「あれっていうのは、あの、どれ、どれどれのことが」

「先ほどその方が庭でやって見せた芸があっただろう」

「あ。あれですか。わか、わかりました。やり、やります。やりますけど、えっと、どれ、どれを、どれをやったら」

「そうさな。ではその土間の隅に置いてある桶《おけ》があるな。あれをやってみせよ」

「わか、わかりました」

そういうとオサムは初めて落ち着いた素振りで微笑むと土間の片隅に置いてある手桶に向かって手をかざした。

「いったいなにを始めようというのだ」そう言って直後、内藤は我と我が目を疑った。誰も手を触れていないのに手桶が宙空に浮かび上がり、地面から三尺ばかりのところでしばらく揺曳《ようえい》していたかと思ったら突如としてちろちろ燃え始め、やがて燃えてなくなったのである。

誰もなにも言わなかった。土間に温気がたちこめていた。掛は頬に汗が流れるのを感じた。内藤は焦げ臭い匂いを感じていた。外から樹が風に揺れる音が聞こえてきた。長身のオサムが土間に立ちふらふらしていた。梢《こずえ》の音。大分経ってから内藤と掛が同時に言った。

「これどういうこと?」

以下は菅原の答えである。

座敷を罷り出た私はお庭に向かいました。なぜならお庭に例の使いの男をおきざりにしていたことを思い出したからです。庭に回ると男はぼうと立って空を見上げていました。背いが高いな、と思いました。渦巻きの模様のある着物が裾《すそ》みじか・つんつるてんでまったくアホのようでした。こんなものにも父母があり、固有の人生があるのだなと思ったらなんだか悲しいような、切ないような気持になりました。声をかけると男は非常に狼狽えた様子でよろけたり、きょろきょろしたりしました。男はいつもこうらしく、その後もなにか言ったり命令したりするたびに慌てふためき狼狽しました。なぜこんな反応をするかというと男はアホなのでちょっとした簡単の用を命じても大抵はしくじり、結果ひどく叱られ続けたため、叱られる前から叱られるに違いないと考えて焦るからです。私は男に名前を尋ね、「オサム」と答えた男に、「オッケー、オサム。おまえにはまた後で用を言うから必ずここで待っていろよ。勝手にふらふら出ていったらあかんぜ」と言いました。江下レの魂次への返書を持たせる必要があると思ったからです。オサムが、「わか、わかりました」と答えたので私は枝折り戸を押して裏門にいたる通路に出ました。出たところで何気なく振り返るとオサムは手を前方につきだして上下に上げ下げし、アホが測量の稽古をしているような仕草をしていました。いったいなにをしておるのだろうと目を凝らして私は腰を抜かしました。といって実際に腰が抜けたわけではなく、あくまでも比喩《ひゆ》的にですけどね。非常に驚いたということをいっているのです。一抱えもある庭石がオサムの前方、井戸の脇に浮かんでいてオサムの手が上下するのにあわせて上に行ったり下にいったりしているのです。しばらくオサムは手を上げ下げしていましたがやがて頭のややうえあたりで手を静止させました。石はそれに呼応して松の木と同じくらいの高さで静止、オサムが手をいったん握りそれから水を払うように広げると石は粉々になって砕けました。なんらの音もしませんでした。それだけのことをしたのにもかかわらずオサムはまったく気負った様子もなく相変わらずのんびりした顔つきでした。私は恐怖で小便をちびりそうでしたが、こんなことを放置するわけにもいかず、いまいちどオサムの方に近づいていってオサムに声をかけました。つとめてなにげない風を装ってはおりましたが声が少し震えていました。「その方なにをいたしておる」そういうとオサムはまたぞろ慌てふためき、「ごめんなさいごめんなさい」と言って泣きそうになりました。私はオサムを尋問しました。なんでもオサムにはこういう不思議な力が備わっていて手を触れずにものを持ち上げたり燃やしたりできるそうです。オサムは子供のころからそんなことができたそうですが、能力を発揮すると周囲の大人がなぜか激怒し、「訳の分からぬことをするな」「そういうことをするのは下品だ」「人を馬鹿にするな」などと罵倒しながらオサムをひどく折檻《せっかん》したためオサムは能力はこれを発揮してはならないものだと思い込み、自らに能力あるをかたく秘し、やりたくなったときはひとり山に入って巨石を転がしたり山火事を起こしたりして遊んでいたそうです。物騒な話です。そして私にこれを目撃されたオサムは叱られるのかも知れないとひどく怯えたのです。私は怯える必要はないからもう一度やってみろと説得しやらせてみました。庭石が空中に持ち上がり砕けました。褒美として銭を与えるとオサムは狂喜して私のことを、「アニキ」と呼びました。たったそれだけのことで私に心服して、私のいうことはたいていい聞こうと考えているようです。オサムは牛逐の城下を出歩いて荷車の後押しや手伝いといった雑傭仕事で残飯や小銭を貰って生計を立てているそうです。ちょっと見二十そこそこにみえますが今年で三十五になるそうです。

「そんな事情なのですが、この者いかがいたしましょうか」と菅原が言うのを聞いて内藤はほくそ笑んだ。

「こほほ。これは使える」

牛逐城下の高級旅館、餅屋別館コテージで三人の男が酒を飲んでいた。

十之進、菅原庸一、江下レの魂次の三人であった。

三人の前にはめいめいてんでおもいおもい随意気儘《きまま》につついた御馳走が並んでいた。椀が傾き膳が曲がっていた。箸《はし》が交錯していた。

三人は満腹に虚脱して口がきけなかった。

すなわち食べすぎたのであった。

その感覚は満ち足りているはずなのに荒涼として激烈に虚しい。

その空しさに耐えかねた十之進が言った。

「でもあれですよね」

菅原が言った。

「でもってなに」

「なにって別に、まあ黙ってるのもなんだからとりあえずでもあれですよね、っていったんだけど考えたらなにも喋ることないんだよね」

「いい加減な男だね、掛君は」

「はっ。いい加減といえばいい加減です。でもこんなときになにか話題をつなごうと思う程度の誠実さはある。というか、その段、魂次、君なんかどうなのよ。別名、おしゃべり魂次とか言って饒舌《じょうぜつ》で売り込んだ密偵じゃないの。黙ってちゃ駄目じゃない」

「へへっ、密偵が売り込んだとは恐れ入ります。しかしなんつうんでしょう、いま僕ら欲望にぐわあっと一直線だったじゃないですかあ。で、それが遂げられたじゃないですかあ。それって虚しいですよね。つまり僕らくさくさするからうまいもの食おうつって伊八三にそういってうまいものを持ってこさせたわけじゃないですかあ。そしたら伊八三がほんとうにうまいものを持ってきたわけですよ。ここが虚しいと僕は思うんですよね、つまり言ったら言ったとおりになった。そしたらもう議論の余地ない訳じゃないですか。つまりね、まずいもの持ってきたらね、僕らはこれは話ができるわけです。なんでこんなまずいんだ。なんだあいつはなんだこの宿はなんて。或いはぜんぜんうまいものを持ってこないと思ってたらうまいものを持ってきたとなるとこれは話になるし、もっと言うと感動がある。でもほら、こうやってもってこいって言って持ってこさせた場合、もうそのままっていうか、議論もなにもできない。そうなるとあとは個々人がひとりでその欲望に向きあうしかないですよね。でもその快楽が通り過ぎたあとはこのように索漠として虚しいわけです」

「なにいってるかぜんぜんわからない」

「分かりませんか、掛さんには」

「分かりませんね。っていうかこの気まずい感じっていうのはそんな難しいことじゃなくてただ単に僕ら三人がお互いをよく知らないっていうことだけじゃないのかなあ。あんまり知らない同士がこうやって膝つき合わせて酒飲んでごはん食べてるのがそもそも気まずいだけじゃないの」

もっともな意見であった。内藤が命令しなければ身分も経歴も性格もまったく異なるこの三人が同席するなどということは絶対にありえなかったからである。

オサムに特異の能力があるのをみてとった内藤はまずこの能力を隣国に遣わす十之進の監視のために使おうと考えた。すなわち十之進が逃亡を企てた場合はオサムがこれを処刑するのである。

さらに内藤は一歩進んでオサムを偽腹ふり党捏造《ねつぞう》につかおうと目論んだ。すなわち、宗教教団を発足させるにあたっては奇跡が不可欠であるが、オサムの不思議な能力を奇跡として演出すれば民衆はこれに従うに違いないと考えたのである。

しかし右のことをなせとオサムに命ずるのは無駄であった。なんとなればオサムはあほであったからである。噛《か》んで含めるように教え込んでも教えた端から忘れていくに違いなかった。また、十之進がオサムに命令するわけにはいかなかった。自らを監視、逃亡の際は焼き殺せと命ずることはできなかったからである。

そこでオサムが握り飯を貰った恩を忘れず、アニキ、アニキといって心服している菅原庸一が牛逐藩に同行することになった。

菅原庸一ははじめ用人風情のわたくしが国事にあずかるのは不遜《ふそん》などといって拗《す》ねていたが内藤が説得してこれを了承、かくして十之進、菅原庸一、オサムの三人は連れだって黒和の城下を出立、牛逐藩に潜入の揚げ句、餅屋に滞在中の江下レの魂次と合流したのであった。

「それはまあそうかもしれません。でも会食なんてこんなもんですよ。わたしらいつもこんなんだ。掛君なんかは牢人だからそんなことあんまりないだろうけど」と菅原が言い、十之進は内心でむっとした。

なにを偉そうに君づけなわけ。しかしそれを言うと喧嘩になるので表面上は穏やかな調子で、

「うむ。それもそうかも知れぬ。その点、オサムは気楽でいいよな、全員にタメ口だしさ、彼がタメ口でも誰も怒らんしね。そういえば菅原、さん、オサムひとりで本館に泊まってんでしょ。ひとりにしておいて大丈夫なの。大丈夫なんですか」

「なにが」

「逃げたり、勝手にどこかに行ったりしないんですか」

「大丈夫ですよ。僕がここにいろっていったからいるでしょ。彼は僕に心服してる」

「そらそうかもしれないけど、でも彼はあほでしょ。忘れるってことがあるんじゃないですか」

「大丈夫だと思うよ。それになにもオサムを一泊一両のコテージに泊まらせる必要はない」

「それもそうですな。では明日は手筈《てはず》通りに」

「承知つかまつった」

「とにかくその元腹ふり党の大幹部とやらに会ってみよう」

「そうしようそうしよう」

「じゃ今日は適当に」

「え？　掛さんはもうお休みですか」

「え？　魂次はどっか行くの？」

「へっへっへっ。ちょっと近辺に乙な妓がありまして。あたしは間夫ってことになってありやす」

「あっ。きったねぇな。俺もいこ。菅原さんはどうします？　ひとりで明かり消してさびしく寝ますか？」

「お主らは遊廓に行くのか。ううむ。怪《け》しからぬ」

「じゃいかないんですね」

「ちょっとだけ行ってみようかな」

「なんだいくのか」

三人はまたぞろ虚しさを味わうために連れ立っていそいそと狭斜の巷《ちまた》に出かけて行った。


翌日の午前。牛逐の城下を不機嫌面の三人とにこにこ笑って機嫌がよいオサムが速足で歩いていた。菅原が言った。

「魂次、いま少しゆるりと歩まぬか。昨日の酒の性が悪かったのかちとつむりがいたい」

「ほんとほんと、魂次は密偵だからいいが僕らちょっと疲れちゃった」

「なにを言うんですか。ちっとももてないで酒ばかり飲んでたのはこっちも同じですよ。けど早く行かないと先方、怒っちゃうじゃないですか。現時点で一刻以上の遅参ですよ」

「しかし魂次」と菅原が情けない声で言った。

「妓が朝飯を食えというのを見栄はって断ってきたから私は腹が減った。休みがてらそこいらで茶漬けでも食って行かぬか」

「駄目ですよ。約束の時間ってものがあるんですから」

「でも、私は思うのだがな」

「なんですか」

「やはりここはぜひとも飯を食っていくべきだと私は思うのだ。普通で考えれば逆だろう。われらはいま遅参しつつあり、一刻も早く行こうとするのがあたりまえだ」

「その通りですよ。だから早く参りましょう」

「ところがそれが違うのだ」

「どう違うんですよ」

「つまりな、われらはいま腹が減っている状態だ。つまり人間としてベストな状態ではないということだ。初対面の人のところにそんなベストじゃない自分で行くことは逆に相手に失礼だと僕は思う。だからここはみんなで飯を食ってベストな自分、ブライトな自分になって、それから行った方が逆に礼に適《かな》ってるんじゃないかな」

十之進はなんて身勝手な論理だ、と思ったが飯を食いたかったので黙っていた。あまりの言い草に魂次もそれ以上反論するのが馬鹿らしくなり、「じゃあ食ってきましょう、ここでいいですか」と行ってちょうど脇にあった店の、紺地に白で、「ゆるふん屋」と染めだしてある暖簾《のれん》をくぐった。

オサムが、「めめめ、飯ですか、飯ですか」と長身をこごめて機嫌をとるように菅原の顔をのぞき込んだ。

一行は活気ある午前のゆるふん屋で、飯、湯豆腐、お銚子《ちょうし》などをとってこれを飲みかつ食らった。

一行がこのようにだらだらな理由はその仕事が後ろ向きな仕事だからであった。

誰だって仕事をするのならやり甲斐生き甲斐を感じられる仕事がしたい。しかるに内藤が彼らに与えた仕事たるやインチキがばれて解散した宗教教団を再現するというきわめて情けない仕事であった。もともとインチキだったものをやらせでやるのだから、コピー商品をコピーする、子供銀行に押し入って強盗するようなもので士気が上がらぬこと夥《おびただ》しかったのである。

菅原や掛はもとより、江下レの魂次もこの仕事を嫌がっていた。魂次はそもそも自分は密偵であって、こんなイベント製作みたいなことは不得手なのだと思っていた。

オサムだけが始終にこにこしていた。つんつるてんの着物から脛《すね》をにゅうとだして爪を噛み、犬やとんぼにみとれて屈託がなかった。

そんなだらだらな一行で朝飯と称して酒を飲み湯豆腐と飯を食ってしばらくは黒文字をくわえ着物もはだけて弛緩《しかん》しきっていたが、ゆるふん屋を出て、腹ふり党の元・大幹部、茶山半郎《ちゃやまはんろう》方が近づくにつれて次第に緊張しはじめた。

江下レの魂次の報告によると茶山は兇悪・凶暴な半狂人の集まりであった腹ふり党幹部のなかでももっとも兇悪・凶暴な人物で、その悪逆非道ぶりたるやすさまじく教義の解釈についても最右翼であったという。

茶山にとってはいかなる悪もすべて正義であった。

なぜならこの世は宇宙規模に巨大な条虫の腹中に存在する虚妄の世で、この世における悪や悪ふざけは条虫にとっての毒であり、悪や悪ふざけは条虫の腹を痛ましめ、人々を条虫の腹の外にある真正世界に糞便として排出する行為につながるわけだから、逆にそれらは賞讃されるべき行為といえるからである。

　茶山はこの教義を最大限に活用してありとあらゆる悪をなした。

　茶山は少しでも気に入らぬことがあると簡単に人を殺したし、理由もない、ただなんとなく気分で殺したりもした。周囲のものはこれを賞讃した。なぜならこの世で死ぬことは糞便として排出され永遠に真正世界にいけないまでも反吐として排出され、いずれは戻ってくるが一度は真正世界を垣間見《かいまみ》ることができると信者の間に信じられていたからである。

　信者たちは自分が死ぬのは恐れたが他が死ぬのはこれを歓迎したのである。或いは歓迎したふりをしないと自分が茶山に殺されるかも知れぬと思ったからかも知れない。

　茶山はまた人間の頭部を聖なる食物とした。生きたままの人間の頭部を切断、中味をくり抜いて豚に与え、開いた頭部に洗った米と同量の水、野菜、蛤《はまぐり》、サフラン、塩、醤油少々を詰めると焼いた石とともに土中に埋めて蒸し焼きにしたものを儀式の際などの宴会料理に定めたのである。

　誰もそんな怖ろしいものは食べたくなかった。茶山も内心では食べたくなかったらしく、「どうぞどうぞ。聖なるおへど聖者の肉ですから」などと言って来客にばかり勧めた。ある日、来客のひとりがあなたは召し上がらないのですか、と尋ねると茶山はこういった。

「僕は幹部だからこういうよい食物は食べられません。幹部には自己犠牲の精神が必要なのです。僕はみなさんが食べられない穢《けが》れた部分を餌として与えられた穢れた豚肉の料理をみなさんの犠牲になって食べます」と言って、東坡肉《トンポーロー》、ハム、腸詰といった美々しく、おいしそうに料理された豚肉を食べた。

食べたくないのならそんなおそろしい料理を考案しなくともよいのに茶山はそんなことをした。

しかしこの屈折は茶山の特異な性格をよくあらわしており、例えば茶山はそんな兇悪・凶暴なことをする人物にそぐわないほど丁寧で柔らかい口の利き方をした。信者を殺すにあたって茶山は、「ではいまからあなたをおへどにさせていただきますのでよろしくお願いします」と言って頭を下げた。

茶山の容貌もその屈折をきわめて分かりやすく表していた。

顔の造作はまず尋常であったが茶山の顔を見て笑いの発作を起こさぬ者はなかった。茶山は顔全体に刺青を施していたのであるが、そのいれずみたるや珍妙なことこのうえなく、眉はくっきりへの字形だし、目の回りにも口の回りにもおかしなくま取りをして頰にはアホな赤丸が描いてあり、へのへのもへじと案山子とおてもやんが合併したようなおかしな顔であった。

そんな顔をして右の如くに真面目で丁寧な口をきくのだから人はおかしくてたまらない。爆笑していると茶山は不思議でならないという口調で、「僕の顔がおかしいですか」と尋ね、笑って答えられない信者に、「笑いの発作というのはこの憂き世を覆う邪悪な条虫がもっとも嫌がることです。けっこうなことです。あなたをおへどにさせていただきます」と言って信者を惨殺した。

わざと人をわらかしておいて笑ったと言って殺すのだからこんな残酷なことはないし、それを自分の顔に珍妙な刺青まで施してやっているということから茶山という人間の性格の複雑さ奇怪さがうかがいしれるのである。

そんな茶山半郎に会うのだから全員が緊張していたのも頷《うなず》ける。いくら内通によって罪を免れいまはひっそりと暮らしているとはいえ、ついうっかり顔を見て笑うなどしたらなにをするか分からない。まあ一行のなかにはエスパーも超人的剣客もいるのだから滅多なことはないにしても、そんな茶山のこと、どんなことになるか予測もつかぬのである。

一行は城下外れまでやってきた。のどかな田園風景が広がっていた。掛が魂次に聞いた。

「その茶山半郎とやらはこんなところに住んでるのか」

「ええ。もうちょっと先の百姓家に住まっておるらしいです」

「ひとりで住んでおるのか」

「へえ」

「じゃあ、身のまわりのことやなんかはどうしてるの」

「いくらか銭を遣って近所の農婦にさせておるようです」

「なるほど」と言って掛は考え込んだ。

掛は悩んでいた。どう茶山に話をもちかけたものか考えあぐねていたのである。なんとなれば表向き茶山は引退した博徒ということになっているらしく、元・腹ふり党幹部という経歴を隠している。その茶山に向かってなんといって今回の話を持ちかけたらよいものか、と考えていたのである。

なんでも茶山は兇悪・凶暴な人間らしい。腹ふり党のことは茶山にとっては嫌なことだろうし、下手に話を持ちかけたら暴れだす可能性があるし、そうでなくても機嫌を損ねたら協力は得られない。しかし偽・腹ふり党をたちあげるためには茶山の協力は不可欠で、茶山の協力がなかったら企てに失敗する。失敗したら俺はどうなる？　怒った内藤帯刀は菅原にそう言って菅原はオサムにそういって俺を空中に放り上げて燃やす。そうすると俺は死ぬわけでそれはいやだ。だからなんとかしややんとあかぬのだけれども、どうもよい思案が浮かばない困った。

頻《しき》りに困っている掛に菅原が声をかけた。

「掛君、どうしたの。なに考え込んでんの」

「いや実は茶山さんにどういう風に話を切りだしたものか悩んでんですよ」

「なんだそんなことか」

「そんなこととは失敬な。なんかいい考えがあるんですか」

「別にないけど私でよかったら頼んであげようか」

「いいんですか。だってあなたは僕の監視役として来てるわけでしょ」

「いいよ、別に。頼んでやるよ」

「ありがとうございます」と言った掛は認識を少し改めた。自分はしょせん用人だと言って拗ねたり、偉そうに人を君付けで呼んだりして嫌な奴だと思っていたがそれは誤解で実は菅原はあけひろげでさばけたいい人だったのだ。ありがたいことだ。掛は心のなかで手を合わせた。

よい天気だった。雲雀《ひばり》が空をかけた。

掛は、ああ、俺があの巡礼の父娘を斬ったのもこんな日だった。可哀相なことをしたものだ、と思った。

畑の向こうに農家の白壁がみえた。長屋門のある立派な農家であった。周囲に人家はなく山を背後にその家だけがどっしり建っていた。江下レの魂次が言った。

「みなさん。あの家です。くれぐれも茶山の顔を見て笑わないようにしてください。特にオサムは危ないので気をつけてください」

「わかった。私がよく言っておこう」と菅原が言った。

「なんだったら危険だからオサムは外で待たせますか」

「いや、万が一、茶山さんが暴れたらオサムに助けてもらわんければならぬ。やはりオサムには一緒に入って貰おう。それより、みんなくれぐれも笑わないようにな。そうとう珍妙な顔らしいからな」

そういうと菅原は門内にすたすた入っていった。

うぶっ。掛が口を押さえて前のめりにつんのめった。背中がひくひく波うって目尻から涙がこぼれていた。

笑ってはいけない。無理な注文であった。さほどに茶山の顔は珍妙であった。滑稽な、おてもやんとお多福とへのへのもへじとひょっとこが混じったような刺青が施してあるのは知っていた。しかしそれとて元が愛敬のある顔に施してあるのならさして面白くないのかも知れない。

しかし茶山のもともとの顔はきわめて立派であった。額は秀で眼光鋭く鼻筋が通って端整でありながら厳粛きわまりない立派な容貌であった。刻まれた皺の一本一本に知性の苦闘の痕跡が感じられるような顔であった。

その立派な顔におてもやんのような赤丸が描いてあり、怒ったようなへの字形の眉が落書きのような線で描いてあった。目尻には垂れ下がったような隈《くま》取りがある。反対に口角には猫が笑っているような隈取りがあってますますアホのようなのである。

もともとアホーな顔にかかる珍妙な刺青があってもさほどおかしくない。ところが、かく知性的で賢そうな顔にそんな刺青があるというのが猛烈におかしいのであった。

笑ってはいけない。笑ってはいけない。思えば思うほどおかしく、突っ伏してみていいはずなのに一瞬見ただけの茶山の面白い顔が脳裏に、ぼよよん、と現れてくるくる回転したり、舌を出したりした。面白さのあまり、頭に霞がかかったようになった。涙が流れ背中が波うった。

江下レの魂次はとうにいなかった。茶山の顔を見るなり、口に手を当て背中をこごめ、まるで突然吐き気を催した人のような卑屈走りで部屋から出ていったのである。

その姿をちらと見た掛の霞む頭に、俺もすぐに部屋を出ていればよかった、という考えがちらと浮かんだが、しかしもはやどうしようもない。掛はただ突っ伏して痙攣していた。

オサムは少しも笑っていなかった。滑稽なものを見ておもしろいと感じる知性がオサムには欠如していたのである。オサムほどの馬鹿ではなくてもこういうひとは珍しくなく、しかしそういう人は自分は馬鹿だと思っていないのできわめて高い水準にある笑芸を目の当たりにして、「笑えなーい」と批評じみた態度でそのくせ単純なことを言ったり、人が単に転んだ振りをしたり、尻を丸だしにするなどといった水準の低い笑いに涙を流して笑い転げたりするのである。

菅原もまた笑っていなかったが、これは用人という職業的馴致《じゅんち》によるものである。用人がいちいち泣いたり笑ったりしていては武家の家政を切りまわしていくことはできない。だから菅原は喜怒哀楽の感情を表面に表さず、その気になれば能面のような表情を常に保つことができた。しかしこのことは菅原がそもそも冷たい性格であるということではなく、菅原が人並みに持っていた感情が心の奥底に押し込められているということである。押し込められたる感情は菅原の心の奥底でぶすぶす厭《いや》な音を立てている。菅原は能面のような表情で、

「さような訳で我らは黒和藩から参った者ですが、本日は腸兵衛《ちょうべえ》殿に折り入ってお願いがござって参った」ときりだした。

茶山は黙っている。腸兵衛とは茶山がいま名乗っている名前で、茶山は前歴を隠すため、

引退した博徒、亀山の腸兵衛と名乗っていたのである。

茶山はおかしげな顔で一同をかわるがわるうち眺めて答えない。菅原は意に介さず続けた。

「実はあなたは引退した博徒、亀山の腸兵衛と名乗ってますがそれは嘘で本当は、いまは滅亡した腹ふり党の大幹部・茶山半郎で、一種の司法取引をして死罪を免れていまここに住んでるわけでしょう。それは調査で分かってます。そこで私どもからあなたにお願いがあります。ただちにここを引き払い、私どもと一緒に黒和藩にいらしていただきたいのです。理由は申しあげられませんがひとつだけ言えることがありますが。私どもはいまからネオ腹ふり党というのを黒和藩に立ち上げようとしている。それについてあなたに是非とも御協力を願いたい。なぜなら私どもには腹ふり党の教義についての詳しい知識がないからです。ところがあなたはその界隈《かいわい》の詳しい知識をお持ちだ。なぜならあなたは引退した博徒、亀山の腸兵衛とか名乗ってるらしいけどそんなものは嘘だからね、というのは私どもがもう調査済だから匿《かく》しても駄目なんだけど、元は腹ふり党の大幹部な訳でしょう？　そこで私どもは茶山さん、あなたにお願いしてるんだ。私どもと一緒に来てくれませんか。はっきりいって報酬はありません。ことによるとあるかも知れませんが、御存知のように当藩はいま財政的に非常に困窮しておりますから、まあ、私も上司に一応はかけあってみるつもりではおりますが、多分、報酬はゼロです。そのあたりを御理解いただいたうえで、茶山さん、我々の仕事を手伝ってみる気はありませんか」

という菅原の話を聞いて掛は身体がすうっと冷たくなるのを感じ、笑いの発作が一気に収まった。

まず掛は、やられた、と思った。

親切ごかしに、私でよかったら頼んであげようか、かなんかいってその実、わざとぞんざいな、相手を怒らせるような口調で言う。なんでそんなことをするのか。自分を困らせるためだ、と掛は思った。つまりこの男は俺になにか含むところがあるのだ。だからこんなことをして嫌がらせをする。それで俺が失敗して殺されれば面白いと思っているのだ。なんという心のねじけた人だろうか。

掛は顔を上げ、菅原の顔を横目で見た。菅原は澄ました顔で口をすぼめ茶山の返事を待っていた。

果たしてそうだったのであろうか。実は違った。菅原はわざとぞんざいな口調で喋って茶山を怒らせようとしたのではなく菅原としては丁寧に喋ったのであった。ではなぜ菅原はこんな誰が聞いてもむかつくような喋り方をしたのか。

それは菅原の用人、しかも藩の重役の用人という職業に関係していた。

菅原は用人で、しかも内藤には奥方も子もなかったから、ひとりで内藤家の家政万般をとり仕切っていた。

炭屋米屋八百屋魚屋呉服屋仕出屋、すべての対応は菅原がこれを行っていたのである。どの商人にどれだけ発注するかは菅原の心ひとつで決まる。だから商人は競って菅原に追従を言ったり無理を聞いたり、菅原を貴人の如くに奉ったりする。

　また菅原の主君、内藤帯刀は藩の重役であるから私邸には様々の人物が面会に訪れた。陳情である。これにまず応対するのも菅原で、菅原が取り次がなければ面会が叶わぬし、取り次いでも後まわしにされるとうんと待たされるから、地位の低い者は菅原に卑屈な態度で接したし、相当の地位にある人でも菅原には機嫌良く挨拶した。

　すなわち菅原は小権力を握った官僚であったのである。

　それでも向こうが菅原に頼みごとをするのだからそんな喋り方でもよかった。相手も怒らなかった。ところが今回は違って、菅原の方が頼み事をしているのである。にもかかわらず菅原は、君が望むならお願いしてやってもよいがどうだ？　頼まれてみるか？　みたいな態度をとってしまったのである。

　掛はつくづく、主持ちとは気楽なものだ、と思った。フリーランスの我らがそんな口をきいたら一瞬でつぶされる、と思った。

　相手のメリットを少しも考えずに自己都合ばかりを言いたて、そのくせ頭も下げず、逆に偉そうにしている。

　そう思った掛は取り繕う言葉を必死に探したが、おまえは犯罪者だろう。俺を手伝え。金は払わん。御理解しろ。と言ってしまった後を取り繕う言葉など見つかるべくもなかった。

　開け放した戸口から白い蝶々が迷い込んできて土間でひらひらした。

茶山は黙して語らず、いっぱいに刺青の施されたその顔からなにを考えているのか読み取れない。菅原は、俺は言うべきことを言ったのだからおまえが返事するまで口はきかん、と言った態度で黙っている。オサムは口を半開きにして蝶々に見とれている。

掛は沈黙にはらはらした。

土間はうすくらかったが、開け放った木戸のところだけが矩形《くけい》に明るかった。暗い内側。明るい外側。

どれくらい押し黙っていただろうか、掛には長く感ぜられたが、実際にはそんなでもなかったかも知れない、ついに茶山が口を開いた。

「あなた方は黒和藩からみえたのですか」

ごくごくかすかなやっと聞き取れるくらいの小さな声であった。

「そう」菅原が単簡に答えた。掛はそれではいけないと慌て、

「ええ、そうなんです。あの黒和藩から僕ら来たんです」とつけ加え、まるで俺はアホのようだ、と思った。

「で、僕にもう一度、御教えを広めろ、と言うのですね」

「そう」

「ええ、そうなんです。あのもう一度、そのおん教え？　それを広めて貰いたいのです」

「なるほど」と言って茶山は目を閉じた。瞼に黒目が描いてあって目を閉じているのに目が開いているようにみえて馬鹿馬鹿しい顔になった。しかし掛はもはや笑わない。菅原も

笑わない。オサムも笑わず尻をもぞもぞさせていた。

「ひとつうかがいたい」

そういって茶山は目を開いた。目を開いてもやはり阿呆な顔であった。

「あなたがたは真面目な気持でそれをおこのうのですか。それともふざけた気持で行うのですか。ぎりぎりの肝要のところを伺いたい」

そう言って茶山は菅原の目をじっと見つめた。

菅原は即答した。

「もちろんふざけた気持です」

掛は慌てて言った。

「いえいえいえいえいえいえいえいえ。この男は茶山先生にお目にかかるので気が動転してこんなことを口走ってますが、もちろん我々はふざけてなんかいません。真面目な、真剣な気持です。はっきりいいましょうか、はっきりいいますよ、私なんか、これ命懸けです。教義が広まらんかったら殺されるんです。そんなんでふざけてられますか？　マジです。おもいっきりマジです」

突然、もの凄い早口で掛が喋り出したので菅原はやや驚いた風であったが、茶山は表情ひとつ変えず、というか、表情はずっとアホな表情に固着しているのだが、少しも感情を表にあらわさず、相変わらず、知的な営みに疲れ果てた哲学者か民衆の無理解に疲れはてた預言者の声のような悲しみに満ちた声で言った。

「あなたはふざけてやっていると言い、こちらのこの方は真剣だという。どちらも本当なのでしょう。でもその答えは僕はどちらでもよかったのです。あなた方が答えを答える過程でどういう神経をさぐっているのか。そのドランナをひとえに恵愚母《えぐぼ》に看ていた。冴《さ》える月の雫《しずく》に、伽羅《きやら》の糸車の絡みつく。人の世というのはそんなものでしょう。滅亡の歌は人と家のもっとも低いところで歌われるべきです。僕はあなたがたと黒和藩に参ります。それが恵愚母の御心なのでしょう」

「あの言ってることがよく分かんないんだけど……、つまり来てくれるってことですか」

おそるおそる問うた掛に茶山は、

「参るといってるでしょう」とやや声を荒らげ、

「僕は恵愚母の導きがあって御教えを知りたいという人がいれば地の果てにでもいこまい。いまここにいるのは御教えの一旦《いったん》御下没以来、誰も僕のところに来なかったからです。僕はいま喜びすら感じているのですよ」

ところどころに専門用語、業界用語が混ざっていまひとつ言っていることが不審で、ことによると気が狂っているのかも知れないが、それにつけても黒和に行くといっているのだから重畳だ。気の変わらぬうちに連れて行く算段をした方がよいな、ええっと、この顔じゃ目立つから魂次に宗十郎頭巾を買いに行かせて……。

掛は茶山が黒和行きを承諾して急に安堵、そんな現実的なことを考えていた。その掛に茶山は唐突に、

「ところであなたは」と言って言葉を切った。

掛はぎくっとした。

「おへどにさせていただきます」と言われるかと思ったのである。

掛はオサムに視線を走らせ、それから膝頭に触れている鍔《つば》の感触を確かめた。

茶山はそうは言わなかった。しかし掛は茶山の言葉を聞いて、おへどにさせていただきます、と言われるよりも驚いた。

茶山は掛に、「あなたはシトゲちゃんではありませんか」と言ったのである。

「うっ。真鍋に続いてまたこんな人がでてきた。シトゲちゃんというのは拙者の幼名。それを知るあなたはいったい誰です」

問われて茶山は答えた。

「久しぶりだな、シトゲちゃん。子供の頃、近所に住んでいた差オムです」

差オム。その名を聞いて掛はめちゃくちゃ厭な気持になった。

差オム。最低の奴だった。母親はおらず、父親は佛野ジョウジという牢人で痩せて陰気な男で子供を怒鳴りつけたりするので怖かった。シャブ中だった。この佛野というのが子煩悩な父親でこんな気色がいいのだからといって差オムを八歳からシャブ漬けにした。

差オムは自信をつけては暴れた。先端を鋭く殺いだ孟宗竹で畜犬を突き殺し皮を剝いで神聖な場所へ投げ込んだりした。兇悪な悪戯である。思い通りにならないと執拗に相手を付けまわし、指で目をくり抜いたり、肛門に膠《にかわ》を流し込んだりした。相撲取りをからかって張り倒された差オムはこれを深く怨み、相撲の一行の泊まっている宿屋に付け火をして、相撲の一行二十名全員が焼死した。差オムが十一歳のときのことである。

　気の弱い者は差オムの顔を見ただけで小便をちびった。大人も差オムを恐れ、十やそこらでこんな怖ろしいのだから将来なにをしでかすか分からない、と噂したら案の定、腹ふり党の大幹部になって多くの人を残虐なやり方で殺した。

　掛は茶山が差オムであると知り、これはことによると大変なことになるかも知れない、と思って緊張し、下手なことを言うといつ暴れだすか分からないが、黙っているとそれはそれで怒り出すかも知らんから、とりあえずなにか言わんければと思って言葉に注意しいしい言った。

「あ、そうすか。差オムさんですか。いっやあ、顔がもうぜんぜん変わっちゃってわかんなかったなあ。っていうのは別に変な意味じゃなく、なんて言うんですが、やっぱ凄い、年輪って言うか、いやいやそういう表面的な刺青とかそんなんじゃなく、もっと深いところでいい顔になったなー、と。っていうかでも、懐かしいですよね。いっやあ、そうですか。ま、僕はあれからいろいろだったんですけど、あ。そういえば、ゲラちゃん、って覚えてます？　あれがね、いま黒和藩に住んでますよ。ええ。僕もぜんぜん、あってなかったって言うか、こないだ偶然、僕を殺しにきて、っていうか、まあ、いろいろなんですけどね、そいでちょっと飲んだりしたんですけど。あ、そうですか。差オムさん。いっやあ、差オムさんね。差オムさん、どうです？　あれからどうでした？　おげ、おげ、お元気でした？」

それに対して茶山は相変わらず、夢中の人のように現実と連関していないかのような、宙空に言葉をおくような瞑想《めいそう》的な調子で言った。

「僕の顔が変わりましたか。それは刺青のことをいっているのでしょう。これには気を遣わないでください。そしてこれについては二度と口にしないでください。僕はこの刺青を岐阜でいれられたのです。事実現実。あなたは僕のそうした魂の遍歴を聞きたいというのですか。いずれ恵愚母に聞いておきましょうか。哀しみのドランナが心に蜜をもたらす夜にでも。子供のころ僕は発狂していたのです。それから十五になってもっと発狂した。薬種問屋の倉庫でエナジーチャージャーが茶倫を打ち砕く。茶倫ってなんだかあなた分かりますか。茶の倫理です。恵愚母の聖犬です。僕は十五でそんなことにまみれて、いろんなことを生きてきました。人脳の味を味わい、おそろしい淫楽の愉悦に耽《ふけ》り、悪魔と合体して合邦の辻を歌ったのです。人の家が造られ人の家が壊される。そのことを人々はもっと記憶に留めておくべきでしょう。いま茶をもってきますよ。あなたがたはそれを飲むとよい。茶倫だ」

茶山は言い捨てて立ち上がり、一旦土間へ降りると、横走りの土間を通って奥に消えた。掛は菅原に小声で言った。

「なにをいってるかわかりますか」

「さっぱりわからん。とにかく承諾らしいのはよかった」

「茶をもってくるといってましたな」

「うん」

「飲まぬほうがよろしいぞ」

「なぜだ」

「毒が入っているかも知れません」

「そんなことはないだろう」

「いやあ、わからんですよ。僕は彼を子供の時から知ってる」

「おお。そうらしいの。偶然というか、奇遇というか」

「僕も驚きましたが彼はおそろしい男ですよ」

「うん。それは知ってる」

「いや、っていうか僕はそれを間近にみてたんですよ。彼の悪は胚胎期《はいたい》においてすでにおそろしい悪でした。それを考えると茶に毒が入っていない方がおかしい」

「でも、なんか茶の倫理がどうのとか言ってたじゃないか。そういう礼儀にうるさそうな男だぞ。せっかく出した茶に手もつけないのはまずいんじゃないか」

「しかし毒が入ってるに決まってるからなあ。あ、そうだオサムに飲ませましょう」

「オサムに？」

「そうですよ。まず、オサムに飲ませてそれで死ななかった僕らが飲めばよい」

「なるほど、それは名案だ。そうしよう」

ほどなくして茶山が盆に茶を載せて戻ってきて三人の前に茶をおいた。

掛が言った。

「オサム君、ほら茶山さんがお茶をもってきてくれたよ。さ、いただきなさい」

言われてオサムはなにか叱られたのかと勘違いして狼狽《うろた》え、

「え？　オレ？　あ？　大丈夫？　大丈夫？　あ？　な、な、な、なん、なんか、オレ」

ときょろきょろしてた。

「叱っているのではない。掛殿はそのお茶をいただいたらどうだ、と言っておるのだ」

「あ、ちゃちゃちゃちゃ茶ァ、飲む？　あ、分かりました」

オサムはそういうと湯呑みを摑み、一気に茶を飲んで噎《む》せた。

「げほげほげほげほげほげほげほげほ、ぐわっ。ああん、ああん」

「大丈夫か」

「ああんっ、だい、大丈夫です。ああん。ああん」

「噎せてはおりますがどうやら大丈夫そうですぞ」

「いや。遅効性の毒かも知らん。もう少し様子を見よう」

「しかしいつまでも飲まぬと変に思われるかも知らんぞ」

「僕が適当なことを言って誤魔化しますよ。いや、これは茶山殿、見苦しいところをお目にかけた。このオサムなる者、少々粗忽者《そこつもの》でござってなあ。目をごらんなさい。バカな目をしておりましょう。これはバカ目と申しましてなあ。おつけの実にするよかしょうがないんですな。まだ子供でございまして、どうか御勘弁願いたい」

「あなたが言っているのは火焔太鼓という落語の一節じゃないですか」

「よく御存知ですな。恐れ入ります」

「いやそれはよいが、さ。あなた方も茶を飲んだらよい。宇宙が砕けますよ」

掛は菅原にだけ聞こえるように言った。

「すすめられちゃったよ。弱っちゃったなあ。どうします?」

「オサムはどうしてる」

オサムは噎せたうえに茶が熱かったのであろうか、アホがパン食い競争の稽古をしているように口を開いたり閉じたりしつつ、しきりに瞬きをしていた。

「大丈夫そうですな」

「やむを得ない。飲むか」

「そうしましょう。飲まない方が具合が悪いかもしれない」

ふたりは覚悟を決め苦い薬を飲むように茶を飲んだ。

しかし飲み終わって掛も菅原も驚いた。

茶が激烈にうまかったからである。

口のなかに甘い流体を含んでいるような味で飲んだ後、舌から喉にかけて爽やかな味が残った。すがすがしい、歌でも歌いたいような気分になった。頭の皮の内側にぴりぴりする膜がはってあるようになって気色がよかった。

「くれ竹のおほい草にぞかくあらめはらくだしなむはるのくる鹿」

「かくあれど鶴のうわ庭裂きひたる大戸たちわれ腹のなよ竹」

掛と菅原が訳の分からぬことを言い交わしているのをみて茶山はかすかに笑って言った。

「おほほ。あなた方ははじめ四人だった。それがいつの間にか三人になりましたね。いまひとりの人はどこにいったのか。あなた方はいま論没の境で自我を苦しみ始めている。迷妄の淵で救助を求める声をあげている。もうひとりの人にも後で茶を上げましょうかね。どこにいったのだろうか」


茶山の顔を見て噴き出しそうになり、反吐を吐きそうになっている人のような恰好で表へ走り出た江下レの魂次は屋敷と長屋門の間の前庭にいた。

前庭のそこここに柔らかい光が溢れ、その光によって魂次は自らの精神が浄化されるような感じを感じていた。

光は長屋門にも庭の片隅に這うように生えている雑草にも均しく降り注ぎ、すべてが恩《おん》寵《ちょう》とともにそこに存在しているようにみえた。

そんな前庭に立つ魂次の前にひとりの娘がいた。

魂次はただ目の前に立っているだけで胸のあたりに熱が満ちてくるような心持ちがした。

笑いの発作に襲われた魂次は屋敷から前庭に走り出ると、突っ伏して痙攣した。庭には出たものの爆笑して笑い声を響かせては不味いと思ったのである。

魂次がそうして突っ伏していると、後ろから、「もし。お加減がお悪いのですか」と声をかけるものがあった。若い娘の声である。笑いを堪えていたというのもきまり悪く、魂次は本当に具合が悪いふりをして、「いえ。もう随分よくなりました」と言って立ち上がり、裾の土を払って顔を上げて驚いた。

娘があまりにも美しかったからである。

密偵という商売柄、魂次はこれまでずいぶん女をみてきたし、そのなかには美人もたくさんいた。しかしたいていの女は少しつき合ってみるとやはりただの平凡な女で興醒めすることしきりであった。

娘はそれらの女たちとは根本的に違っていた。

娘はかく美しいものが存在していると事実が怖ろしくなるように美しかった。娘と相対する者は娘のあまりの美しさに、このように美しいものがあるということそのものが神仏の試み、もしくは試練ではないかと疑うたのである。

しかしそのような疑念を持たぬものにとって娘の美しさは大いなる恩寵であった。

魂次は娘と相対してあるだけで身体のなかに心地よさを感じた。

名を尋ねる魂次に、娘は、ろん、と答え、こだわりのない態度で魂次に接した。ろんはこの家に住み、茶山の身のまわりの世話をしているのであった。

魂次はこの光溢れる前庭でろんと話している自分を幸福だと感じていた。

魂次は永遠にろんと話していたい、と思っていた。

魂次は少年のようであった。

荒涼とした河原や土手下に掛け小屋が並んでいた。掛け小屋は夏近くなって急に増えはじめた。領内に乞食が増えたのである。昨年の冬頃は隣国、牛逐藩からの逃亡民の姿が多くみられたが、年が明けた春前から急に減少し、逆に藩内の領民が浮浪、逃亡を始め、牛逐藩に行って乞食をする者が出たが牛逐藩がこれを厳しく取り締まったため領民は藩内を流浪した。

流浪する者は悲惨で、一応、人の姿はしているものの畜生と変わらぬありさまであった。髪の毛はぐしゃぐしゃで、昆布みたいになったなんだか分からない着物を着て腰のあたりを縄で縛っていた。たいていの者が皮膚病にかかっていて膨れあがったまっ黒な足のところどころに赤い肉が露出して蠅がたかっていた。

そんな人々が、いったいなんの目的があるのか、のろのろ歩きまわったり、無気力に座りこんでいる往来の角、屋敷から松のにゅうと往来にさしてはみ出ている土塀の前にさきほどから四人の男女がうずくまっていた。

茶山半郎、念力のオサム、美少女ろんとそれからもうひとりの男の四人であった。巳《み》の下刻であった。

四人が四人とも黒い着物を着て黒い帯を締め紺の足袋、黒い脚絆《きゃはん》を巻いて草鞋《わらじ》だけがしょうがない藁色《わらいろ》。まっ黒な恰好でじっとうずくまっている四人はそれだけでも異様であったが、茶山半郎の顔面の刺青はひときわ異様で、暇そうに歩いている者はもとより、忙しげに速足で通る商家の手代なども、ぎょっとしたような顔で一瞬立ち止まって思わずその顔をしげしげと眺め、はっと気がついてはそそくさと立ち去るのであった。

四人がうずくまっている辻の反対側に「変粉《へんこ》」という角店があった。「変粉」とは変わった名前であるが老舗の料理屋で先々代の彪右衛門《ひょうえもん》という男が川魚と野菜に独創的な工夫を加えた料理を考案、値段が安かったこともあって大いに流行っていまでは黒和城下一の料理屋になっていた。

その「変粉」の二階、辻に面した角座敷の窓のところに三人の男が並んで四人の様子をうかがっていた。

掛十之進、菅原庸一、江下レの魂次の三人である。

菅原庸一が言った。

「しかし、あの茶山の顔は大丈夫なのかね」

掛が答えた。

「いや、それについては拙者も考えましてね。あんな顔でうろうろしたらじきに茶山半郎ってばれちゃうんじゃないの。そしたら牛逐藩も黙ってないんじゃないのかなってね、一応、言ったんですけどね。本人はもの凄く自信ありげに、牛逐藩の方は絶対大丈夫だ、というのです」

「だったら大丈夫なんじゃないの」

「君は気違いっていうけど、私には普通の温厚な男にみえるけどなあ。まあ、ときどきいってること分からんだけで」

「でも気違いですからね」

「あなたはあいつを知らないからそんなことを仰《おっしゃ》る。僕は奴を子供の時から知ってますからね」

「そうか」

「そうですよ。だから僕ね、いちおう宗十郎頭巾かなんか買ってきましょうかって言ったんですよ。そしたら、いや。自分は頭巾は御高祖頭巾と決めているかなんか言うんでね、しょうがないから、買いに行かせたんですけどね、現物を見るなり、これは柄が左道的だからかぶれない、とかなんとか言ってね、結局かぶらない」

「なるほどね。そんなんで果たして大丈夫なのかね。腹ふり党は広まるわけ？　あのもうひとりの男、あれなんつったっけ」

「縄次《じょうじ》といってなんでも大工らしいです」と江下レの魂次が答えた。

「なんかずっとにやにやにや笑ってさあ、あれバカ？」

「だと思います」

「あんなので大丈夫なのかね。あれ茶山がどっかから連れてきたんでしょ」

「ええ」

「あれで布教なんてできるのかなあ」

「まあ一応のメソッドはあるみたいですよ。でもあれですよね、菅原さん」と掛がにやにやしていった。

「あの、ろんっていうのはいい女ですねえ」

「うむ。美人であるな」

「なあ、魂次、おまえもそう思うだろ」

「はあ」と魂次は言って俯《うつむ》いた。

「あれは茶山の女なのか」

「いやわからない。そうかもしれない」

それは違うでしょう。魂次が言おうとしたとき、四人が一斉に立ち上がり、掛が、「いよいよ始まるぞ」と言ったので魂次は黙って辻の様子に注目した。


木の棒を持った縄次が前に進み出ると土塀の前に立っている四人を囲むように地面に線を引き、それから漬け物石くらいの大きさの石を両の手に抱えて仔細《しさい》らしげに天を仰いだり、俯いてぶつぶつ言ったりした。

ただでさえなんだろうと思っているところへさしてそんな仔細たらしいことをするから立ち止まるものが出てくる、なかには好奇心に耐えかねて、「なにしてるんですか」と聞くものが出てくる。それに縄次は、「宇宙の摂理が一直に合致してこの石が空中に浮かぶのや」と答えた。

「なにが始まるんですか」

「なんでも石が空中に浮かぶらしいですよ」

「そんなバカな」

「でも浮かぶって言ってる」

「ほんとかどうかみてみましょう」

そんなことを言い交わした人々が五人ばかり立ち止まると、その後ろには、

「なにが始まるんです？」

「さあ」

「なんだかわかんないけどみてみましょう」と言う人が立ち止まり、たちまちにして三十人ほどの人間が立ち止まった。後は遠巻きにしてこれをみているものがちらほら、頃合いよしとみてとった茶山はオサムが担いできた台の上に乗って話を始めた。

茶山の顔を見て慄然《りつぜん》とする者、隣の人の肩をどやしつけて爆笑する者、反応は様々であったが、茶山は群集の反応をまったく気にする素振りもなく話しはじめた。

茶山はこんな風に話を始めた。

「あなたがたはいま苦しみを抱えていませんか。抱えていない人はこの場を去りなさい。しかしわたしはまさにあなたがたにいいます。この場を去る者はいないでしょう。なぜならあなたがたすべてがひとしく苦しみを抱えているからです。おほほ。おもろ。死にやがれ、クソ野郎が。ではなぜあなたがたが苦しみを抱えているのでしょうか。そのことにつ

いてこれから私はあなたがたに説明いたしましょう。そもそもあなた方は苦しみを味わうためにこの世にうまれてきた奴輩ではありません。あなたがたはむしろすべての快楽を味わい尽くす爆笑野郎として生まれてきたのです。ではなぜあなたが苦しみを抱えているのか。それはこの世のなかがどのようにしてできあがったか、ということに関係していまず」

いつの間にか太鼓の音が聞こえていた。太鼓を叩いているのは縄次であった。どん。どん。どん。どん。太鼓はきわめてゆったりとした間合いで鳴って拍子の強弱を形成しない。どん。どん。どん。どん。茶山は話を続けた。

「この世を生んだのは恵愚母です。恵愚母ははじめこの世を鼻のような構造にしたいと思ってました。すなわち、小高い丘にふたつの洞穴が開いていて、その洞穴から兎やプレーリードッグが可愛らしく外を眺めている。そんな世界にしようと思ったのです。ところがこれに異を唱えた者がありました。鈍鱎《どんぼら》という男です。鈍鱎はこの世界をべったんのような形にしたいと考えていました。べったんというのは紙片で作った玩具でメンコともいいます。平べったい世界がもの凄い勢いで叩き付けられそれによって他の世界が裏返る。恵愚母はこれに異を唱えました。そんな世界にしたら世界に住まう人は吹き飛んでしまうじゃないの。しかし鈍鱎は口を曲げて笑い、だから面白いんじゃないか、と言いました。これを聴いた恵愚母は、なんという慈悲ない人だ、と言って持っていた竹ベラで鈍鱎の胸を刺しました。鈍鱎は怒って、こんなことをしてただで済むと思うな、と言って恵愚母を睨《にら》みました。そこへ今度は、服《ふく》オカという男が現れ、喧嘩するな。オレが仲人になろう。世界はチリレンゲのような形にしよう。ともっと事態を混乱させるようなことを言いました。三人が言い争っているところへ、今度は菌《きん》という男が現れ、世界はとろろ昆布のような糸状で雨が降るとねちゃねちゃになるような構造にしようと主張し、事態は混乱の極に達しました」

どん。どん。どん。どん。太鼓の間隔が次第に狭まってきた。それにあわせて、ろんとオサムが、やや足を広げ両手の肘から先を肩近くまであげて手をゆるく握り、どん。どん。どん。どん。腰、尻、腹を左右に揺すぶり始めた。その様はふざけたなにかに陶酔しているようでもあったし、生真面目に運動をしているようでもあったし、髪を振り乱しておこのう、ろんのそれはくつろいだ着物の裾から白い足がのぞいて幾分なまめかしくもあった。これをみるもののうち半分は、なにをふざけたことをやっておるのだ、と眉を顰《ひそ》め、残りの半分は気色の好さそうなことをやりおるなあ、と自分も少しばかりやってみたいような心持ちになった。

茶山は話を続けた。

「議論は果てしなく続き、最初自分が拵《こしら》えようとしていたシンプルで可愛い鼻のような世界からどんどん世界が離れてくのに嫌気が差した恵愚母はそっとその場を離れました。そして鈍鯔、服オカ、菌らが議論の揚げ句、こしらえた世界がこの世界なのです。できた世界をみて恵愚母は激怒しました。まったくなんと複雑で珍妙な世界を拵えたの！　怒った恵愚母は自分の腕を持っていた竹ベラでさし、出てきた血を煮つめて巨大な条虫を拵えました。恵愚母はできた条虫を虚空に放ち、こういいました。条虫よ。虚空に突発の椿事《ちんじ》として寄生して虚妄の世界を丸のみに飲んでしまえ。条虫は言われたとおりに世界を飲みました。それが僕らの生きているこの世界です。そもそもが鈍緇たちの誤った認識によって拵えられ、しかも条虫の腹のなかにのみ込まれることによって虚妄化したこの世界で僕らが痛苦・迷妄を感じない方がおかしいじゃないかっ」

どんどんどんどんどんどんどんどんどん。太鼓は次第に急調子になり、それにあわせてろんとオサムの腹ふりも激しくなった。

「では僕らはどうすればよいのか。この世界を改良すればよいのか。この世界で他に善行をほどこすなどしてよりよく生きればよいのか。否。断じて否である。そんなことをしたって無駄だ。なぜ無駄なのか。そんなことをしたって恵愚母様はみていないからだ。そもそもこの世界を恵愚母様は認めていない。その世界をよくする、その世界で善く生きるということは、その世界を認めているということで、それは本来の我々の生きる世界の創主であるところの恵愚母様の御心に反するからです。では、暴力でこの世界を破却すればよいのか。それも否です。なぜならさっきも言ったように大母神恵愚母様はこの世界をお認めになっておらず、認めていないものを毀《こわ》したところでなんらの意味もそこに見出し得ないからです。では我々はどうすればよいのか。それはこの虚妄の世界を脱し、この世界の外に住むこの世界の創り主、鈍緇、服オカ、菌の三名を滅ぼし、その首級を携え、さらにその世界を脱し、この世界の外の外におわす恵愚母様に捧げて、もう一度、我々が幸福に生きることのできるシンプルで可愛い鼻のような構造を持った世界を創って貰えるよう涙でお祈りするほかないのです」

どどどどどどどどどどどどどどどどどどどどどどどどどどどどどどどどどどどどどどどどどどどどどどどどどどどどどど。太鼓はますます急で腹ふりもいやまして激しい。

「では僕らはどうすればこの世、この穢《けが》れた虚妄の世から真実真正の世界に向けて脱出できるのか。それは僕らが文字どおりの糞となり果てることです。条虫だって生き物です。糞はします。だから僕らはこの糞野郎となればよいのです。では糞野郎になるのにはどうしたらよいのでしょうか。あなたがたは腐ったものを飲んだり食べたりしたらどうしますか？　吐くか腹を下すかするでしょう。同じことです。あなたがたは腐り果てたアホとなればよいのです。腐ったアホとなってこの世界をのみ込んでいる条虫に腹痛をおこさせればよいのです。さすればあなたは糞便としてこの世界の外に排出されることができるでしょう。では腐ったアホのようなこととはどういうことでしょうか？　それはもうお分かりでしょう。みなさい。僕の背後で踊っている者のこのアホな姿を」

そういって茶山は言葉を切った。背後ではろんとオサムが陶酔したような表情で涎を垂らして腹を振っている。茶山はしばらく黙っていたが自らもゆっくりと腹をふりはじめた。ふりのテンポはゆっくりしているがそれがかえって茶山の腹ふりにすごみを与えていた。

堂々たる偉丈夫であるオサムの力感に溢れた腹ふり。美少女ろんの髪を振り乱しての生命力に溢れかつ催淫的な腹ふり。そのふたりを背後に控え、扇の要の位置で腹を振る茶山の姿はその異貌《いぼう》と相まって神々しいまでに馬鹿らしかった。

三人が太鼓のトランシーな反復ビートに乗って腹を振るその姿は、この世に生きる人間の痛苦、哀切、悲惨、滑稽の要素をみな含んで、見る人が見ればきわめて痛ましく、見る人が見れば激しい怒りを感じるといった代物であった。

事実、怒りのあまり、「やめろ」と叫んで礫《つぶて》を投げる者があった。石は茶山の額に当たった。茶山の額がきれ、珍妙な刺青を施した顔面に血が流れた。しかし茶山は怒らず、「ばはははははははははは」と高笑いして腹を振りつづけた。その姿は魔王のようであった。

「なにをいってるのかよくわかりませんなあ」と掛が言った。

二階座敷から辻の騒動を見おろしていた三人からは茶山の説教が聞こえず、なにがどうなっているのかさっぱり分からなかったのである。そのうち、茶山が腹を振りだした。説教は届かなかったものの茶山らの腹ふりは二階座敷の三名にもなんらかの感銘を与えたようだった。江下レの魂次は腹ふりをみて、悲しい、と言った。掛十之進は腹ふりをみて、楽しそうだ、と言った。菅原庸一は腹ふりをみて、腹が立つ、と言った。

三人はしばらくの間、黙って通りの腹ふりをみていたが、ややあって菅原が言った。

「お。群集のなかで腹を振りだした奴がおるぞ」

それをきいて魂次が言った。

「桜じゃないですか」

「桜とはなんじゃ」

「予め打ち合わせがしてあって、他の客の気をひくために客のふりをして買う振りをする者のことを桜と言います。符丁でございます」

「囮《おとり》ということか」

「まあそんなものでございましょう」

「掛。そのような者を雇ったの？」

「さあ。私は聞いてませんねぇ」

「しかしあんなことで腹を振る気になるのかなあ。お。あ奴、みたことあるぞ。お。あれは大浦主膳様の用人、幕暮孫兵衛ではないのか。あんなところでなにをしているのだ」

菅原の言ったとおり、突然、腹を振りだしたのは幕暮孫兵衛であった。しかしなんという変わり果てた姿であろうか。かつては家老職、藩の重役であるところの大浦主膳の用人として、身なりにも気を遣い美々しい着物を着て、三十すぎてなお寵童のようにつんつんして、すかし屁《へ》をこきながら城下を歩いていた、その幕暮がいまは見る影もない無残な姿であった。煮しめたような袷《あわせ》に冷飯草履、荒縄で腰のあたりを縛っていた。髪はさんばらで海藻みたいになり、肋《あばら》の浮いた胸には垢《あか》が何層にもこびりついていた。

なんでこんなことになったのか。

すべて自分のせいであった。あらゆる責任という責任。義務という義務。すべてから免れて幕暮は生きてきた。なんのためにそんなことをするか。ナイーブで傷つきやすい自我を外界から守るためである。幕暮はなによりも自我が傷つくことを恐れていた。そのためには平気で嘘を言うし、どんな卑劣なこともできた。そのために他人が破滅したり嫌な目に遭ってもまったく良心の痛みを感じないでいられた。なぜなら他ならぬ自分というものは代替不能でその自分が滅びてしまうのならこの世界になんの意味もないというのが幕暮の実感であったからである。

いよいよ都合が悪くなると幕暮は気絶した。世の中というものはいろんな人間がかかわって時間とともに進行している。幕暮が気絶したからといって刻々流転し、変化する諸相がその動きを止めるわけではない。

逆の言い方をすると幕暮が気絶している間、周囲の者は幕暮が気がつくまで事態の進行を止めることができぬということで、彼らは幕暮に代わって事態に対応せざるを得なかった。そして幕暮がいかにも夢から覚めたばかりでぼうとしてなにも分からない、というある種イノセントな顔つきで正気づいたときには、事態はある程度沈静化していて、幕暮は事態収拾のための努力、そのことから生じる自我の傷つきからうまうま免れるのであった。

もちろん周囲はそんな幕暮に釈然としない気持を抱いていたが、その怒りは幕暮の天才的な保身の能力、レトリックによる問題のすり替え、巧妙な演技などによってまやかされ、幕暮はこんな調子で一生涯、責任を免れ自我を傷つけないで生きていけると思っていた。

しかしそこには唯一の誤算があった。

すなわち大浦主膳の失脚である。

失職した時点で早急に再就職先を見つける必要があったが、周囲はそうした幕暮の絶対に責任をとらない態度の被害者ばかりで、当然幕暮には冷たい態度をとった。ある商人は幕暮に面と向かってこういった。

「幕暮様。あなたは無能無責任で卑怯です。だから私はあなたを雇いたくないし、紹介もしたくない」

幕暮は深く傷つき気絶した。

しばらく経って正気づいた幕暮は薄目を開けて周囲の様子をうかがった。幕暮は土間の片隅に放置されていた。ちょうど荷が着いたらしくみな忙しく働いていて幕暮のことを気にする者はひとりもなかった。幕暮はしばらくじっとしていたが声をかける者もなく、仕方なく幕暮は立ち上がって店を出たのであった。出た瞬間、白いものを撒《ま》かれたのに気がついた幕暮は往来でまた気絶した。

あっちで気絶、こっちで気絶、そんなことを繰り返したが活計の道は立たず、今日のようなありさまとなり果てたのである。

幕暮はなかば発狂したような状態で生きていた。絶えず自我が傷つき、血が流れていた。

幕暮はこの世界の責任をとりそのことによって自我が傷つくのを恐れていたが、それを回避し続けてきた結果、いま現在もっとも重く責任を問われている。なぜこんなことになったのか、と幕暮は脳が煮えるほど考えたが答えはでなかった。答えに到達するためには、幕暮自身が長い間かかって築いた巨大な城壁を幕暮自身で破壊しなければならぬのにひとしく、そんなことは土台、不可能なことであったのである。

そんな幕暮にとって茶山の説教は天啓であった。

「この世は虚妄の世であり間違った世であり破壊する必要すらない世で、また、この世における精神と肉体は間違った世におかれた仮初めの精神と肉体であるから、この世においてはなんらの責任もとる必要もなく、ふざけ散らして腹を振っておればよい」という茶山の説教ほど幕暮にとって都合のよい主張はなかった。

そうだったのかあっ。そう思うと同時に幕暮はもう腹を振っていた。

腹を揺すぶると幕暮の頭のなかから責任、絶望、悔恨、悔悟、反省、飯代、屈辱といった文字がぽっ、ぽっ、ぽっ、と消えていき替わりに文字にできない、霞のようにもやもやした愉悦がたちこめた。

おもろ。幕暮は腹を振りつづけた。

そうして幕暮が腹を振りはじめたことが魂次の言っていた桜の役割を果たし、気安くなった見物の何人かが見よう見まねで腹をふりはじめた。

初めのうちは照れ臭さもあって無器用な感じであったが、単にリズムに合わせて腹を左右に揺すぶるだけのことで難しいものではなく、やがてオサムやろんと同じように振ることができるようになり、じきに三昧境《さんまいきょう》に入った。

見物のなかに連れが腹ふりを始めた者があったらしく尋ねる者があった。

「そんなことをしてなにがおもしろいのだ」

腹ふりを始めた者は腹をふりながら答えた。

「なにがおもしろいか分からんがとにかくやってみるとわかるよ。こうしてリズムに合わせて腹をふっていると無性に楽しいんだ。おもしろいんだ」

「じゃあ俺もちょっとやってみようかな」

連れも腹をふりはじめた。

しばらくすると二十人くらいの人が腹を振っていた。

商家の丁稚《でっち》風の男が二人、手代風の男が二人、行商人が一人、六十六部が一人、幕暮のような浮浪人が六人、百姓が二人、提げ重が二人、鳥追いが一人、尼が一人、女房が一人である。

茶山らとあわせると二十三人の人間が、どどどどどどどどどどどどどど、どどどどどどどどどどどどどど、どどどどどどどどどどどどどど、どどどどどどどどどどどどどどどどどどどど。太鼓に合わせて腹を振っている様は楽しげかつ異様であった。ことにさんばら髪を振り乱し、脛《すね》を露《あら》わにして振る、女振りは淫蕩《いんとう》的でもあった。

縄次は、御下しの肉倫・恵愚母の糞です、と言いながら腹を振っている者の口に小さなパンのようなものを入れて歩いた。

「腹を振れば御糞になりたもう。さすれば真実真正の全人自由じゃ。肉倫を召せ」

「人の石投ぐるは条虫苦悶《くもん》のしるしじゃ。しるしをおそれな。しるしを受けて死なば御糞にならずともおへどになろうぞ」

「すべては虚妄である。真実真正世界へ出よ」

腹を振りながら茶山は叫び続けた。

それへさして、誰かが通報したのであろうか、役人が駆けつけてきた。

江部《えべ》荘二郎《そうじろう》という町方の同心であった。冷血・非情で有名な男であった。浜縮緬《ちりめん》で拵えた着物を丈長に着て大小を落としざしにして雪駄履き、巻羽織、羽織って悠揚迫らぬ態度、にやにや笑いを浮かべて余裕をかましまくりながら腹振る人々に近づいていった。小者を一人連れていた。

二階から見ていた掛が舌うちした。

「ちぇ。折角うまくいきかけていたのに、間抜けな野郎だ」

江部は腹ふりの真ん中に立って言った。

「おまえらここをどこだと思ってる。ここは天下の大道、往来だ。こんなふざけたことをしちゃあいけねえ」

大きな声ではなかった。江部は相変わらずにやにや笑っていた。それだけに無気味で、何人かが、「しょっ引かれたらことだ」と曖昧に腹を振りやめた。江部は手前にいて腹を振りやめた者に近づいて言った。

「そうそう。わかりゃいい。わかりゃいいんだ。ところでこの騒ぎの主謀者は誰だい。おまえさんかい」

言われたのは近所の帆畳屋《ほどんや》という海産物問屋の絵吉《えきち》という丁稚であった。使いの帰途、この騒ぎに出くわし、ついうかうかと腹を振ったのであった。このことを主家に知られたら暇を出される。青くなった絵吉は、ぶるる、という音声を発して首を左右に振った。けっしてそうではない、という表現である。

「じゃあ、誰が主謀者だい」

絵吉は黙って茶山を指差した。

江部は振り返って茶山を見た。

茶山も江部を見た。

目と目があった。

江部はにやにや笑いながら茶山に近づいていった。

「おめぇがこの騒動を仕組んだのかい」へらへら笑いながら江部は茶山に尋ねた。茶山は黙して語らない。しかし茶山は腹ふりをやめていた。

茶山が腹ふりをやめたのでほとんどの者が腹ふりをやめ、いまや変わらず腹を振っているのはろんとオサムのみであった。

後難を恐れてそそくさとその場を離れる者もあった。

しかし大半の者はいったいどうなるのか興味津々でことの成りゆきを見守っている。

「黙ってちゃわからねぇ。けどまあいいよ。いずれ泣いて話すに違いねぇんだからな。それにしてもおめぇおもしれぇ顔してるじゃねぇか。けどそんなんで俺がびびると思ったら大間違いだぞ」

「私の顔がおもしろいですか。かまいませんよ。それは大いに議論してください。あなたの脳漿《のうしょう》が後で焼けますので。核心ですので。僕はこの刺青を岐阜で入れられたのです」

「なにを訳の分からんことを言ってる。こんなことをしでかしておめぇ、まさかただで済むとはおもってねぇだろ」

「こんなことは私のしたことではない。恵愚母はすべての根菜を地上に大輪の花として咲かせたかったのです。それを妨げるのは時の運河でしょう。なにが暴れるのですか？　とめる必要はありませんよ。哀しみのドランナがベテランに巻きついていくのです。ほどきなさい。もっとも卑しい者が帝位につくべきです。もっとも尊貴な者が低いところで歌うでしょう。立つときが来ても腰が砕けているでしょう。手先よ、犬よ。この場から立ち去りなさい」

「おほほ。俺を犬といったのかい。すごいこと言ったねぇ。おほほ。おはは。おめぇは後で泣いて許してくれっていうにちげぇねぇよ。さあ、俺と一緒に来い」

江部はそういうと茶山の襟首を摑《つか》み、「手向かいするとひっぱたくぞ」と言って十手をふりかざした。

「局外者よ。私に手を触れるな。二度はいわない。この世の飯ですらない、穢《けが》れた犬。立ち去れ」

茶山に一喝された江部は、大勢のなかで顔を潰《つぶ》されたと感じて激怒、「だれが犬だっ、このおもろ顔のアホがっ」とわめくと、ぐわん。十手で茶山の額を殴った。

先ほど礫《つぶて》があたって割れた茶山の額がさらに大きく割れ、鮮血が流れ、茶山の顔面は蘇《す》芳《おう》の樽を浴びたるがごとくに真っ赤になった。

その形相の物凄《ものすご》さに一瞬たじろいだ江部に茶山は言った。

「おめでとうございます。あなたは私の頭を割った。人間の身体は閉じられています。それを断ち割り腸を噴出させることこそが真の自己表出と考え、それに全存在を賭けた文学者もいます。なぜ彼は全存在を賭けなければならなかったのか。それは閉じられた人間の身体を断ち割り外部に内部を侵出させることがこの世を裏返す行為だからです。そういう意味で、あなたはこの世界にほんの少しだが罅《ひび》をこしらえた。その功績によってあなたを」と言って茶山はいったん言葉を切り、

「おへどにさせていただきます」と言った。

言われた江部はなんのことだか分からない、「なにを吐《ぬ》かしゃあがる、さあ」と茶山を引き立てようとしたが同時に茶山は言った。

「さあ。オサム。この者をおへどにしてしまいなさい」

言われたオサムは、

「おへ、おへどですか。わか、わかりました」とオサムにしては珍しく自信たっぷりに答えると腹ふりをやめて進み出た。

大きな男が出てきて若干、薄気味悪くなった江部は、しかしそれでも虚勢を張り無理ににやにや笑いながら、「なんだ。てめぇもしょっ引かれたいのか」と言った。

オサムはそれには答えず、両手の掌を下に向けて江部の方に差しだし、それからしずかに手を上に上げた。

江部の身体が中空に持ち上がった。

これにいたって江部ははじめて顔色を失し、足をじたばたさせて、「銀次、助けてくれ」と小者を呼ばったがこの時点で小者はすでに腰を抜かしている。

オサムが目の高さほどに手をあげたときには江部は変粉の二階座敷よりさらに高い屋根のうえあたりまで持っちゃがって、もはや見栄もなにもかなぐりすてて、「やめてくれ、助けてくれえ」と半泣きで絶叫している、しかしオサムは容赦しない、手をいったん握りそれから水を払うように広げると、中空でじたばたしていた江部は、ぽんっ、という下手くそが鼓をうったような間抜けな音とともに爆裂、骨と肉が四散した。

血煙のなかで群集は驚きのあまり茫然自失の状態であったが、それへさして、どん。どん。どん。どん。どん。どん。縄次がゆったりした拍子で始め、茶山が言った。

「穢れた者はおへど聖者になりました。祝いなさい」

「うおお」群衆は歓声を上げた。蛇蠍《だかつ》の如くに忌み嫌っていた江部が殺されたのが気色よかったのである。

「あなたがたは権力者を恐れますか。恐れる必要はありません。もし領主、僧、主人、代官、家主、庄屋、親方、親分があなたがたを迫害してもあなたがたは恐れる必要はありません。なぜなら、彼らがあなたがたを迫害した瞬間、おへどとして虚空に排出されるからです。祝いなさい。振りなさい」

「うおお」群集が再度、歓声を上げると同時に、どんどんどんどんどんどんどんどん。どんどんどんどんどんどんどん。太鼓の拍子が切迫、人々は狂ったように腹をふりはじめた。

こうなると勢いは止まらない。

いつの間にか辻には、その日暮らしで将来の展望を持てぬ者、成績が上がらぬため上司にぼろくそをいわれてむかついている者、能力以上の野心を持ち現在の地位に満足できぬ者、なにをやったらよいか分からぬ者、賭博で有り金をとられて自暴自棄になっている者、失職者、食い詰め者。お茶っ引き、諸国を流浪する者など百人あまりが腹を振って、あたりは通行不能の混乱状態になっていた。

多くの者が太鼓に合わせて鍋や木片などあり合わせの物をパーカッションとしてうち鳴らし、また鉦《かね》、木魚、拍子木、団扇《うちわ》太鼓などを持ちだして叩く者もあって、リズムは狂騒的なうねりを帯びてますます響いた。

「おっつけ午《うま》の刻じゃ。腹が減った者は飯屋を断ち割れ。酒を飲みたい者は酒屋を断ち割れ。この虚妄世界の部分を断ち割り、蔵されたるものを噴出せしむるは、おのが腹を断ち割り腸を噴出せしむるのと同じであると知れ」と茶山は叫んだ。

すなわち、この世界は偽の世であり、その偽の世でいかなる略奪行為を働こうとも、それは閉じられた内部を外部に表出させる行為であり、なんら良心に咎《とが》めるところはないので、腹が減った者や酒を飲みたい者は随意にそこいらの料理屋や宿屋に押し入ってよい、と茶山は言ったのである。

いろいろ理屈は言っているがこれは体のよい打ち毀《こわ》し、というか正味、打ち毀しであり、そもそも負のエネルギーに満ちた群集は、三度、「うおお」と吠え、ぶんがとっと、ぶんがとっと、ぶんぶんぶんぶん。関取が摺り足で稽古をするような恰好で掌を前に突きだし腰を落として、左右に腹を振りながら料理屋に押し入った。

腹ふり騒動の辻からもっとも近い料理屋は「変粉」であった。

江下レの魂次が言った。

「階下に暴れ込んだみたいですけどどうしましょう」

「ここにいちゃまずいかもしらんな」

「ちょっとみてきます」

江下レの魂次がみにいった階下から、めりめり、べきべきべき、どんがらがっしゃどんどん。「やめてぇ」「きゃあ」「すぅ」といった物音が聞こえてきた。

ほどなくして魂次は、元結が切れてさんばら髪、着物片袖がとれて、引っかき傷だらけという惨憺《さんたん》たる姿で戻ってきた。

「まずいかも知らんどころではありません。早く逃げましょう」と言った。

実際、茶山の説教によって善悪の箍《たが》が外れた群集の狼藉《ろうぜき》たるやめちゃくちゃであった。そこいらのものは立ち食いするし、店の者がとめるとあり合わせの材木で殴った。「偽の世の腹を断ち割るのじゃ」と嘯《うそぶ》いて、酒を勝手に飲み、畳をひっくり返し、建具をへし折ってばらばらにした。茶碗も割った。仲居の着物の裾をめくる者もあった。暴徒のなかにはオサムも居て、げらげら笑いながらいろいろの者を空中に浮かべては爆発させていた。

「けど大丈夫か。そんな滅茶苦茶だったらわれらも材木で頭を割られるのではないか」と菅原が不安げに言った。

「なんだったら斬りましょうか。一応、俺、超人的剣客なんで暴徒ぐらいだったら難なく斬れると思いますよ」と掛が言ったが江下レの魂次がこれに反対した。

「いや。いま血をみるとまずいすね。なんか普通じゃないんですよ。多分、なんかやばいもん食ってますよ。ぶっ飛んでますもん。この窓から庇《ひさし》を伝って隣に逃げた方がいいですよ」

「しかし履物が階下に……」

「菅原様。いまは履物がどうのとかいってられる状況じゃないのですよ。材木でどたまかち割られたいんですか」

「しかし武士が裸足で二階の窓から逃げるのはいかがなものか。武士には武士の体面というものがある。後で人に知られたらいろいろ言われるかも知れぬし……」と菅原がくどくどしている間にも暴徒は二階へ上がってきて、そろそろ隣座敷を潰しにかかっているらしく、みしみし、めりめり、どんがらがっしゃどんどん、という物音が間近に聞こえている。

　魂次は菅原に言った。

「じゃあ菅原様。あなたは武士の体面を守って玄関から堂々と草履履いて出ていってくださいよ。僕は密偵なんで窓から逃げます。掛さん、あなたはどうするんですか？」

「俺はフリーランスだから別に体面とか気にしなくていいんだ。窓から逃げますよ。じゃあ、菅原さん、後ほど。っていうか後ほど会えないか」

「待ってくれ、私も窓から逃げる」

　三人は盗賊か間男のように窓から逃げた。

　腹ふりの群集はますます暴れ狂った。

　まっ青な空に群集のうち鳴らす狂熱的なパーカッションの音が響き渡った。


「とりあえず御前様に報告しようぜよ」ということになって、命からがら逃げだした三人は内藤屋敷に向かった。辻を少し離れると通りは嘘のように平穏で静かであった。いつもと変わらぬ午後の風景であった。

「ここまでくると静かだなあ」と江下レの魂次が言った瞬間、数人の若い者が角を曲がってきて、掛らの背後を指差すと血相を変えて走っていった。

内藤屋敷はからっぽであった。

菅原はとてつもなく不安な気持になった。

見慣れた屋敷内の風景である。

しかし普段となにかが決定的に違っているようにみえた。

菅原はそれが自分の内的ななにかが崩壊したせいなのか、それとも本当に屋敷内の微妙な均衡が破れたのか判断がつかなかった。菅原は闇雲に不安であった。

「おそらく緊急の用件で登城されたのであろう。私はお城に行ってくる」そういうと菅原はあたふたと着替えをし、あたふたと出ていった。

屋敷には掛と魂次が残された。

屋敷のそこここが開け放たれ、四月の気持ちよい風が屋敷を通り抜けた。

座敷の奥は暗く、庭は明るかった。

掛と魂次はその中間あたりに庭に向かって並んで座った。

魂次が言った。

「静かですねぇ」

「そうだなあ」

「さっきの騒動が嘘のようだ」

「ほんとほんと」

「こういうのをなんていうのでしょうか?」

「え？」

「こういう感じを言葉ではなんといいあらわせばいいんでしょうか？」

「うーん。そうだなあ。忙中自ずから閑あり、なんていうのかなあ」

「うーん。なんかちょっと違うんですよね。こうして午後に誰も居ない家でなにもしないで茫としているのが、なんかこう自分の人生の型から抜け出てるみたいな、なんかこうどこにもギアが入ってないっていうか、この瞬間が永遠に続いて欲しいなあ、みたいな、そんな瞬間な感じなんですよね」

「なんかおまえ腹ふり党みたいなことといってるな」

「そうですかあ？」

「そうだよ。自分から抜け出るとか刹那《せつな》が永遠だとか、なんか腹ふり党っぽくないか？」

「そうかなあ。ぜんぜん違うと思うけどなあ。と少し腹が立ったのですが気をとり直して話題を変えると、今日の腹ふり党について掛さんはどう思われます」

「まあ、成功だったんじゃないか。結局、最後は百人くらい腹振って、しかも近所の店打ち毀しちゃったわけでしょ？　これで内藤様の面目も充分立つよ」

「まあそうですね。あとはこれをもっと広げるのかここでとめちゃうのかだけですね」

「まあそうだね」

「でも僕、もの凄く不思議なんですけどね。なんでみんなあんな簡単に腹振っちゃうんでしょうね。普通、あんなので騙されないじゃないですかあ？　もうみるからにインチキだし、言ってること訳分かんないし。ところがみんなもの凄く簡単に腹振っちゃうでしょ。そこが見ててすごく不思議だったんですよ」

「それは単にあいつらが考える能力を失ってるということじゃない？　つまり、誰かが俺は凄いよ、と言うと、即座に信じて、あ、あの人は凄い、と思っちゃう。批判能力がないんだよな。例えば今日行った変粉なんかがそうで、別にうまくもなんともない訳じゃない？　でも老舗の名店です、って看板に書いてあるからみんな本当に名店だと信じて押し寄せる。誰かがあいつが悪人だ、って書いたり喋ったりすればその根拠を問わないで信じるしさ。簡単な奴らなんだよ」

「でもレベル低すぎないですか？　そういう奴らって確かにいるでしょうけど、それって僕、一部の狂人だと思ってたんですよ。後、幕暮孫兵衛みたいな自棄《やけ》になってる奴とかね。ところがみてるとけっこうな率で普通の人が腹振ってるでしょ。ああこんな普通の手代みたいな人とか女房みたいな人がこんなことに騙されるのか、と思って驚いたんですよ。だって言ってることが、この世は条虫の腹のなかにあるなんつって、荒唐無稽《むけい》なわけでしょ？　普通、信じないでしょう」

「違うんだよ。奴らはそれが合理的だから信じるんじゃないんだよ。奴らは自分が信じたいことを信じてるんだよ。おまえら全員アホだから死ぬまで無給で働け、と言ったら信じないよ。おまえらはそもそも楽して生きるべきでそれができないのは世の中が間違ってるからだ、って言ったから信じたんだよ。しかも茶山はそれを、いかにも聞いたことあるような、口当たりがよい物語にくるんでお話しするわけでしょ。一発だよ。楽勝だよ。だって相手、アホなんだもん」

「なるほどね。そんなもんすかねぇ」

と魂次は歎息《たんそく》し、黙って庭を眺めた。南天の枝に大きな蜘蛛《くも》の巣が光ってみえた。蜘蛛の巣に蝶がひっかかってもがいていた。魂次は掛に尋ねた。

「掛さん、これからどうするんですか」

「そりゃ菅原さんが戻ってから考えるよ」

「いや、そうじゃなく、掛さん、これからどうするのかなあ、と思って」

「魂次、おまえはどうするんだよ」

「僕ですか。僕は、どうしようかなあ、と思ってるんですよ。なんかこの藩で密偵やってもなあ、って感じだし。小商いでもしようかなあ」

「俺もこの藩はもう駄目だと思うなあ。っていうか、このままだと俺、ただ働きだしさあ。でも、もう見切った方がいいのかもしらんね。いつまでもぐずぐずしてない方がいいのかも知れない。でもよそへ行くにしてもある程度、金ないとなあ」

「掛さんって結婚してないんですか」

「昔してたことあるよ」

「もうしないんですか」

「うん。まあよいのがあればな。そういえばあの、ろんという娘は美形であるな。あれは茶山の女なのかなあ。女なんだろうなあ」

「一概にそうとはいえぬでしょう」

「もし内藤さんからまとまった金が引っぱれたら、俺も、ろんを嫁に貰って、もうちょっとましなところで商いでもしようかな」

「あ、そうなんですか」自分が尋ねたのにもかかわらず、固い口調で魂次が相槌《あいづち》をうったところへ、菅原が戻ってきた。

「お。ここにおったか」

「あ。菅原さん。どうも」

「どうも、ではありません。えらいことになった」

「えらいことと申しますと」

「城下が滅茶苦茶になってる」

菅原の言うとおり、城下は混乱の極にあった。ほんの一刻ほどの間に、腹ふりの輩は五百人にも膨れあがり、町家の大戸を押し破り、略奪・放火など狼藉をきわめ、押し入られた側もやけくそになってげらげら笑いながら腹を振るなどその数は増加の一途をたどっていた。

人数を増した一党は城下を流れる様霊河原《ようれいがはら》を本拠と定め、小屋掛けし、また櫓《やぐら》を建て、櫓の上に大太鼓を設置、のべつ太鼓を打ち鳴らして腹ふりの音頭をとった。少し離れた小屋にて大釜に粥を煮てこれを庶人に振る舞い、また略奪してきた薦被《こもかぶ》りに柄杓《ひしゃく》を添え、訪れる者は随意にこれを飲んだ。

一味はここを拠点に城下の各所に出で、狂乱して腹を振り、胃三《いぞう》という目明かしが手下を連れて現場に急行したが群集に取り囲まれ石を投げられ、泣きながら洟《はな》を垂らして逃げ帰った。腹ふり一味は図に乗って暴れ散らしていまなお好き勝手をしている。

という菅原の話を聞いて掛は、

「っていうかでも、この場合、治安の最高責任者は家老たる内藤様でしょ。内藤様はどうするっていってたんですか」と尋ねた。蓋《けだ》しもっともな質問である。ところが菅原は情けなそうな声で言った。

「それが御前様は城にいなかった」

「え？　じゃあ、どこへ」

「屁高村に行ったらしい」

「屁高村？　そんな遠いところへなにしに行ったんです。こんなときにいないなんてみんな怒ってるでしょ」

「いや。怒ってない」

「え、なんで？　怒るでしょう、普通」

「いや、それが怒ってないんだ」

「なぜです」

「殿様はじめ城中の者がみな屁高村に行ってるからだ」

「あ、そうなんですか」

「そうなんだよ」

「なにしにそんなところへ」

「猿回しを見に行ったんだ」


ちょうど「変粉」の前に茶山らが現れた頃、城中で辺豊《べふ》という武士が内藤に耳打ちした。なんでもさるまわ奉行に就任した大浦主膳が一人前の猿回しになったらしい。それを聞いた内藤は笑った。

なんと笑ったかというと「おほほ」と笑ったのである。内藤は思った。

いま僕は笑ったが、こんなおもしろいこと、ひとりで笑っているのはあまりにももったいない、というかみんなで行って大浦が大汗かいて猿を回しているところをみてみんなで大笑いしたらどんなにか愉快だろう。

内藤は直仁に目通りを願い出て許された。

「殿」

「なんだ、内藤。用があるのであろう。申せ」

「御意。実は大浦のことでござる」

「大浦主膳がいかがいたした」

「は。先般、大浦はさるまわ奉行に就任いたしましたが、おいおい精勤いたしましていまやすっかり一人前の猿回しになったそうでござる」

「だったらそれでよいではないか。そんなことでなぜいちいち目通りを願うか。たわけ」

「おそれいってござる。しかし殿様、私はただそれを申しあげるためだけにお目通りを願ったのではございませぬ。他に申しあげたき儀がござってのことでござる」

「なんじゃ。疾《と》く申せ」

「は。腹ふり党のこともあり多端な折から、殿様におかれましては日々、心の安まるときなし、と拝察いたします。つきましては、さるまわ奉行に就任した大浦主膳がもはやいっぱしの猿回しになっておるそうでございます。他日、御上覧あそばれればいかがかと存知ますする」

「なに？　その方、余に猿回しを見よと申すのか」と直仁は目を剝《む》いた。

「こはしたり。多端の折からつまらぬことを申しあげて申しわけございませぬ」

「なにを謝るのだ。その方は、人間は忙しいと疲れてくる。そのためには休息が必要であるが、猿回しのごとき滑稽な猿の技芸を見るのは人間の精神にとってもっとも適切な休息である、とこう申しているのであろう。蓋しもっともな申し条である。参ろう」

「あ、よかった。叱られるかと思った。ではいつごろ参りましょう」

「いつごろ？　これからに決まっておるではないか」

「え？　これからですか。ちょ、ちょっと待ってください。いや、別に構わぬのですが、いろいろと準備が……」

「なにを申すか。その方、準備もしないでただの思いつきを余に申したのか」

「いやそんなことはないんですけど」

「では問題ないじゃないか。さあ、参ろう。というか考えてみれば疲れているのは余だけではないはずだ。どうせなら家中の者、全員で参ることにいたそう」

「え？　家中で総見ですか？」と内藤が聞き返したときには直仁はもはや立ち上がって座敷を出ていこうとしていた。


「いや驚きましたな」

「ほんとですよね。急に家中全員で猿回し見物ですからな。殿様には参ったものです。実は私、書きかけの企画書があってね、今日の夕方までに仕上げないとまずいことになるんですよ」

「私も私も。今日の午後、井筒屋と打ち合わせが入ってたんですよ。あの井筒屋、忙しいとかなんとか言ってなかなか日を出しやがらないのをやっと調整したのにこんな猿回しに行くことになって」

「しかしまあそれにつけてもあの大浦様が猿回しをやっているところというのは見物ですからな。ここはやはり城中に残るよりは少々、無理をしてでも参ったほうがよいでしょう」

「左様左様。どんな顔をして猿を回すのか、私は実に楽しみだ」

なんて家中の者、約五十名、留守番に城に残った僅かな者以外、ほぼ全員が、直仁公の短兵急に不平を言いながらもどこか楽しげに昼下がりの田舎道をさるまわ奉行の役宅のある屁高村目指して歩いていく。

城下はその頃、大騒動になりかけていたのに気楽なものだ。田や畠の間の道のそこここに陽炎《かげろう》ゆらめいてもはや夏。

城中にいた家臣どもも急なことで慌てたが先触れに話を聞いたさるまわ奉行所も急なことで驚いた。が、こちらは大浦と長岡の二人所帯で後は飯炊きの爺《じい》がいるだけである。お城のような大騒ぎにはならない。

「とにかくでは芸をごらんにいれましょう」

「そうだな。今日は変太郎と椎さんを稽古したから、やつらの玉乗りと銭とりかなんかをみせてやればよいのじゃないか」

「芝居はどうでしょうか」

「おお。芝居。芝居は仕度が仰山だが、殿がみえるのであれば芝居をご覧に入れた方がよいだろう」

大浦と長岡はそんな話をして直仁と家臣を迎える準備をした。

「では舞台をしつらえて参りましょうかねぇ」

長岡が言って立ち上がった。

さるまわ奉行所は人間は少なかったが猿は多かった。

その割に藩から支給される手当は少なく年にたったの一両二分でぜんぜん足りなかった。猿の餌代だけで月三両は必要だったのである。そこで長岡と大浦は猿を連れて地方巡業を行い、その収入で餌代その他を賄った。

また旅に出ないときは近隣の人のために役宅の庭を開放、客席と舞台をしつらえて常打の公演も行っていた。

さるまわ奉行所の門をくぐるとすぐ左右にお長屋が迫り、お長屋とお長屋の間は路地のように狭かった。左が猿の住居、右が人間の住居で同じく安普請であった。路地のあちこちに杭《くい》が立っていて猿がつないであった。

路地を抜けると左右に丸太を組み、舞台に向けて階段様に桟敷《さじき》が拵《こしら》えてあった。席には茣蓙《ござ》が敷いてあり近在の百姓はここに座って家から持ってきた弁当や酒を飲みかつ喰《くら》いしながら猿の技芸を見物するのだった。本日は殿様が御上覧遊ばされるというのでここに毛氈《もうせん》が敷かれた。舞台にはなんらの仕掛けもなく野天に二尺ほどの高さの平台が置いてあるのみである。

本来であればこの舞台の背後に屋敷があるはずなのだけれどもさるまわ奉行所屋敷というのはなく、舞台の背後には長屋が建っているのみで、入ってすぐのお長屋は松板、松柱の安普請ながら猿百匹が起居できるくらいの大きな建物でしかも新しいが、それに比して古くて小さくてずっとみすぼらしい建物であった。

舞台に登場する猿はこの平屋を楽屋として使っていた。

他に花道など特別の設備はなかったが正面左手に大きな楠《くすのき》が生えていて、右手に池があった。

直仁と家臣たちがさるまわ奉行所に入ったのは八ツ過ぎである。

他に休む場所もないので直仁たちはただちに桟敷席に通った。近在の娘たちが煙草盆と茶と水菓子を運んでくる。

しばらく休んでいると、

「殿、お久しゅうございます」と大浦が舞台と客席の間の庭に膝を突いて挨拶した。

頭巾を被り筒袖《つつそで》裁着袴《はかま》を穿いてすっかり猿回しの扮装である。直仁、そして家臣は桟敷席からこれを見おろす恰好である。直仁がじきじきに答えた。

「大浦、壮健か」

「は」

「それは重畳である。では疾く猿を廻せ」

「御意」

大浦はいったん楽屋に下がるとほどなくして一匹の猿を伴って舞台にあがった。

右手に短い棒を持っていた。介助役の長岡主馬が舞台袖に控えている。

大浦は口上を述べた。

「ではこれより猿の技芸をご覧に入れます。わたくしは元は黒和藩の家老職にありました

「大浦主膳……」と大浦が自己紹介をすると家臣どもはどっと笑い、内藤は内心に愉快を感じた。

元家老が猿回しの恰好をして真面目くさって口上を述べているのがなんとも滑稽であったからである。大浦はいまやそうして自らを戯画化して語り他を笑わせることができた。しかし、直仁はまったく笑わず生真面目な顔で黙って舞台を見ている。

大浦は続けた。

「それからここに控えおりまするは変太郎、当年とって七歳の男児でござりまする。さあ、変太郎。殿にご挨拶をいたせ」

そういうと大浦は短い棒でぴしりと床を叩いた。誰もが猿が挨拶するものだと思った。ところが猿は素知らぬ顔であらぬ方を見て尻を掻《か》いたりしている。大浦は、

「なにをあらぬ方を見て尻を掻いているのだ。これ。変太郎。挨拶をせぬか。殿が御覧になっておるのだぞ。無礼ではないか」と言って変太郎を叱るのだけれども変太郎はますます素知らぬ顔で、舞台を好き勝手に歩きまわったあげく客に尻を見せて座りこんで動かなくなってしまった。大浦は周章狼狽《ろうばい》して、

「これ、変太郎。だめじゃないか」と言って駆けより、短い棒で床をびしびし叩いて変太郎を叱咤《しった》するも変太郎はいよいよ反抗的で、ついには大浦に飛び蹴りを食らわし、大浦は大袈裟《おおげさ》に転んだ。

家臣一同大爆笑である。ところが肝心の直仁はというと先ほどから我慢ならぬという顔

つきで舞台を眺めていたが、ついに我慢しきれなくなったのか、

「大浦」と舞台に向かって声をかけた。

よく通る大きな声である。

それがどんな情けない舞台でも舞台上には通常の時間とは違った演劇的時間とでもいうべき固有の時間の流れがあり、その時間を停止させるのには相当の度胸が必要であるが、藩主の子に生まれた直仁はなんらの心理的圧力を感じることなしに舞台を停めることができた。

「大浦。その猿、なにゆえ挨拶をせぬのじゃ。無礼であろう」

「恐れ入りましてございます」

「恐れ入らずともよい。余はなにゆえその猿は挨拶をせぬのだと聴いておるのだ。というのは他でもない。その猿が馬鹿で挨拶をせぬのならよいが、横着にて挨拶をせぬのならその方がきつく折檻《せっかん》すべきである。しかと返答いたせ」

真正面からの質問に大浦は舞台に平伏して答えた。

「では殿。おそれながら申しあげます。ただいま御覧にいれたのは猿の芸でございます」

「挨拶せぬのが芸と申すか」

「左様でございます。人間である手前が畜類である猿に翻弄《ほんろう》・嘲弄《ちょうろう》されるというところに滑稽味・諧謔味《かいぎゃくみ》が生じるのでございますが、されど考えてみますれば殿の仰いますように無礼な芸でございました。このような無礼な芸をお目にかけましたこと、まことに以て申

しわけございません」

そういうと大浦は舞台に額をこすり付けた。いつの間にか変太郎も大浦の隣にちんと座り平伏をしている。主人を気遣い、神妙で悲しげな面つきをしているのが哀れであった。

その姿を見てさすがの直仁も哀れに思し召したのか、

「もうよい。分かればよいのじゃ。芸を続けよ」と仰られた。

「ありがたき仕合わせ。では芸を続けさせていただきます」

大浦はそういって枕を端折《はしよ》って本芸を始めた。

変太郎の本芸は玉乗りである。

長岡が玉を持ってきて舞台においた。

大浦が短い棒で床を叩くと、変太郎が神妙な面持ちで玉に乗った。

玉はともすれば前後左右に転がろうとする。猿はこれを足裏で微調整しながら気まずそうに玉の上に立っている。ただそれだけであった。舞台も客席も寂寞《せきばく》として音さらになかった。

おもしろくもなんともなかった。考えてみればこれはあたりまえの話で、そもそも猿回しという芸の面白さは、猿の技芸そのものになく、猿が様々の粗忽《そこつ》をしたり、不貞腐れて主人であるところの人間に反抗したりするというところにある。畜類である猿がとくに人間よりも優位に立つ。

しかし猿は最後まで反抗を貫かず、最終的には主人に窘《たしな》められ、反省をして芸をする。

その姿は可憐であり、そうして初めて観客は猿に拍手を送る。

こうして幾度となく繰り返される地位の反転こそが猿回しという芸のおもしろいところなのである。しかしなにごとにつけ真っ直ぐな黒和直仁はこれを禁じてしまった。そんな猿回しがおもしろいわけはない。

変太郎はただただ玉の上でゆらゆら揺れ、会場に気まずい空気が漂っているのを敏感に察知、これを気にして何度も大浦の方をちらちら見る。大浦も可哀相なので、降りるようにいい、変太郎が玉から降り、玉乗りは曖昧に終わった。

決まりをつけるように大浦が、「ただいまのが猿の玉乗りでございまする」と言って平伏した。しーん。拍手もなにもない。ややあって直仁が言った。

「なるほど。相わかった。猿が玉に乗るから猿の玉乗りと申すのだな。間違いない。その方の申す通りじゃ。で？　次はなにをするのだ」

大浦はがっくり疲れたが殿の所望なら仕方ない、

「では続いてこれなる椎という猿による銭とりを御覧に入れます」と力なく言った。

家中の者はまだやるのかと思ってうんざりした。大浦もうんざりしていた。椎という猿とて同様であった。直仁ひとりが真っ直ぐに舞台を見つめていた。

通常であればここで椎が不貞腐れて自己紹介をしない。大浦の肩に乗り中空に飛んだうえ回転して中腰の大浦の膝の上に立つ、などの導入部があるのだが馬鹿らしいので大浦は省略した。それどころか馬鹿馬鹿しくなった大浦は次のように言った。

「次はこの椎が芸をいたします。芸と言っても他愛のないものです。銭とりと言って椎が銭を拾ってくる。それだけの話です。まあ一応、客を笑わすためにこいつは猿のくせにがめつくてとかそんなこと言って猿と漫才しますが、もちろんそんなものは嘘で、銭をとってくるように訓練しているのです。猿自身の意志ではありません。とってくると私が褒めたり、水菓子を与えたりするのでやるのです」

通常は客の前でこんな種明かしのようなことは絶対に喋らない。大浦はそれが快感だった。大浦は、一度こんなことをやってしまったらもう普通の猿回しができなくなると思い、そしてその思いに酔った。

俺は殿が帰ったらまた以前のように、愛想笑いを浮かべながら猿と滑稽《こっけい》なやり取りをするだろう。しかしそれは以前のように無邪気で快活ではけっしてありえない。なぜなら俺はこんなことを言ってしまったのだから。

そう思いながら大浦は池に銭を投げ、短い棒で舞台を、びしっ、と叩くと椎に、「さあ。稽古したとおりに銭をとってこい」と命じた。

椎はしばらく大浦の顔を眺めていたがやがて諦《あきら》めたように池に入ると底まで潜って銭をひらい、体を震わせながら大浦に銭を渡した。

大浦は低い声で、「これが猿の銭とりでござる」と直仁の方を見ていった。

ものすごく気まずかった。険悪といってよい雰囲気だった。

なぜこんなことになったかというと大浦が元・家老であったからで、根っからの芸人の愛想があればいくら直仁が野暮天でも自分の芸のペースを変えるということはなかったはずである。

　はじめのうち内藤はかつて城中で偉そうにしていた大浦が猿回しをしているのをみてにやにや笑っていたが、これにいたって険悪な気配を察し、これで直仁が怒りだしては面倒と思って言った。

「殿。ここで一度休息なされたらいかがでしょう」

「休息？　なにをいう。いま余は休息に来ているのではないか。その休息を休息しろってどういうことよ」

「いやまあ休息は休息ですが、その休息をさらに休息すればもっと休息できるのではないかと思ったものですから」

「なにをいってるかぜんぜんわからない。休息を休息するということは働くということではないのか」

「だからそうではなく……」

　君臣が言い争っているところへ通路から、「しばらくしばらく」といいながら入って来た者があった。菅原と掛である。後方の長屋のところに江下レの魂次も控えていた。

「なんだ。菅原に掛か。いま殿に猿回しを御覧頂いておるところじゃ。何用か知らんが後にいたせ」

「それが急ぎお耳に入れたき儀がござる」

「なんだ内藤。どうしたのじゃ」

「は。いま家の者が参ってなにやら相談があると」

「相談。苦しゅうない。どこなりと参って相談してくるがよい。っていうか、それともその方の言う休息の休息にいたそうか？　なんだったら」

「殿の御為にその方がよろしいかと思いまする」

「相わかった。そういたそう」

家中一同みなほっとした。大浦主膳も長岡主馬もほっとした。猿もほっとした。といって別に休むところなどない。大急ぎで家中の者も手伝って大浦らの長屋をとり片附け直仁の休息所をしつらえた。

内藤主従はしかしそこで話はできない、だれも居なくなった桟敷《さじき》に残った。通路に立つ杭《くい》につながれた猿が甕《かめ》のなかの水を一心に見つめていた。

「なに。ということはついに腹ふりが始まったか。でかした。これで私の面子《メンツ》も立つと言うものだ」

菅原の報告を聴いて内藤は喜んだ。

「それがですねぇ、ちょっと盛り上がり過ぎちゃってて心配なんですけれどもね」

「なにが心配だ。主謀者はこっちと腹を合わしてるんだろ」

「ええまあそうなんですけど、群集が盛り上がりすぎて半分打ち毀《こわ》しみたいになっちまっているんです」

「かまわんかまわん。そんなものはがんがん弾圧すればいいんだよ。そうだろ？　掛」

「ええまあそうなんですが。ちょっと数が多いんですよね」

「多い？　どれくらい？　二、三十人？」

「いえ。もうちょっと」

「大丈夫、大丈夫。四、五十人いてもしょせん相手は百姓・町人だ。槍《やり》と鉄砲で脅せばじきにふるえあがって解散するから」

「いや。それがもうちょっといるんです」

「なに。じゃあ一日で百人も集まったって言うのか」

「いや。それが」

「いったい何人なんだ」

「現段階で八百人程度おると思われるのですがまだ増えるかも知れません。城下は騒乱状態です。連中は町家の大戸を押し破り、略奪・放火など狼藉《ろうぜき》をきわめ、押し入られた側もやけくそになってげらげら笑いながら腹を振るなどして滅茶苦茶です。一味は様霊河原を本拠と定め、小屋掛けし、また櫓を建て、櫓《やぐら》の上に大太鼓を設置、のべつ太鼓を打ち鳴らして腹ふりの音頭をとってます。胃三という目明かしが現場に行きましたが群集に取り囲まれ石を投げられ、泣きながら洟《はな》を垂らして逃げ帰ったそうでその後、治安は回復せずいま城下に近づくと危険です」

掛が一気に言うのを聴いて内藤は怒り出した。

「なんでそんなになるまで放っておいた。いいか。いま黒和藩の兵力は何人だと思う。士分はいまここにいる五十人程度だ。それから足軽。前は百人ほどいたんだよ。でも戦争なんてないし、無駄だから俺がリストラを断行していまは二十人しかいない。それも戦の稽古なんかしてない。事務作業や雑用係をしてる。つまり黒和藩には老兵、弱兵ひっくるめて七十人程度しか兵力がないんだよ。それでどうやって千人からの暴徒を鎮圧する訳よ。とにかく城に戻ろう」

「それはよした方がよろしいかと」

「なんでだ。菅原」

「いま城下には暴徒が満ち満ちております。お行列とみるや襲いかかってくるかも知れません」

「しかし殿がなんとおっしゃるか……。ううむ弱った。ああいうお方だから下手に話すと話がこじれる。とにかく猿回しで時間を稼いでその間になんとかするしかないな。でもそんなことが果たしてできるのか。どうなんだ、掛」

「まあいずれにしてもこれはやらせです。企画物です。茶山と連絡が付けばどうとでもなることです」

「それもそうか。考えてみりゃ兵力云々の話じゃないな。結局、じゃあ問題は殿だけか。殿が急に城に帰るとさえいわなきゃいいってことか」

「そうなんですよ。だから逆に騒動のことは殿にはまっすぐ報告した方がいいんじゃないですかねぇ。それで腹ふり騒動が起こったことを殿や家中の人に印象づけて、それにここには僕を召し抱えるのに反対した大浦さんもいるわけでしょ。だったら余計いいんじゃないかなあ。つまり、あんたが反対するからこんな城にも帰れない騒ぎになった。しかし内藤が掛に命じて騒ぎを終息させてご覧に入れます。ということになればよいわけでしょ」

「なるほどな。でもそんなうまくいくのか」

「大丈夫です。茶山をこの国に連れてきたのは僕らです。費用も藩から出ている。僕が行って話してきます。そのかわり殿も御家来衆もここで一晩泊まることになりますがいいですか」

「問題は殿だが、まあ説得すればなんとかなるだろう。あの人はね、最近やっと分かったんだけどいろいろ気を遣ったりして回り道をすると駄目なんだよ。真っ直ぐ真正面から直球でいくと話が通じるんだ」

「ではそういうことにいたしましょう」

相談まとまって掛と魂次は城下へ逆戻り、内藤、菅原は直仁が休息するお長屋へ入っていった。

道場のようにだだ広い長屋座敷は急いで取り片付けたとは言え、急なことなので方々にむさいものが転がっている。直仁は奥の屏風《びょうぶ》で囲った一角で休息していた。

内藤は屏風の陰に平伏して言った。

「殿。一大事でござる」大きな声なので家中の者もみな聴いている。

「なんじゃ。申せ」

「かねてより話してた腹ふり党の活動がいよいよ顕著になり、ついに城下は騒乱状態になりました。打ち毀しのような行為が行われているらしいです」

「それは許せぬ。ただちに鎮圧せよ。余は城に戻る」

「なりませぬ」

「なぜだ。こんなとき余が城におらんでどうする」

「危険だからです。暴徒は暴徒なのでなにをするか分かりません。だから暴徒というのですね」

「なるほど。ではどうすればよい。拱手《きょうしゅ》傍観しておれというのか」

「そんなことはありません、掛十之進という者がおります。これは腹振り対策のエキスパートです」

「知ってる。そいつを雇おうとしたら大浦主膳が邪魔をした。小癪《こしゃく》だからさるまわ奉行に左遷した」

「そうですそうです。その掛です。その者が今晩中に道筋をつけます。殿におかれましては御不自由でしょうが今晩はこのさるまわ奉行所に御一泊いただいて明日、治安が回復したる後、お城にお戻りいただきたい。これは家老として衷心から申しあげる」

「相わかった。戦陣と思えばなんの不自由があろう」

「ありがたき仕合わせ。では拙者はさるまわ奉行とちと話してきます」

内藤はそういって下がった。家中の者には菅原が詳しいことを説明した。家中の者は茶を飲んだり雑談したりしていた。なかには通路に出て杭に繋いである猿と遊んでいる者もあった。気楽な奴ら。

「大浦。久しぶりだな」にやにや笑って話しかけてくる内藤に対して、大浦は、「ああ。久しぶりだ」と答え、自分が冷静にそういったことに驚いた。

内藤のにやにや笑いにはもちろん、おほほ。いいざまだ、という感じが含まれていたし、それはさきほど芸をした際に家中の者がどっと笑ったのにもその蔑《さげす》みの感じは露骨に現れていた。大浦が内藤や家中の者どもと同じ場所にいればその蔑みはこたえただろう。しかし大浦はいまや彼らとは別の場所にいてすがすがしいほどなにも感じないのであった。くわえて先ほどの舞台で芸人としての場所からも外れたような気持になった大浦にもはや怖いものはなかった。

「俺を侮蔑《ぶべつ》しようと思ってきたのだろ？　俺を笑い者にしようと思ってわざわざ家中一統でうち揃って見物に来たのだろう。しかしそれは無駄だ。俺がいま感じていることを率直に言うと猿回しも家老も同じように惨めだということだけだ。俺は俺自身を憐《あわ》れんでいるがおまえらも同じように憐れんでいるんだ」

「ほほほ。おまえが俺を憐れんでいる？　けっこうじゃないか。憐れんでくれ。ただおまえの言ってることは退嬰《たいえい》的な議論だ。負け犬の遠吠えだ。おまえは一時の感情に流されて失敗したんだ。いま俺が正しかったことが証明された。腹ふり党が城下に現れていまは騒乱状態なんだ。俺たちは城に戻れない」

「そのことをおまえは喜んでいるようにみえるが？」

「ある面においては喜んでるよ。でもそれは俺の具申した意見が通ったから喜んでるんじゃないよ。俺はおまえが誤っていたということが証明されて喜んでいるんだ。そしてさらに言えば、そのことが嬉しいのは猿回しをしているおまえをみて俺は、俺が陥れたのだからこんなことになったのだと良心に咎《とが》めるところがあった。ところが本当に腹ふり党がやってきた。ということはおまえの言うとおりしていたらなんらの対策も打てなかったと言うことで、つまりおまえは処罰されるべくして処罰されたということがはっきりして俺は嬉しいんだよ」

「そんなことをいうおまえは二重に自己欺瞞《ぎまん》的だね。なぜなら俺はもし城下に腹ふり党が現れるとしたらそれはおまえが仕組んだやらせだと睨《にら》んでいたからね」

「なんでそんなこと思うんだ！」

「俺は猿回しに方々回ってるからね。腹ふり党が全滅したことくらい知ってるよ」

「おまえはそれを殿に言うつもりなんだな」

「言わないよ。俺は猿が好きなんだ。猿回しが本当に好きなんだ。そしてそんな自分を哀れだと思ってる」

「俺のこともな」

「そうだ。俺はおまえも哀れだとおもってるよ」

という会話を二人は交わさなかった。

実際にはふたりは、

「城下に腹ふり党が現れた」

「ほほん？　いまさら腹ふり党がねぇ」

「そうなんだ。いまさら腹ふり党なんだ」

「でどうするんだ」

「いまは危険で城下に近づけない。今日はここに全員泊まる」

「承知した。予定していた猿芝居は中止にしよう」という会話を交わしただけである。しかしふたりは、にやにや笑って互いの顔をちらちら見つつ会話を交わすうちに内心どう思っているのかを互いに了解、無言のうちに前のごとき会話を交わしたのである。それはある種の和解でもあった。お互いを絶対認めないということを確認したという意味において。

獣くさい匂いのたちこめる猿回しの舞台でふたりはながいこと立ちつくしていた。


掛と魂次は城下へ戻った。

もはや暮六ッ近かったが腹ふりの勢いは衰えるどころかますます激しくなっていた。商店の大戸は叩き壊され、店のなかは荒らされ放題に荒らされていた。手水鉢《ちょうずばち》や庭石、擂《す》り粉木《こぎ》、俎《まないた》など本来、奥にあるべきものが店土間に転がっており、結界や十露盤《そろばん》、帳面など店にあるべきものが奥に散乱しており、これは教義に則ってあるべきものの位置を意図的に逆転させたものと思われた。もちろん金目のものは持ち去られ、抽斗《ひきだし》、机、納戸、箪笥などはすべて物色され、さまざまな品々が散乱していた。江戸火鉢がひっくり返され、灰《はい》神楽《かぐら》のたっている家も多かった。

その一方で大戸を開け放ち、店土間に薦被《こもかぶ》りと柄杓《ひしゃく》、握り飯などを用意してある家もあった。どうせ略奪されるのなら恭順の意をしめし、そこを汲んでもらって被害を最小限に留めようという考えである。こんな家では畳が裏返してあった。土足であがってもよいようにという配慮である。

無駄であった。腹ふり党はそんな家も平等に破壊した。無茶苦茶であったうえになんでそんなことをするのか訳の分からないこともしてあった。往来のど真ん中に便器が落ちていたり、石の地蔵が六体、民家の屋根に並べてあったりした。

そんな往来のそこここに腹ふりの輩が屯《たむろ》したり歩いたりしていた。満足な人はみな近郊に避難したらしく、そうした「感じ」の連中ばかりだった。腹ふりが始まってまだ半日しか経っていないというのに、いつの間にそんなに汚くなったのか、みなどろどろで、髪は乱れ着物がよれよれになっていた。

その行動は出鱈目で往来に寝転がって盗んできたものを食ったり酒を飲んだりしている者があるかと思うと、普通に歩いていた者が突如として奇声を発し腹を振りながら二、三歩歩み、それからまたすたすた歩きだしたりした。立ち止まって輪になって腹を振るものもあったし、物陰で塀に向かって一心不乱に腹を振るものもあった。

　太鼓や三味線を集団でうち鳴らしながら通行するものも多く、狂騒的なリズムが絶えることはなく、往来は雑踏をきわめていた。なにか騒ぎがあるらしいと聞きつけて近在から駆けつけたお調子者もあってこれらの者はなにが起きているのか分からぬまま雷同して腹を振ったり略奪をしたりしていた。

　往来の者どもは腹ふりに関して仲間たちと次のような感想を述べあった。

「気持ちいい空間を共有してるって感じ？　素晴らしい仲間に出会えたことに感謝」

「腹ふりありがとう！　腹が減ってたから様霊河原で食べた粥《かゆ》がおいしかった。ぶっ飛んだ。オサムさんろんさん縄次さんありがとうございました。嬉しくて腹、振りまくり。みんな、おおっ、って叫んでましたよね」

「こういうこと毎日起こって欲しい」

「楽しい。最高。自由でキモチイイ奴らが出会ってる」

「酔った百姓が若い娘にからんでた。腹を振ってるのかと思ったら単に酔ってふらついているだけだった」

「こんな楽しい腹ふりをいままで知らなかった自分が口惜《くや》しい」

「腹ふり最高。まだ改善点はあるけどね。やっぱり飯食いながら振ったりとかは駄目ですね」

「変粉の前で仲間うちで指差しあって変な腹ふりしてた奴ら死ね」

「腹を振らない人の気持が信じられない」

「煙管《きせる》、紙屑、馬糞、汚泥などが散乱して汚い。落ち着いて腹が振れない」

「茶山さんはじめスタッフの努力には頭が下がる。こんな楽しいイベントをありがとう。最高キモチイイ」


そのように腹ふりが猖獗《しょうけつ》をきわめている城下であったが武家屋敷の並ぶあたりは商家が並ぶあたりに比して人の姿が少なかった。略奪すべき物や金が少なかったからであろうが、それでも門は開け放たれ、略奪された跡があった。妻女、子弟の姿はなく、屋敷の奥にひっそり匿《かく》れているか、逃亡したか、連れ去られたか、殺されたか。

掛と魂次はそうして比較的ひっそりした屋敷街を並んで歩いていた。ちょうど通りがかった武家の妻女、陵辱されて発狂、半裸で歩きまわっているのから目をそむけながら掛は言った。

「それにつけてもひどいね」

「ひどいっすね」

「どの家も荒らされてる」

「ほんと、ほんと。この分だと、内藤屋敷もどうなってるか分かりませんね」

「おそらく無茶苦茶でしょう」

「掛さん、なんか大事なものとか置いてなかったですか」

「置いてない、置いてない。しかしそれにつけても、ここなんかぼろくそだね。庭木が引き抜かれてる。どんな怪力の持ち主なんだ」

「ちょっと入ってみたいような気持になりますよね」

「なるなる。人の家ってなんか変な感じだよね。日常的な秘境って言うか。剥き出しの個人が形になって現れてる場所だよね」

「そうそうそう。そしてそこに主がいないと急にその場所のありようが急に変質してぼろぼろになった博物館みたいになるんですよ。ちょっと入ってみます？」

「まあよしておこう。それより俺たちはどうすればいいんだろう」

「と申しますと」

「いや、腹ふりの連中が来てさ、俺たちが腹ふりの徒じゃないと分かったら殴ってくんじゃないかな、と思ってさ」

「とりあえずここにくるまですれ違った連中は大丈夫でしたが」

「でもなんか妙な目で見てたじゃない。いまにも殴りかかってきそうな」

「それもそうですね。とにかくここを抜けて、ちょっと行くと様霊河原です。土手っぷちには腹ふりの奴らも多いでしょうから、あったら腹をちょっと振るふりくらいはした方がよいかも知れませんな」

「でも拙者は振り様が分からぬ」

「僕も詳しくは知りません」

「じゃちょっと稽古してくか」

「そうですね」

　二人はちょっと脇により、遠くから聞こえてくる太鼓の音に合わせて腹を振る稽古を始めた。

「そこはそうでござるか？」

「いやどうでしょう。そこはもう少し腰を落として、こうがに股《また》になった方がいいんじゃないですか」

「そうすると大小が邪魔で腹が振りにくい」

「そうですね。屁《へ》をこきそうになるし」

「ではもう少し尻をあげてみよう」

なんつって二人が腹ふりの稽古をしてると向こうのかたから、「いやあ、えあ。ああっ、おほい」という頓狂《とんきょう》な声をあげつつ若い男が六人、腹を振りながら掛と魂次の方に近づいてきた。いずれも城下に住まう者ではなく、近在からやってきた者らしく、赤茶けてちりちりの頭をぶっさいくに結って、変な渦巻の柄を染めだした安物みたいなくたくたの単衣《ひとえ》物を着て、野暮ったいことこのうえなかった。もちろん彼らとて自分らが野暮ったい、鈍くさいということは日頃から気にしていて、俺らのような鈍くさい者は女にももてないと考え諦めきっていた。しかし此度、腹ふりになって彼らの惨めな精神は解放された。

なにが鈍くさいものか。腹を振ってしまえば色男も不細工も関係ない。すべてが逆転して着物なんかも別に腹をふっていれば裾も乱れると襟元はくつろぐし、どうせみんなだらだらなんだ。それにこの埃。芥。こうなってしまったら鈍くさいもなにもなく、ただ腹を振るということに人間のエネルギーが凝縮されるから、その他の浮世のことは関係ないんだ。おれたち鈍くさい田舎の野暮天がいまこそ解放されるのだ。

彼らはそう考え歓喜して腹を振った。

彼らはしかしただ歓喜したばかりではなかった。鈍くさい彼らの鬱屈《うっくつ》は攻撃的エネルギーに転化した。彼らは洒落たなりをしているものがあると取り囲んで着物をびりびりに引き裂いた。高級そうな店の前を通り掛かると暴れ込んで破壊した。腹ふりになった以上、すべてはいったん自分たちの鈍くささのレベルまで引きずり下ろされるべきであると考えた。抵抗する者は殺害した。彼らはそんなことをしながら終始にやにや笑っていた。

「どうしましょう。こっちきますよ」

「やむを得ない。調子を合わせよう」

掛と魂次が調子を合わせ、腹を振っていると、男どもは、「えいっ、最高ぉ」「おっほっおっほ」などと奇声を発しつつやや違った感じで腹を振りながら近寄ってきた。彼らは、足を揃え、手を左右に広げて小刻みに腹ばかりを振っていた。やや疲れる踊りであるが若いからできるのであろう。彼らは口をひょっとこのようにとがらせて腹を振り、その腹を前に突きだすようにして、掛たちの方にぐんぐんせり寄ってきた。

あまりの馬鹿みたいな様子に掛は一瞬腹ふりをよそうと思ったが一番右の男が手に持っ

て振り回している者を見て慌てて腹ふりを続けた。

男は美人の生首を手に持って振り回していたのである。

首から血が飛んでぴしっぴしっと魂次、そして掛の顔にかかり、ふたりはまだらになった互いの顔をみて力なく、「あはは」と笑い、それから連中に調子を合わせて、「えいっ、おうっ。わおっ」などと叫んだ。


河原は人でごった返しており祭礼のようであった。日は完全に暮れていたが方々にかがり火が焚《た》かれ、行き交う群集の顔は炎に染まって真っ赤であった。

もうもうたる砂塵《さじん》が舞い人々はどろどろであった。しかし、誰もそんなことは気にしておらぬ様子で、一切の緊張を解いた弛緩《しかん》しきったような表情で河原のそこここをいったり来たりしていた。

必ずしも腹を振っている者ばかりではなく、放心したような表情で座りこんでいる者もあったし、大鍋の周囲に群がっている者どもは立ったまま宙をにらんで粥を食っていた。

南北にふたつの櫓《やぐら》が建ち、南の櫓の廻りには、木組みに大きな布を被せた天幕小屋が二棟建っていた。

その人でごった返す河原をきょろきょろしながら歩いているのは掛と魂次、ふたりともいかにも居心地が悪いという風情である。魂次が言った。

「それにつけてもえらい人ですね」

「そうだな。それとこの埃。口のなかがじゃりじゃりするようだ」

「髪のなかもじゃりじゃりですよ。みな平気な顔してますがよく耐えられますね」

「うむ。まあ、あほだからだろう」

「なんか必ずしもずっと腹を振ってなくてもいいみたいな感じですね」

「そうだね。ただ屯《たむろ》ってる連中がほとんどだ。われらもとりわけ目立っているということはなさそうだ。しかしよくこんな埃のなかで飲んだり食ったりできるものだな」

「それもあほだからでしょうか」

「まあ、そうだろう。しかしながら茶山たちはどこにいるのだろうか」

「訊いてきましょうか」

「うむ。そうだな。ちょっと訊いてきてくれ」

「じゃちょっと訊いてきます」

　そういう魂次は話しかけやすそうな人を捜してきょろきょろした。

「ええっと。誰に訊こうかなあ。うっわあこうやってみると頭おかしそうな奴ばっかりだなあ。っていうかここにこうしていると俺もおかしそうにみえるのかも知らん。あそこでぼうっと粥を食ってる兄ちゃん、あいつはテンション低そうだ。あいつに訊いてみよう。こんばんは」

　と魂次に話しかけられた若い男はつぶらな瞳で魂次を見上げた。なんの邪気もない鹿のような瞳であった。

「あのすみません。僕、茶山半郎さん探してるんですけど、どこにいるか知りませんか」

「茶山？」

「そうです。茶山半郎さん」

「茶の話ですね。僕は岡倉天心の孫なんですよ。いや僕の孫が岡倉天心なのかな。昔、僕は岡倉天心ブルースっていう曲をつくって売りだしたことがあるのです」

「さようなら」

「どうだ。分かったか」

「駄目です。あほで話になりません」

「そうか。どうしよう」

「あすこに天幕あるじゃないですかあ？　あすこいってみませんか。もしかしたら茶山は幹部だから天幕のなかにいるのかも知れません」

「そうだな。じゃあいってみるか」

　掛と魂次は連れだって櫓の近くの天幕の垂れをめくってなかに入った。入るなり、掛は脾腹《ひばら》にエルボーが入って呻《うめ》いた。魂次はパチキをかまされてくらくらになった。

　無理もなかった。なかは天幕にしては広かったが、といっても天幕小屋は天幕小屋で、三十人も入ればいっぱいである。そんな天幕のなかに七十人以上の人が入り、そのうえ囃《はや》子方《しかた》も入って、どんじゃらどんじゃらやりながらあたり構わず狂熱的に腹を振っていて、パチキやエルボーが入るのは当たり前なのであった。

激烈に暑かった。熱かった。囃子方は狂躁的なビートを打ち鳴らし、人々はそれに合わせて、あ、あ、あ、あ、と四分で絶叫したり、おいおいおいおい、と八分で絶叫したり、うほうほうほうほうほ、と裏で絶叫したりしており、その音たるや耳を聾《ろう》せんばかりでまったく天幕のなかは大叫喚地獄のようであった。

魂次は大声で叫んだ。

「掛さん、大丈夫ですか」

「大丈夫っていうか。うわっうわっ、いたたたたた」

「うわあ。無茶苦茶だ」

「痛い痛い、こ、これは気が狂いそうだ」

「我々も腹振った方がよくなくないですか？」

「そうしよう。全体のリズムに乗って動いていた方が被害が少ない」

「じゃあ、ふりましょう。おほっおほっ」

「おぎょ。おぎょ」

「ははは。なかなか楽しいものですね」

「けっこうなものでござる」

「おぎょおぎょおぎょおぎょ」

「おどおどおど」

腹を振るとぶつかって痛い思いをすることはなくなった。

天幕のなかの腹ふりの輩はひとりびとりの人間が集まっているというよりは、一個の原生動物が蠕動《ぜんどう》しているようであった。

当初、単細胞のなかに侵入した異物であったためがんがんぶつかられて痛い思いをしたのだけれども、やがて原生動物に同化してそうして、ぶつかられることがなくなったのである。

魂次は腹を振りながらそんなことを夢想した。

しかしそれもしょせん浅はかな細胞の夢であったのであろうか、掛に因縁をつけてくるものがあった。掛と魂次はやはり天幕のなかの異物であったのである。

掛に因縁をつけてきたのは掛の目の前で腹を振っていた若い百姓で、最初のうちはなんということなく腹を振っていたのだけれども掛の姿を認めるや、腹を振りながらもじっと目を見るから初めのうち掛は誰か知った人かと思ったがどうも覚えがない、おかしいな、と思っていると、男はついに腹ふりをやめ、ぐんぐんに掛を凝視していたがついに、「てめぇなにやってんだこんなとこで」と因縁をつけてきたのである。

もとより掛は超人的剣客である。こんな男一人斬るのは造作のないことだがしかしここで抜くわけにはいかんだろうと思ったので掛は聞こえない振りをして、あらぬ方を見ながら腹ふりに専念している振りをしてじわじわ男から離れようとした。

ところが男はなおもしつこく、「てめぇこの野郎」とかなんとか言っているので掛はとぼけた。

「僕は別にみんなと楽しく腹を振ってるだけです」

「それでおのれの化けの皮が剝《は》がれたよ。ここにいる誰が楽しく腹を振っておろうか。おいっ。音曲停止じゃ、音曲停止」

どうせ気のおかしい珍平だらうと高をくっていたら男はこの天幕の責任者だったのだろうか。男が、音曲停止、と叫ぶと本当に囃子がやんだ。天幕の外の太鼓の音がぼうと響いていた。黒い闇が天幕の隅、そこここに蟠《わだかま》っていた。男は絶叫した。

「皆の衆。ここに鈍鰡や菌の密偵がいりこんでおろうぞ。わしはどうもおかしげな腹ふりじゃとおもうてみとおったが間違いない。この者らは腹のともがらではないわ。みんなで殺さな。おへどにしいな」

一瞬にして天幕のなかに敵意が満ちた。ぬらりとした兇悪・凶暴そのものが天幕内に充満して黒い闇に軋《きし》んだ。

「魂次、ぬかったわ。怪しまれてしもうた」

「どないしましょ」

「こうなったら仕方ない。斬れるだけ斬って血路を開くしかないね。おまえそんな図体でかいんだから大丈夫だよな？　怪力で殴ったりできるんでしょ？」

「僕は口だけの男です」

「口だけかよ。しょうがねぇな。じゃあとにかく俺の後ろについて来いよ。まあ相手は百姓町人だから」

「でも数が多い」

「でもさ喧嘩《けんか》って言うのはね、数じゃないんだよ。最初の一発が肝心なんだ。だからまずこいつを私は斬るからみててごらん」

そういうと掛は腰を沈めようとしたがなにぶん狭いし人がたて込んでいるのでなかなか腰が沈められぬうえ、刀を抜くのもままならぬ。

「やりにくいなあ」とぼやいているうちに周囲の人間が、わっと襲いかかるので構えもない、ずらっ、と抜いて、ざんっ、刀を一閃《いっせん》させると脇にいた男の肘から先が、すぱんっ、と斬れて切り口から、どうっ、と血が噴きだした。

生暖かい返り血を浴びて興奮した掛は絶叫した。

「くるならきやがれ、あほども」

いくら腹ふりの輩といえどもいきなり人が斬られたのには驚いた。一瞬、さっ、と後に引いた。しかし男は怒り狂っている。

「おのれに人の手が斬れるのか。ならばわれらはおのれの首を抜きましょうおず。素手でちぎりましょうおず。みなさん。おへどになるをおそれな。へげたれがっ」とわめいて、天幕のなかの群集が一斉に掛に襲いかかろうとしたとき、天幕の奥から、女の、「やめなさい」という声が響いた。

凜乎《りんこ》たる声であった。群集、そして掛さえもその声の威にうたれ刀を引いた。一同が一瞬声をなくしていると、奥から女が進み出て掛の前に立った。

ろんであった。

教主たる茶山に連なるろんはこの河原でよほどの権勢を振るっているのであろうか、それまで激しく掛を糾弾していた男は、「おろんさま」と一言呟いたきりなにもいえないし、それ以外のものは威に打たれたように黙している。

掛は訝《いぶか》った。これまでみたところでは、この集団がかく統制のとれた組織のように思えなかったからである。或いは、と掛は思った。

ろんは茶山を背景にあのようにふるまっているのではなく、自らの神々しいまでの美しさによって権威ある者のようにふるまっているのではあるまいか。

掛をしてそう思わしむるほどろんは美しかった。髪は艶を帯びて輝き、四肢は健やかに伸びて、そこにいるだけで四囲に光を放っているようであった。

牛逐藩の茶山屋敷で見掛けたときはほんの子供に見えたのだが。そう思いながら、掛は眩しくろんの顔をしばらく見ていたが、なにかいわなければと思い、やっと、「ろんさん。忝《かたじけ》ない」と言い、言ってから、オレ、ばかみてぇ、と思った。

しかし掛を格別、軽侮した風もないろんは、掛の手を取ると、「さ、こっちきて」と天幕の奥の方へ歩みはじめた。魂次もこれに随《したが》う。

ろんが通ると人が左右に道をあけた。掛はろんの横顔をちらちらみながら歩いた。

いったいどういう構造になっているのか。天幕の奥、垂れ下がった布をろんがまくると、天幕の布をまくったのだからそこは外であるはずなのに、奥に十畳大の部屋があった。アーチ形の天井、壁も漆喰《しっくい》で塗り固めてあって、天井から水が垂れているというのは地下室なのであろうか。そういえば確かにろんに手をひかれているとき僅かだが下降の感覚があった、と掛は思った。

部屋の中央には大きなテーブルがあり、真ん中に不細工な一輪挿しがおいてあって陰気な菊と鶏頭が一本ずつ挿してあった。

正面に茶山が腕組みをして座っていた。ガラスの手燭が天井から吊してあり、黄色い光がちらちら揺れ、茶山の珍妙な顔にときおり闇が走った。

部屋にはいるとろんは茶山の隣に腰かけた。背後にオサムが佇立《ちょりつ》していた。

こういう場合はなんと挨拶してよいのか。魂次がなんかいわんだろうか、と思った掛が振り返ると魂次は、あほのような顔をしてぼうと立っていた。

自分はなにもいわないでも俺が交渉すると思っているのだ。と掛は苦々しく思ったが、まあ立場上、魂次は密偵というか、組織図でいうと、内藤、菅原、俺、魂次みたいになってるんだからこの場合、上司は俺ということになり、やはり俺が言わぬとあかぬ。

そう考えた掛は仕方なく自分から話を切りだした。

「茶山さん。こんばんは。大成功ですね、腹ふり」

と愛想良く話しかけたのにもかかわらず茶山は腕組みをしたまま返事をしない。なんとかぬかさんかい、どあほ。と掛はむかついたのだがそんなことをダイレクトに言うと喧嘩になるので言わない。しかし、こんな茶山のような男にいろいろ気を遣っても仕方ないとも思ったので、余分な挨拶を省いていきなり要談に入った。

「ところで茶山さん。腹ふりの企画はもう充分、成立しました。これ以上、拡大させる必要はありません。というか現段階ですでにやりすぎです。僕らとしては百人規模の騒ぎを起こしてくれればよかったのですが、なんですか？　これ？　千人以上のあほがほたえてるじゃありませんか。とにかく明日からは終息の方向に誘導してください。一応、藩兵が出動しますからあの馬鹿どもには抵抗しないように言ってください。武器の類を持ってたら捨てるようにね。攻撃は明日の、そうですね、八ツから始めますから、それまでに攻撃をしない、武器を捨てるのこの二点は徹底してください。この天幕は攻撃しないように伝えておきますから、あなたはこの部屋からけっして出ないでください。七ツきっかりに藩兵は引き揚げます。その時点でかなりの人数が逃げるか殺されるかしていると思いますが、それでも残っているものがあったらあなたから解散を宣言してください。ここから東に真っ直ぐ二里ばかり行くと、涜誤山という山があります。その山の中腹に夏欄《げらん》寺という寺がありますす。あなたは暗くなってからここに行ってください。翌朝、明るくなったらただちに掃討が始まりますので市中にはいないでください。ついてくるものがあったらオサムに殺させてください。それからろんさん、申し訳ないけど僕らと一緒に来ていただけますか。

さっきのようなことがあるといけないので。ええ、いったん屁高村に行っていただいて明日、攻撃が始まる前に夏欄寺にお送りします。夏欄寺でみんな落ち合ったら後は僕らが責任を持って牛逐藩までお送りしますから。いいですか、茶山さん」

そう言って掛は茶山の顔色をうかがった。というのも掛は茶山を牛逐藩まで送り届ける気は全くなかった。明日の攻撃で天幕ごと焼き殺してしまおうと考えていたからである。

しかし笑ったような泣いたような、珍妙な刺青の施された茶山の顔からその内心を窺い知ることはできなかった。

掛の話を聞いた茶山はしばらく黙っていたがやがて腕組みを解いて言った。

「シトゲちゃん」

「はあ」

「それから君は魂次とかいったな」

「はい」

「くびに汁を召し上がりませんか」

そういうと茶山は掛らの返事を待たずに、ろんとオサムに、くびに汁の椀をふたつ持ってくるように命じた。ろんとオサムは天幕の方へ消え、すぐに椀をもって戻ってくると、箸を添えて掛、そして魂次の前に置いた。掛の椀を運んできたのはろんであり、魂次の椀を運んできたのはオサムであった。

くびに汁は澄まし汁であった。黄金色の雲丹《うに》のようなものがふわふわしていた。汁は塩辛くそして苦味もあってちっともうまくなく、一口啜った掛が首を傾げていると、茶山が言った。

「うまいまずいの問題ではないし、成立した成立しないの問題でもない。それはまさしく罪の問題です」

「罪、でござるか」

「はい。罪。その汁をごらんなさい。澄んでおりましょう。罪のある者の首は汁が濁ります。罪のない者の首は汁が澄みます。これは歴然としているのです。一種のくがたちです」

「わからん」

「しかし罪のないものなどいない。この偽りの世で存在していること自体が罪だ。だがこのくびに汁が澄んでいるのは、僕がみなさんのために特別に創ったものだからです。つまり、首を斬る瞬間、その魂はいったん真正世界におへどとしていくでしょ？　その抜け殻としての首だから、もう罪は抜けている出し殻みたいな首なんですよ。その方が逆にだしはよく出るんですけどね」

　という茶山の説明を聞いた掛と魂次は一瞬顔を見合わせ、

「え？」「え？」と同じことを言い、ややあって掛が、「すみません。ちょっと吐いてきます」と断って天幕に行き、ややあって青ざめた顔で戻ってきた。前後して魂次も吐きに行き、戻ってきたがこれも顔面蒼白であった。

掛は魂次に言った。

「みたか」

「なにをです?」

「みなかったのなら仕合わせだ」

掛は天幕のなかにあった大鍋、たぎる湯のなかに人間の生首がゆらゆらうごめいているのを目撃してしまったのである。

それは掛が初めて知った腹ふり党の残虐な本質であった。大鍋のなかには人間の髪の毛が藻のように漂い、ずるりと剝けた表皮が鼻をうえにして漂っていたり目玉や耳が浮かんでいたりした。

掛はこれを企画物といった自分をつくづく愚かである。と思った。とうてい自分たちのコントロールの利くものではないと初めて悟ったのである。

衝撃でなにもいえないでいる掛に茶山は言った。

「明朝からなんていうのは馬鹿ですよ。戻って藩兵にいますぐ攻撃を始めるようにと伝えなさい。天気はもはや逆回りを始めています。はじめはゆっくりですが力がついて次第に早まりますよ。そうすると刻なんてほどけますよ。わたしはあなたに、人の家が造られ人の家が壊されるということを記憶に留めておくべきだと言った。あなたは記憶に留めてますか? 僕らはこれから城を焼きに行きましょうか」

「いまなんとおっしゃられた」

「二度と私にひとつのことをふたつ問わないでください。この世の人の家は壊されるべきです。そのことを象徴界として現象界として私は城を燃やしましょうか。私は多くのものを燃やしてきましたがいまもっとも燃やされるべきは城ですから」

茶山が本気で城を燃やそうとしていると知って掛はヒステリックに叫んだ。

「話が違う。われらはあなたに本当の腹ふりをやってくれとは頼んでない。ちょっとした騒動を起こしてくれと頼んだだけだ。それをこんな無茶苦茶にしてしまって。っていうか俺はどうすればいいんですか？　このままじゃ屁高村には戻れないし、このまま逐電しましょうか。ってあんたの奇怪な口調を真似たんだけどあんたみたいに責任を相手にかぶせる感じにはならないね、むしろ苦しい自問をしているような感じになるよ。とにかく僕はもう知りません。報酬も貰ってませんけどこのまま逐電します」

「それは恵愚母の御心ではありません。あなたは戻って我々のことを報告しなければならない。僕はこの刺青を岐阜で入れられたのですよ。メサイアの花心はもっとも低いところへ回転しながら戻っていくことによって世界は混沌《こんとん》を恢復《かいふく》するのですよ。調和です。調和がすべてです。みかけの調和に気を取られてほんとうの調和を忘れてはいけません。戻りなさい。戻ってあなたの見たこと聞いたことをあなたの雇い主に告げなさい」

茶山の話を聞いているうちに掛はなにもかもが面倒くさくなり茶山を斬ってしまおうかと思った。思ってから、斬ったらろんは怒るだろうか、と思った。

なに怒ったって構わないから斬ってしまおう。後は別に縄次とオサム……、と考えて掛は、いやースコタンスコタン、と思った。

別に自ら斬らなくてもオサムがいるではないか。オサムに命じて茶山を空中で爆発させてしまえばよいのだ。なーんだ。スコタン、スコタン。しかしオサムは飯を貰った恩義によって菅原か魂次の命令しか聞かない、と思い出した掛は、

「ちょっと僕たち相談していいですか？」と悪い顔で断って魂次の袖を引いて天幕の方へ行った。

傍らに大鍋がある。なるべくそっちを見ないようにして掛は、

「オサムだよ、オサム」と言った。

ところが魂次は、

「オサムがどうしたんですか」とつれない。掛が、「だからさ、オサムにそういって茶山を爆殺しちゃおうよ。あそこまで狂ってるとは思わなかった」と言っても、「ああ、へえ」と気のない返事をするばかりであった。

実は魂次が機嫌が悪いのには理由があった。

ろんである。

魂次はろんに苦しいほどの恋情を抱いていた。ところがさきほど腹ふりの徒に取り囲まれた際、ろんは掛ばかり気にかけて魂次のことは少しも気遣わなかった。それどころか掛の手を取って歩きだしたのである。しかも茶山と掛が話している間中、ろんは掛の顔ばかりじっと見ていたのであって、これらのことをあわせて考えるとどのように考えても、ろ

んは掛を愛しているとしか魂次は考えられなかったのであった。魂次にとっては大鍋の中味よりもろんの態度の方が衝撃であった。魂次は、ひとり狂いそうで、ろんに愛されているであろう掛が呑気に茶山爆殺の話をしているのが憎らしくてたまらなかった。しかし魂次とてそれが嫉妬であり、社会的な業務とは無関係であるのは分かっているからなんとか通常の対応をしようとするのだけれども、掛の顔を間近に見ると、「ああ」とか「へえ」と言う言葉しかでないのであった。

しかし掛はそんな魂次の心にまるで気がつかず、頭からいやも応もあるまいと思い込んでいるから、魂次の返事も聞かずに、「じゃ、俺、ちょっとオサム呼んでくっから」と言うと天幕から地下室に首を突き込み、「オサム君、ちょっといいかなあ?」と呼ばう。にこにこ笑いながら出てきたオサムに掛は声を潜めて言った。

「オサム。いいか。あの茶山な、あいつを例の奴で爆発させろ」

ところが、あいあいと答えて、無批判にこれをおこなうと思われたオサムが意外な態度をとった。オサムは、

「あ。ば、爆発は、ちょっといま。あ、ば、爆殺ですか? 爆殺は、どうでしょうか? いまはちょ、ちょっとやらない方がいいような気ィするんですけど」と言を左右にしてやると言わぬのである。

大きなどん柄をしながら自分の意志というものをまったく持たなかったオサムが初めて逆らったのに驚きながらも、しかしこんな奴、じきにいい負かせる、と高をくくって掛は

言った。

「いいような気がするじゃなくて、おまえはやらないと駄目なんだよ。なんでかっていうとおまえ、菅原さんに世話になったたな?」

「はい。世話になりました」

「それからここにいる魂次さんにも世話になったたな?」

「はい。世話になりました」

「だろ? これはな、オサム。俺が言うんじゃないんだよ。菅原さんと魂次さんがおまえに頼んでるんだよ。な? そうだよな? 魂次さん」

いわれて魂次はそっぽを向いたまま、「そうだ」と言った。

「みろ。な? 世話になった人に頼まれたらやらなきゃだめだろ?」

「はい」

「じゃ、行ってやってこい」

「はい」

「俺たちここで待ってるから。で、終わったらろんさんと一緒に出てこい。そしたら菅原さんのいるところに連れてくから。そこには猿がいて一緒に遊べるんだよ。おまえ猿好きだろ」

「はい」

「じゃあ、早く行ってやってこい。ほれ。どうした。早く行けよ、おい」

と促されてしかしオサムは地下室に入っていかず、しばらくもじもじしていたが、ついに顔を上げていった。

「ばく、ばく、爆殺はやっぱりでけ、でけ、でけへん」

それを聞いて掛は、オサムづれがなにを口答えしているのだ、と思って激怒したが怒鳴ると、地下室に聞こえるので低い声で凄んだ。

「てめぇ、なんでできないんだよ」

凄まれてオサムは狼狽《うろた》えたがそれでも、

「いちおう、あの、俺、茶山はんに、ごっつい世話に、世話に」と汗を流して弁疏《べんそ》、なおも、掛が凄もうとしたそのとき、天幕から茶山が、にゅうと顔を出した。

「おばんです」

掛は心臓がぎゅんとなるのを感じ、

「あ。びっくりした、あ、びっくりした、あ、びっくりした」と何度も同じことを言って周章狼狽《ろうばい》した。

「いやあ、いまオサム君のお誕生会の打ち合わせをしていたんですよ。オサム君は明日、誕生日なんですよ」

「嘘を言わずともよい。われをなきものにしようとしていたのであろう」

「いえ、そんなことはけっして」

「しかしそれは無駄だ。オサムはいまや僕の荒御魂です。宙に飛ぶ帯留めです。だからといってろんが和御魂という訳じゃないですよ。ろん」

「なに?」

「お下没以来の条文をお劣発します。下劣に聞きなさい。オサムをともなってこのここのおまえ二人に同行、このここのおまえ二人と総計四名でこのここのおまえ二人の雇い主のところに行って生きなさい。調和を取り戻しなさい。この場所とお城の焼きは私と縄次でおこないますので。丸焼きですので」

「わかった」

「それからもしシトゲちゃんが逃亡を試みた場合はオサムにそう言っておへどにして貰ってください。そこに提灯《ちょうちん》がある。持って行きなさい」

「わかった」

ろんが返事をした瞬間、掛はとりあえず屁高村に戻り、後のことはそれから考えよう、と腹を決めた。

誰もいなくなった天幕を横切って河原に出ると腹ふりはなお続いていて、櫓《やぐら》のうえで打ち鳴らされる太鼓はいや増して急であった。掛はあちこちで焚かれるかがり火に照らされて人々が腹をふる光景はまるで夢のなかの光景のようだ、と思った。

まっ黒な川筋に明かりが煌《きら》めいていた。川に入っていって腹を振るものもあったし、傍らの原画橋から腹を振りながら川に飛び込む者もあった。

川は一尺程度の深さしかなく、また川床は大小の石でごつごつしていたので飛び込んだ者は首を折って死んだ。

掛、ろん、魂次、オサムの四人は腹ふり騒動のうちつづく城下を脱し、屁高村目指して歩んだ。

城下から屁高村にいたる竹田街道は山裾《やますそ》を迂回《うかい》して曲がりくねっている。

一行は竹林のなかを歩いていた。左は山で右は竹林の向こうが崖《がけ》になっていて川の流れる音が聞こえていた。

最初に、あ。と声をあげたのは提灯を持って先頭を歩いていたオサムである。

オサムが提灯をかざして照らしたその先に、武士が一人、白刃を持ったまま倒れており、また、腹ふりの輩と思しき四肢を切断された死骸があったからである。左手に檜皮葺《ひわだぶき》の門があって奥に露地が続いていた。掛が言った。

「武士が倒れている。余の者はおそらく腹ふり党であろう。魂次、ちょっと行ってみてこい」

「ええっ？　俺ですかあ？」

「うん。ちょっと見てきてくれ」

「っていうか、おかしいんじゃないかなあ」

「なにがおかしいのよ」

「っていうかさあ、前から気になってたんだけどあんた俺にさあ、まるで部下に言うみたいに言うじゃん？　でも俺、別にあんたの部下じゃないんだよね。っていうか、俺は内藤様に雇われてるだけなんだよね。あんたも内藤様に雇われてるんだろ。ってことはさあ、俺とあんたは同格だぜ。それをさあ、なんであんたってそうやっていちいち上からもの言うのかなあ。それがぜんぜんわかんないんだよね」

ときおりろんの顔をちらちら見ながら一気に言い、言い終わって興奮のあまり、はあはあ言っている魂次を見て掛は心の底から鬱陶しいと思った。

なんでこんな面倒くさいときにそんな面倒くさいことを言いだすのか、その真意がさっぱり分からなかった。

別に自分だってつきあいたくてつきあっているのではない、と掛は思った。行きがかり上仕方なくつき合っているのだ。それをいちいちこんな柳眉《りゅうび》を逆立ててうだうだ言われるのではやりきれない。しかし、ここで真正面からこいつに取りあったらますます面倒くさいことになるのは間違いなく、そうなると現在のこの面倒くさい状況がますます面倒くさくなるから、とりあえずここは一番、自分が折れることにしよう。

そう判断した掛は、「じゃ、オサム君、ちょっと一緒に来て照らしてくれるかなあ」と言い、倒れている男に近づいていった。

「まったくもってめんどくさい奴だよなあ。なんなんだよ、あいつ。それにつけても、こんなところにまで腹ふり党が横行しているとは由由しき事態だ。でもこいつそうとうできるね。襲われながらこんだけ相手の手足を切ってるんだもんな。むっ、まだ息があるな」

半ば独り言のように言いながら、鎌を握り締めたまま切断され道に落ちている腕を跨《また》いでのぞき込んだ掛は、「あっ」と声をあげた。

道に倒れていたのは誰あろう、掛の幼なじみにして超人的剣客、剣術指南役にして暗殺者の真鍋五千郎であったのである。

「大丈夫か。しっかりしろ」

声をあげて屈《かが》み込んだ掛をやや離れていたところからみていたろんと魂次は、倒れているのが掛の知り人らしいのを察知して駆けよってきた。

「知りあいなの?」

「うん。よく知ってる奴なんだ。真鍋五千郎っていってね、実は茶山さんとも知りあいなんだよ」

と言うのを聞いて魂次が、「そうなんですかあ?」といかにも不審であるという声をあげた。

掛は、またこいつが難癖をつけてくるのか、と思ってうんざりしたがいちいち説明するのが面倒くさいので、「そうなんだよね」と言葉を濁した。

「ふーん。そうなんですか」と魂次は言った。

「僕はこの人とあなたが城下の一膳飯屋で密談しているのをみたことがあります」

「さすが密偵だな。じゃあ、もういちいち説明しなくても知ってるよね」

「もちろんですとも!」

と答えて魂次は腸《はらわた》が煮えくり返るようであった。魂次は掛と真鍋が密談しているのを目撃、その関係をまったく知らないことに密偵としてのプライドを傷つけられていたし、茶山半郎が自分は子供のころ近所に住んでいた差オムである、と告白した際は庭で笑い転げていたし、その後はろんと話し込んでいて、その界隈の事情を知らなかった。そのことが魂次をさらなる焦燥へと追いやるのであった。

魂次は、きいいいっ、となっていた。できれば、きいいいっ、と叫びたかったがろんがいるのでそれもできない。魂次はますます追いこまれていった。

真鍋が自宅で襲われたのは半刻ほど前のことであった。

偏屈者の真鍋は城下が大変な騒動になっているのも知らず自宅で酒を飲み、三味線を弾きながら歌を歌っていた。真鍋にはそんな奇癖があったのである。

ちょうどそのとき間の悪いことに六人の腹ふりの若い者が通り掛かった。

竹田街道のこのあたりには他に人家もなく静かである。そこへさして真鍋が大声で歌うものだから、怒声のごとき歌声は街道まで響いていた。腹ふりの者どもはこれを聞いて喜び、門を破壊、戸口も破壊しつつ真鍋方に暴れ込んで腹を振った。

狷介不羈《けんかいふき》。孤独を尊び他の交わるのを好まぬ真鍋方にかかるだだけ者が暴れこんできた。しかも酒を飲んで上機嫌にしているときにである。

真鍋がこれを許すわけはなく、「おのれ、狼藉者《ろうぜきもの》」と叫んで真鍋は刀を摑んで立ち上がった。

真鍋は超人的剣客である。普段であれば六人やそこら斬るのは造作のないことであった。ところが真鍋は三味線を弾きながら歌を歌いだすと前後不覚になるまで泥酔するのが常でこの夜も真っ直ぐ立っていられないほどに酔っていた。

それでも剣を持つとしゃんとするのであろうか、ぐらぐらしつつも真鍋は一人を斬った。しかしあいてはどんぎまりの腹ふりの徒である。斬られて怯えるようなことはなく、そこいらにあった木材で真鍋の頭をぐわんと殴った。

さすがに武道の心得でまともに受けることはなかったが酔っているので肩を殴られた真鍋が膝をついた隙に腹ふりの者どもは、もう用無し、と思ったのか、へらへら笑いながらものを投げつけるなどしてあたりを破壊しながら真鍋方を出て街道に戻った。

怒り狂った真鍋はふらつく足でこれを追い、街道に追いついて、すばん。すばばん。たちどころに四人の四肢を切り落としたのはさすがである。ところがぬかったのはあと一人いたのを忘れていたことで四人目を斬って、ふう、と息をついたところでいちどきに酔いを発し、思わず大地に座りこんだところへ、その一人が大石をふりかざして忍び寄り、ごん、これを真鍋の頭に振りおろしたのである。

真鍋は頭蓋を砕かれて昏倒したが倒れざま、さっ、と剣を払って石で殴った男を胴切りにした。

瞬間的な反応であった。脳を砕かれながらもそんな芸当ができるというのはさすがに剣の奥義をきわめた男は違う。

右のようにして真鍋五千郎は遭難した。まったくの災難であった。

「とにかく、ここではどうしようもない。屁高村に運ぼう。魂次、そこの家から戸板を持ってきてくれ、というとまた部下に言うみたいだというんだよな。魂次君、悪いんだけどそこの家から戸板を外して持ってきて貰えませんか」

「魂次さんじゃなくて魂次君、ですか？　はーん。いいですよ。もってきましょう」

そういって門のなかに入っていった魂次の後ろ姿を見ながら掛は溜め息をついた。

「じゃあこの戸板は誰が運べばいいんだ。魂次、運んでくれ、っていうとまた文句だろ？　じゃ俺とオサムで持つのか？　ああ、うぜぇ」と愚痴じみている掛にろんが言った。

「掛さん、ほら」

「なんです」

「ほら、西の空が真っ赤」とろんが指差す先、西の空が夜であるのにもかかわらず真っ赤であった。茶山が城に火をかけたのである。掛は、

「あ、ほんとだ。真っ赤だ」と言ってしばらくの間、呆然と空を見ていた。

長岡主馬は猿回しの舞台裏で芝居の道具類を用意しながら、首を傾げていた。

猿劇団のレパートリイは曾我兄弟か勧進帳と決まっていて衣裳や道具、といっても猿が着たり使ったりするのだからきわめてシンプルなものであるが、なにも打ち合わせしなく

てもすぐに用意できる。役者も、曾我兄弟なら、ルル、タロー、とる恵、勧進帳ならへデモ、変太郎、椎が演じると決まっていて格別のことはなにもなかった。

ところが大浦主膳は主馬に、「今日は『白鷺の歌』を上演するから」と言ったのである。『白鷺の歌』というのは大浦が創作した一幕物で、主馬はかつてその台本を見せて貰ったことがある。

物語は一羽の老いた白鷺が複数の若い乱暴な白鷺にどつき回されているところから始まる。そこへ一人の人間（実は弘法大師）が通り掛かる。人間は老いた白鷺がどつき回されているのを哀れんで、「年老いた者をそのようにどつき回すのはよくないからやめなさい」と諭す。

ところが若い白鷺たちは、口々に、「悪いのはこの老人だ」という話を聴くと、若い白鷺が怒るのは無理からぬところで、この老人は若い白鷺たちが共同で経営している居酒屋で焼酎三杯、ウイキョウ豆一皿、串焼鍋三串を飲食したうえ金を払わず店を出ていこうとするので問い質したところ、銭を持っていない、と開き直ったらしい。

話を聴いた人間（実は弘法大師）は、「それはそれでもっともなことだが、この老いた白鷺にも事情があるかも知れないからそれを聴いてみよう」と言い、老いた白鷺に話すように言うと、老いた白鷺は自らの不幸せな生涯について語る。老いた白鷺は、かつては家老であった。善政を敷き、みなに尊敬されていた。ところがナイトという心の拗けた腹黒い同僚の讒言《ざんげん》で、老いた白鷺はお城を追われた。そして各地を放浪するうち目も見えなくなり、空も飛べなくなって、餌やなんか拾うこともできないので、つい出来心で無銭飲食をしてしまったのである。

老人の長い愁嘆な話を聴き終わって人間（実は弘法大師）は内心、うんざりしたが立場上、放っておくことができず、「可哀相だから許してやれ」と言ったが、若い白鷺は、「俺的には納得いきませんね」といって昂然としている。それをみて、人間（実は弘法大師）は腹を立て、「そんな慈悲の心のない奴は俺はゆるせない。俺は本当は弘法大師だ。こうしてくれる」と言って若い白鷺たちをドジョウにしてしまった。弘法大師は老いた白鷺に言った。「君は腹が減っているのだろう。さあ、このドジョウを食べなさい」

白鷺は答えた。「いまはドジョウですが、これはかつては白鷺だったのでしょう。そう思うと哀れでとても食べられません。私はけっこうでございます」これを聴いた弘法大師はひどく感激し、「偉い。あんたはエライ。褒美にあなたを猿にしてあげましょう」と言って老いた白鷺を猿にし、またドジョウにした若い連中も元の白鷺の姿に戻してあげた。

猿になった白鷺、白鷺に戻った白鷺は涙を流して悦び、何度も何度も礼を言うと、今後は慈悲の心を忘れず、困った猿や白鷺がいたら助けよう！　と誓いあい、輪になって歌い踊った。弘法大師は微笑んでその姿を見守っていたが、いつの間にか姿を消していた。歓喜の歌声は果てることなく空に響いた。

一読して主馬はとうてい上演できるような内容ではないと思った。もっとも大きな問題は内容よりも先にこれが創作であるという点であった。そもそも猿芝居というのはパロディーで、猿は人間と同じように芝居ができないが、その猿が真面目な顔でできない芝居をしているところこそがおもしろいのであって観客は猿芝居と原典との間に生ずる距離をみて笑うのである。

そのためには当然、原典の筋を観客全員が知っている必要があるが、この場合、台本は大浦の創作で観客は誰ひとり筋を知らない。

それを防止するために弘法大師を登場させ、弘法大師の奇跡という誰でも知っている話を下敷きにしてあるのだが、話の重心はそこになく、老いた白鷺の愁嘆にあり、台詞もト書きもその部分がもっとも長大なので観客は知っている筋とは思えないのである。

さらには猿が白鷺を演じるというのも問題で、猿が弘法大師であるという設定はまだパロディーとして成立するかも知れないが、観客から見れば猿はどうみても猿であり、それが白鷺に扮するというのはどう考えても無理があるし、その猿が扮する白鷺がいったん泥鰌になり、もう一度、白鷺になる。或いは、猿が扮する白鷺が猿になる、などというのはどのように演出してもまず絶対に訳が分からなくなるに違いないし、いくら主馬が天才的猿回しであるといってもそんな複雑な芸を仕込むのは無理である。というかこの台本は経験を積んだ人間の役者でさえ演じるとなると難しい。

そう思った主馬は、「うははあ」と薄く笑って誤魔化し、大浦もそれ以上なにも言わなかったので、主馬はこの脚本は没になったものだとばかり思い込んでいた。ところが直仁公が御上覧あそばすという今日の今日になって、『白鷺の歌』を上演しようと言う。主馬は、そこいらがやはり家老だ、と思った。

いくら、「俺はいち猿回しになった。シュンちゃんとでも呼んでくれ」かなんか言ってもやはり意識は御家老様で、自分が一言ぽつりと意向を洩らせば後は周囲がその意向を汲んでおぜん立てをしてくれると思っているのだ。けっ。いつまでもお偉いものだよ。と主馬は苦々しく思った。

そして大浦は主馬にさらなる難題をふっかけた。

主膳は主馬に、弘法大師役として大臼延珍《でうすのぶうず》を起用せよ、と言ってきたのである。

大臼延珍。怖ろしい猿であった。

猿回しとしては天才である主馬もこの猿だけはお手上げだった。

大臼延珍はあろうことか人語を解したのである。

大臼はさるまわ奉行所が発足してしばらくして山から降りてきて勝手に居着いた猿であった。臼のように大きいので大臼と名づけられた。年齢がいっているので芸を仕込むのは無理だろうと考えた主馬は大臼に関しては特に芸を教えることもせず好きにさせていたが、ある日、桟敷席の掃除をしていた主馬がふと視線を感じて振り返ると後ろに大臼が立っていた。

なにかものいいたげな顔をしているので笑いかけ、「どうしたんだ、大臼。なにか俺にいいたいことでもあるのか？」と冗談めかしていうと、大臼は、「いやあ」とでも言いたげに首をふり、手をあげてきびすを返して猿小屋の方へ歩いていった。

主馬はぞっとした。その仕草たるやまるで人間であったからである。

主馬は気のせいだろうと思おうとした。しかし、そんなことが立て続けに起こって、気のせいとも偶然とも思えなくなった。

しばらくの間、主馬はひとりで思い悩んでいたがその間にも大臼は、意味ありげな視線を主馬に投げかけてきたり、親指を突き上げてにやにや笑ったりする。ついに耐えきれなくなって上司の大浦に相談、初めのうちこそ、「その方の気のせいであろう」と言っていた大浦も、大臼の様子を実地に見分、そのどうみても人語を解しているとしか思えぬ様子に驚き呆れ、この件に真摯にとり組む必要があると判断して言った。

「本人に聴いてみよう」

「と申しますと」

「本人に、おまえ人間の言葉が分かるのか、と聞いてみるのが一番よいだろう」

「はあ、でもしかし……」

「しかしなんだよ」

「正直に答えるでしょうか」

「それは聞いてみないと分からないよ。とにかく大臼をここに呼んでこい」

まず当事者を呼んで事情を聴取するというのは長い間、家老職を勤めていた大浦のさすがの見識である。

しかし大浦とて気色悪いのには違いがなかった。

大臼に対する事情聴取は猿回しの客席でおこなわれたが、主馬と一緒にやってきた大臼の態度は猿特有のちょかちょかしたところが全くなく、「なに、おれになんか聞きたいことあるんだって?」とでも言っているような悠揚迫らぬ態度であった。

大浦と大臼は向かいあって座ったが、大浦はその座った姿を見てまた気色悪いと思った。大臼は桟敷に腰をかけて膝を組み、両手を膝の上に置いてやや反り身になって、まるでやり手のプロデューサーのようであったからである。

大浦は猿の足の、短くて中途が膨らんで先の細くなったところが哀しくて好きだった。愛しかった。しかし、大臼の足にそのような気配はちっともなかった。

大浦は混乱した。人に話すように話してよいのか、猿に話すように話してよいのか一瞬わからなくなったのである。大浦は態度を決められないまま質問を始めた。

「いいか大臼。今日は君に聞きたいことがあるんだよ。まあそんな難しいことを聞きたいんじゃなくてね、いいか大臼、おいっ、大臼。いいね、じゃあ私がいまから質問を言うから、はいだったら右の手をあげろ、いいか? 大臼、わかるか? はいだったら右手、いいえだったら、左手をあげるんだぞ。いいですか」

と言って大浦は大臼の様子をうかがった。

大浦の話を、うんうん。うんうん。と頷きながら聞いていた大臼は右の手も左の手もあげず、「それで?」とでも言っているような目でやや前のめりになって大浦の目を見ている。

大浦はゆっくりと云った。

「君は人間の言葉が分かるのか?」

大臼はなにも答えず、手もあげず、人指し指を耳の穴に突っ込んで耳を掻《か》いた。

大浦はもう一度尋ねた。

「大臼、おまえは人間の言葉がわかるのか。わかるんだったら手をあげろ」

大臼は手をあげなかった。しかしあげたも同然であった。大臼は、

「っていうか面倒くさいから、俺、喋ってもいいかなあ?」と言ったのである。

主馬がぽつりと言った。

「私は気が狂いそうです」

大浦もあまりのことに恐怖を感じ、狂いそうであったが、しかし好奇心が恐怖に勝って質問を続けた。

「なんでその方は喋れるのだ」という質問に対して大臼は、

「じゃああなたはなんで喋れるの?」と聞き返した。一事が万事この調子で、大臼はもっとも根本の疑問である、猿である大臼がなぜ人語を解するのか、という疑問には答えなかった。

しかし大臼は自分の身のうえについて少しばかり話をした。

「あなた方は僕を大臼と呼ぶが僕は延珍という名前だ。でも大臼という名前も気に入ってますよ」

「栃の実や椎の実を呉れるけどあんまり好きじゃないね。猿は本当は白米が好きなんだ」

「自分が猿なのは分かってるよ。いまは時節を待ってるって感じかな。ここは気に入ってる。治療院のような気もするし、無何有郷って感じもするしね」云々。


あたりまえのように人語を話す大臼に大浦も長岡も戦慄したが、明け暮れ大臼と顔を合わし、挨拶をしたり雑談をしたりしているうちにさるまわ奉行所では大臼が喋ることはあたりまえのこととなり、また大浦などはさるまわしの稽古をするにあたって人間には窺い知れない猿の心理、例えば猿は四角い台なら問題ないが三角の台に乗るのには甚だしい恐怖を覚えるとか、蒟蒻《こんにゃく》や寒天などぶるぶるしたものに嫌悪感をもっているなど、いろいろ教えられ、また猿と人間の間に立って双方の言い分を聞いて伝えるといった猿と人間の橋渡し役としても活躍、いまやさるまわ奉行所にはなくてはならない存在となっていたのである。


しかし、大臼が猿回しの舞台に立つことはけっしてなかった。

理由はいくつかあったが、ひとつには、大臼が舞台に立ち人間の言葉を喋るのは観客にとって刺激が強すぎるという問題点があった。

うすうす言葉が分かるのではないか、と疑っていた大浦たちでさえ、大臼が喋るのを聞いたときは、気が狂いそうになった。それを善良な百姓・町人が聞いたらどうなるだろうか。発狂者が続出するに違いない。

或《あ》いは気が狂わないまでも怒り出すのは間違いなかった。なぜなら大衆は理解できないできごとに遭遇した場合、無批判にこれを信仰するか激怒するかどちらかの反応しか示さないからである。怒り狂った群集は暴徒と化すか、或いは切支丹伴天連《バテレン》のわざをおこなっていると当局に通報するかするに違いなく、そんなことは大浦も長岡も望んでいなかった。

しかし最大の理由は大臼自身にあった。大臼の物腰から喋り方から周囲に発散する雰囲気にいたるまでちっとも舞台の芸人らしくなく、大臼が舞台に出て芸をやるのは、ジェイムス・ブラウンが清元を歌うくらいにありえないことに思えたからで、大臼には、「ちょっと舞台に出てみませんか」と言えないような、みえない威厳のバリアのようなものがあった。といって大臼がことさら尊大にしているということもなかったのだけれども。

そんな大臼を『白鷺の歌』みたいな芝居に起用すると大浦は言いだしたのであり、舞台の道具や衣裳を用意しながら主馬が、

「まったく奉行でなかったら、なにを考えてるんだ、といって張扇で頭を擲《なぐ》りたいところだ」と声に出して言ったところへ、がらがらがら、と戸を開けて当の大浦が入ってきたので主馬は慌てて、

「あっ、あっ、あっ、おぶ、おぶ」と無茶苦茶になった。

「なにを慌てておるのだ」

「いえ、あの、このお、白鷺の衣裳がですね、どうも脚本のイメージにあうのがなくてですね、それで慌てておったのですが……」

「ああ。それはもういいよ。中止になったんですか。中止になったから」

「それがちっともよくないいんだよ」

と言われて主馬は飛び上がった。

「こ、これは相済みませぬ。お奉行のお書きになった狂言がなくなってよかったただなんて」

「いや、そうじゃないいんだよ」

実はこうこうこうこうこういう訳だ。と腹ふり党騒動のあらましを大浦が伝えると主馬は、「左様でござったか」と急に気楽になった。

自分が禄を食《は》んでいる藩が危急存亡の秋《とき》をむかえているのであるから本当はそちらの方がよほど心配であるはずなのに、いま目の前にある『白鷺の歌』の心配がなくなって気楽になっている主馬は、猿回しになったとはいえ典型的の小役人、サラリーマンであった。

「みな向こうに集まっているからその方も来い」大浦に言われて主馬は、

「ここを片づけたら参ります」と言ってへらっと笑った。

お小屋では非公式な軍議がおこなわれていた。

主戦論を唱える者が多かった。

「なにが腹ふり党か。何人いるか知らんが所詮《しょせん》は百姓・町人。吾輩が蹴散らしてくれる」と言って頬を膨らませ目を細めて首を左右にぐんぐん振る者。

「土手うえに鉄砲隊を並べてね、一斉に射撃すればみんな泣いて逃げていきますよ。うはははははははは、げほげほげほ。ぐわっ」と馬鹿笑いした揚げ句、噎《む》せる者。

「ふっ。主謀者は茶山半郎とか申すものか。猪口才《ちょこざい》な。おれが一刀のもとに斬り捨ててくれる」と柄頭《つかがしら》を叩いて豪傑然としてあたりを睨《ね》め回す者。

みな勇ましいことこのうえなかった。

それへさして、どんどんどんどんどん、表の方を叩く者があったので戸口の近くにいた者が、「誰かっ」と誰何《すいか》すると、「俺だ。掛十之進だ」と怒鳴る。がらがらがらっ、と戸を開けると、戸板を持った魂次とオサム、その後にろんが立っている。十之進は、「怪我人だ。布団を敷いてくれ」と怒鳴った。驚いた侍が、戸板のうえの怪我人を見ると真鍋五千郎である。しかし、屁高村に医者はおらずまた城下に医者を呼びにやるわけにもいかない、焼酎と卵とあり合わせの布で応急処置をした。

真鍋が手当てを受けるのを横目で見つつ掛は戸を開けた侍に、「内藤様にお目通り願いたい」と言って内藤を呼ばった。

内藤は屏風《びょうぶ》の向こうで直仁公に今後の方針を説明している最中であった。

「殿。どうやら、掛十之進が戻ったようです」

「であるか」

「は。おそらく経過報告があるものと思われます。ちょっと行ってきていいですか」

「いや別に行かずともここで報告を聞けばよいではないか」

「しかし身分卑しきものですから殿と直話いたすには少し憚《はばか》りが……」

「いいよ。別に」

「しかしそれではあまりにも……」と内藤が抵抗したのはとりあえず自分が話を聞き、都合のよいことは直仁に伝え、都合の悪いことは伝えないで置こうと思ったからである。しかし直仁は一度、言いだしたら聞かない。内藤が二度、抗弁した時点で早くも怒気を発し、

「余がいいっていいってんだからいいじゃん。それにいまは戦争中だ。繁文縟礼《はんぶんじょくれい》をとやこういっておる場合ではない。疾《と》く、その者をこれへ呼べ。っていうか、その者の報告を聞いた後で結局、会議を開くわけでしょ。じゃあもう時間がもったいないからいまから全体会議を開こう。その会議の席上で報告を聞いてそしてみんなでオープンな議論をすればよいではないか。そういたせ」命令一下、鶴の一声。

公式な軍議が行われることになった。

正面に直仁が座り、その前に群臣が控えた。大浦主膳、長岡主馬も控えている。ろんとオサムと魂次は猿の小屋にさがった。

「では掛とやら。現状についての報告をいたせ」と議長の内藤が声をかけた。

声をかけながら内藤は、このような形で会議を開けと言った直仁は筋が通っているし正しい。しかし筋が通って正しいことがときとしてもっとも厄介で事態の混乱を招くのだ、と思っていた。

掛は掛で混乱していた。いったいどのような報告をしたらよいのか。事態を収拾してくると言って出掛けたのにもかかわらずなにも収拾できなかったというか、はっきり言っていまはまだ誰も知らないが、お城が炎上したと知れたら自分はどうなるのか。専門家といったくせになにもできないとは偽り者めが。と言って殺される？　でもじゃあどうすればよいのだ。嘘を言うのか。しかし嘘はいずれ発覚する。掛は瞬間的にさまざまのことを考えたが、結局、腹と度胸を決めてすべてをありのままに話すことにした。なぜそう腹を決めたかというと直仁の性格をみこしてのことである。

まず直仁は絶対に正論しか認めない。逆に言うとそれが正論でさえあれば結果がどうであろうと受け入れるということである。掛はこの一点で突破できるのではないかと考えていた。これはフリーランスの牢人として生きてきた掛の直感であった。

掛は目撃した事実をありのままに話した。

戸板に乗せて運び込んだ重傷者は剣術指南役・真鍋五千郎であること。城下が腹ふり党で祭礼の日のようにごった返していること。城下が破壊されつつあること。放火、強盗、強姦、殺人といった狼藉《ろうぜき》に及ぶ者の多いこと。河原に参集して腹を振り狂っていること。多くの者が痴呆化していること。茶山半郎が内応を拒絶、城に火をかけると言ったこと。

そして実際に火をかけいま現在炎上中であることなどなど、主観を交えず人によく分かるように話した。

案の定、直仁は激怒した。

「ただちに城下に向かい悪徒を征伐する。城は一国の鎮めである。その城を焼くとはなにごとか。絶対に許さぬ。つかまえて牛裂き車裂きにして死骸《しがい》を野壺《のつぼ》に叩き込んで、ばーか、と言ってやる。馬ひけ」

言うなり直仁は立ち上がった。内藤は、裾にすがっていった。

「殿、とりあえずお坐りください」

「城を焼かれてじっとしていられるか。放せ、内藤」

「しかし、殿。これは戦ですよ。戦である以上、綿密な作戦を立てたうえでことに臨まないと敗北します。怒りにまかせて闇雲に突撃するのは勇に似て真の勇ではありません。真の勇者であればここはいったん堪え、充分な準備を調え、しこうして後、満を持して敵を殲滅《せんめつ》するべきです」

蓋《けだ》し正論であった。正論には直仁は逆らえない。

「ううむ。やむをえぬ。むかつくがこらえよう」そう言って直仁は座った。

ほっとした内藤が一同に向かって、「それでは意見がある人は発言してください。これはオープンな議論なのでおもうたけ存念を申してください」と言うと、「はい」と手をあげた者があった。武藤という侍であった。

「どうぞ」

「御家老の御意見に全面的に賛成です。いまは自重が肝要かと思われます」

「はい」

「どうぞ」

「私もそう思います。はっきりいって敵は二千、我らは百にも満たない。しかも我々は武装すらしていない。弓、鉄砲といった武器は全部お城にあったわけで、でもそのお城がもう燃えてるわけでしょ。槍《やり》や具足は自宅にあるけど、その自宅も破壊せられているわけでしょ。まあ家族はいま掛君が竹田街道を西に逃げて、国境の出城にいるっていってたけど。そうだよね、掛君」と問われた掛は責任を追及されまいとして、「ええ。ほとんどの方は無事だった模様です」とここは嘘を言った。

「という訳で、武器もない。それがしはここは自重して様子を見た方がよいとおもいます」「それがしも自重」「それがしも」「拙者も」

先ほど勇ましい主戦論を唱えていた連中が一斉に慎重論を唱え始めた。掛の報告を聞くまでもなく、達人、真鍋五千郎が腹ふり党に襲われ、半死半生になっているのをみて急に怖ろしくなったのである。

戦になれば命を捨てて戦うという約束で禄を食んできた侍がなんとも情けない体たらくである。

なかにはそれが後ろめたいのか、こんな発言をするものもあった。

「はい、御家老」

「どうぞ」

「でも結局なんでこんなことになったんでしょう？　それは僕はやっぱり直接、腹ふり党対策の担当者だった内藤さんの責任って大きいと思うんですね。結局、この事態の責任はすべて内藤さんにあるわけで、ひとつ内藤さんにおうかがいしたいのですが切腹とかそういう考えはないんですか」

「な、なにをいう。いまは責任がどうとか言ってるときじゃなく敵とどう戦うかを議論すべきだろう。ねぇ、殿」と内藤が直仁に言うと、直仁は、

「それは余も不思議であった。その方は事態は終息に向かうとはっきり申しておった。それが終息しなかったというのはどういうわけだ。するといったものがしなかったというのはおかしいわけで、それがなぜなのかは余も知りたい」と言い、内藤は度を失って、

「そ、それは、私はこれなる掛十之進君が専門家てことで信頼して任しておったので、詳しいことは掛君が……」と掛に責任をなすりつけようとした。

　しかし掛はずいぶん前から腹を決めている。掛ははきはき言った。

「ええ。私は専門家です。内藤帯刀氏より依頼を受け、今日まで腹ふり党の対策に当たってきました。しかしそれは失敗しました。私は腹ふり党党首の茶山半郎と会談、騒動を終息させるように言ったのですが、茶山はこれを拒絶しました。なぜそうなったかというと私の能力が低かったからです」

「駄目じゃないか」

「駄目です」

と掛はきっぱり言い、直仁は、「なるほど。発注業者の選定に誤りがあったからこうなったのだな」と納得したが、家中ではそんな駄目な奴に仕事を発注したのは誰だ、と議論が紛糾、旧大浦派の連中が騒ぎだした。

「殿。内藤さんは切腹するべきじゃないでしょうか」

「切腹を命じてください」

言い募る家臣にしかし直仁は怒鳴った。

「うるさい。なにを騒いでおるのだ。いま一瞬、なぜこうなったのかという問題で責任論になったが、なんだその方ら、自重、自重と、慎重論ばかり唱えて、じゃあいつまで自重しておればよいのだ。ここで自重しておれば空から武器が降ってくるのか。なにをいっとるんだ、その方らは。もう少しポジティヴなプランはないのか」

と言われても一同、なにも思い浮かばない、ただ下を向いているばかりで、議場がしーんとなったそのとき、戸口の方から、

「しばらく」と太い声がした。

直仁以外の者が一斉に振り返った。

猿が座っていた。

大臼延珍である。

直仁が大臼から目を逸《そ》らさずに言った。

「大浦」

「は」

「これはどういうことだ。説明をいたせ」

「おそれいってござる。まことに見苦しきものをご覧に入れ申した。これ大臼。殿の御前である。無礼であろう。さがれ。さがっておれ。さがらぬか、こら」

と大浦は大臼に下がるように言ったが大臼は不敵にもにやにや笑って下がらない。大浦と主馬は狼狽《うろた》えて立ち上がり、大臼を左右から摑んで引き立てようとしたが、大臼はいやんいやんをするように全身の力を抜いて左右に揺れるぐにゃぐにゃ作戦でこれに抵抗、身体中に毛も生えていてやりにくいこと夥《おびただ》しく、大浦と主馬がてこずっているのをみて直仁が、

「よいよい。余は見苦しいと申しておるのではない。余はなぜ猿が喋っておるのだ、と問うておるのだ」と落ち着いていったというのはさすが大名でものに動じない。この時点で家中の者はほとんどが腰を抜かしており、なかには小便をちびっておる者も数名あった。

直仁に言われて大浦は大臼から手を離し、「申しわけござりませぬ」と言って平伏した。

「別に謝らずともよい。余の質問に答えよ。なぜ猿が喋っておるのだ」

「は。それが理由が分からぬのでございます」

「わからぬで済むと思うか。猿が喋っておるのだぞ」

「は。そう思いましてそれがしもいろいろ調べたのでございまするがとんと……」

「それでもさるまわ奉行か。もうよい。では余が直々に取り調べる。その者をこれへ」

「いやそれではあまりにも」

「よい」

「あ、そうですか。じゃあ、大臼。殿がああ仰《おつしや》ってる。御前に罷《まか》り出ろ」

「はいはい」

と言って大臼は直仁の前まで出ると平伏をした。

「顔が見えぬ。面をあげい」と直仁が言うと大臼は、「は」と言って顔を上げた。

「なるほど。完全に猿だな。その方、名はあるのか。かまわぬ。直接、申せ」

「大臼延珍といいます」

「生まれは」

「出輪《でわ》の山中です」

「で、なんでなんだ。なんで喋るんだ」

「いや、それは僕にも分からない。基本的にはどの猿もある程度は人間の言ってることは分かる。ただその場合、そこに言葉はありません。自分と世界があるだけだ。ところがあるとき僕は僕の頭のなかに言葉が満ちているのに気がついた。自分と世界以外に言葉というものがあって、それまで生きていた世界以外に言葉によってできたもうひとつの世界があることに気がついたのです。しかもそのふたつの世界はなにかによって串刺しになっている。その串は言葉を喋る人間が言葉を持ったことによって抱えこまざるを得なくなった思念であることにも気づいたよ。つまり言葉の世界は言葉によって派生したものによってもうひとつの世界と串刺しにされていると言うことだ。変な関係だよね。だから普通、人間はそのことに気がつかないんだが僕は言葉を持たない猿だったので気がついた。理由というのはその思念の串そのものかその思念から揮発した別の思念だと僕は思う。そういう意味では言葉を喋るようになった理由なんて蜃気楼《しんきろう》みたいなもので、説明してもぐるぐるするだけなんですよ」

「なるほど。理由を語ることに意味はないと申すか」

「御意」

「玄妙である。しかし余は猿が喋るということを放置しておけぬ」

「どうするの」

「理由なく猿が喋っては藩の秩序が維持できぬ」

「死刑にするのですか」

「そうだ」

「なるほど。けっこうですよ。でも僕が死んだら秩序はもっとおかしくなるけどね」そう言って大臼はふてぶてしく笑った。

直仁と大臼。すなわち藩主と猿が座敷で向かいあって対話する、という奇妙奇天烈《きてれつ》な光景を見て家臣どもはこそこそ私語を交わした。

「それにしても言葉の達者な猿でござるな」

「うん。気が狂いそうだ。大浦様も困った猿を」

「ほんと、ほんと。しかしどうでござる。ああうまく喋ってもやはり根が猿でござるな。タメ口だし、ほら、殿の御前で尻を掻いておる」

しかし直仁はあくまでも直球である。真顔で、

「申せ。どのようにおかしくなるのだ」と言った。

「そのことをさっき言おうと思ったんだよ」

「そういえば、しばらく、と申したな。なんじゃ」

「それは先ほどの軍議、すなわち腹ふり党征伐のことですよ」

「猿になにが分かる」

「猿だから分かることもあるんですよ」

「なるほど。では申してみよ」

「じゃあいうけど、さっきみんなが話していたのは兵力が足りないっていう話だよねぇ。それだったら僕の方でなんとかなるかも知れないんだよね」

「なに、その方、足軽でも召し抱えておるのか」と問う直仁に大臼は笑って言った。

「いや、さすがにそれはないですよ。いくら言葉が喋れるからと言って猿ですからねぇ、僕は。でも近いかな。つまりなんだったら僕の兵隊を使って貰ってもいいですよ、と言ってるのです」

「そ、それはどういうことじゃ」と横から堪えかねて内藤が口を出した。

「つまり猿ですよ。猿軍団ですよ」

「そんなものがどこにあるんだ?」と今度は大浦が聞いた。

「どこって、ここですよ」

「ここ?」と大臼も畳を指差した。

「そうここ」と大浦は畳を指差した。

「このさるまわ奉行所には約五十四の猿がいますが、そのすべてが高度な訓練を受けた兵士です。僕がひそかに調練しました。これを活用すれば腹ふり党に勝つ。でもさっきの話だと兵力がぜんぜん足りないわけで、つまり僕を殺せば腹ふり党を滅ぼすことができない。腹ふり党というのは間違いなく秩序を紊乱《びんらん》する存在で、それは猿が喋るよりもはるかに反秩序的です。僕を殺すということはそれを許すことになる」

「なるほど。話の筋は通っている。しかし猿に戦ができるのか?」と今度は直仁が問うた。

「平原での戦いは弱いかも知れませんが、山岳地帯でのゲリラ戦や市街戦では人間は敵じゃないよね。だって人間は地上しか進めないわけでしょ。ところが僕らは木の上、屋根の上を進めるわけで一瞬にして敵陣に肉迫することができるんですよ。これはどういうことかというと弓や鉄砲がまったく役に立たないということです。槍《やり》? 刀? ははは。顔面に飛びつかれて顔を掻きむしられて弓や鉄砲が役に立つと思いますか? それに猿の爪がどんなに鋭いか御存知ないようだ」

というと大臼は畳に爪を突き立てて、ぎぎぎ、と引っかいた。畳が裂けて根太《ねだ》がのぞいた。

「なるほど。してその方の配下の猿は何匹おるのじゃ」

「現時点でおよそ五十四」

「ううむ」と内藤が唸った。

「敵は二千。我らは人間が七十、猿が五十。とうてい勝負にならんのではないか」

「心配はご無用ですよ」と大臼が明るく言った。

「まず敵は烏合の衆で軍団としての統制がとれていない。まとまって動いているのは茶山の周辺を固めている二百程度でしょう。あとはそこに倒れている真鍋五千郎を襲ったような、四、五人の集団なので個別に撃破すればよろしい。それにいまは五十ですが僕が一声かければ日本中の猿が集まってきますよ」

「どういうこと？」

「国中の猿が僕の配下にあるということだ。伝令を飛ばせば山伝いにやってくるから一晩で軽く千は集まるでしょう」

「楽勝だ」と誰かが言った。

「しかし油断は禁物です。茶山という男はおそろしい男です。もの凄い重力、吸引力を持っています。腹ふり党の人数はこれからまだまだ増えるかも知れません。僕が国中の猿を集められるように彼は国中の馬鹿と気ちがいが集められるのかもしれません」

大臼が言うのを聞いて内藤は思わず、「猿と馬鹿の戦いだ」と呟いた。

掛十之進は、猿である大臼が喋るのをじっとみて、もしかしたら俺は気が狂っているのかな、と思っていた。

俺は気が狂っているのか。つまりこの大臼というのが猿ではなく、別に普通に人間の侍で、ただ俺にだけ猿に見えている。というとでもおかしいのは、直仁やその他の者が、猿の分際でとか、猿くさいとか言ってるという点で、俺以外の人間にもきゃつは猿に見えているはずである。ということはどういうことだ。別に彼奴《きゃつ》は人語なんか喋ってなくて、ただ、うきい、とか言ってるだけなのか。それだったら会話が成り立たないわけだし、ああやって軍議の中心にいるわけがない。ということはこれどういうこと？　そもそもここに猿なんか居なくて、軍議もやってなくて、すべてが俺の幻覚・妄想ということか。この隣の奴が恐怖のあまりちびった小便のなま温かい感触も含めて妄想だというのか。そこまで狂っていたら他人と意思疎通ができないはずだが、そんなことはなく俺は誰とでも話ができている。てか、それ自体が妄想で他人からみたら俺は涎《よだれ》を垂らして訳の分からないことをわめいているだけなのか。つまりここは俺の妄想のなかの世界に過ぎないってことか。ということはつまりこの世界が狂っているということで、となれば狂った世界で俺は正気だ。頭が痛い。

掛はそんなことを考えていたが大臼の猿兵を得て軍議は流れるように進行した。

さきほどまで慎重論を唱えていた連中も、戦争は猿がやってくれる、と高をくってまたぞろ過激な主戦論を唱え始めた。まったくもって適当な奴らである。

直仁軍と猿軍は夜明け前にさるまわ奉行所を進発、いったん城下の尊大寺に集結したうえ、夜明けとともに腹ふり党本拠地を攻撃、短時間のうちに茶山半郎を捕らえるか殺すかしてこれを撃破したうえで、後は小集団を個別に攻撃するという作戦を立て、その日は休むことになった。

大臼は、「じゃあ僕、今晩中にみんなと打ち合わせして、あと伝令も出しときますんで」と言って手を振り猿小屋に去った。

直仁の寝所が調えられ、みな休んだ。たいていの者が気負いこんでなかなか眠りにつけなかった。


その頃、魂次は畠のなかの真っ暗な道を疾駆していた。

胸が潰れそうな思いを振り払うように魂次は走った。

いやあああああっ。絶叫しながら走った。

なにがそんなにいやだったのか。

半刻ほど前、ちょうど大臼が直仁と対話していたときのことである。魂次は猿小屋で魂の焦げるような思いであった。これまでは腹ふり騒動の最中にあったり戸板で怪我人を搬送したりして物事が込んだ状況にあったのでなんとか気が紛れていたのであるが、落ち着いた状況で室内でろんと対座した魂次はおのれのろんに対する恋情がきわめて激しいものであるのを初めて知ったのである。

オサムは小屋の隅で猿と遊んでいた。

ろんは少しく笑みを含んでその様を眺めている。

着物の裾から白い脛がのぞいていた。まぶしくてろんの顔をまともに見ることのできない魂次はろんの足指と猿を交互に眺めていたが、突然、発作のようにろんに話しかけた。

「ろんさん」

「なに?」

と魂次の方を見たろんの顔があまりにも美しく、魂次は押しつぶされそうな気持になった。しかし一度話しかけた以上、もう引き返すことはできない、となぜか思いつめ、心ノ臓がぎゅんぎゅんになるのを感じながら一息に言った。

「ろんさん。私の嫁になってくれませんか」

ろんは即座に答えた。

「いやです」

「ぴいいいいいいっ」と魂次は一瞬、甲高い笛のような妙な音を出して白目をむいたがすぐに立ち直り、意外な冷静な口調で、

「わかりました。突然、妙なことを申しあげて相すみませんでした。僕はちょっと外に出て屁をこいてきます」と冗談だかなんだか分からないことを言うと、ゆっくりした動作で小屋から出て、出た途端、もの凄い勢いで駆けだしたのであった。

どこをどう走ったのか、いつの間にか魂次は竹田街道の真鍋五千郎方の近くまで来ていた。そこまで来て魂次は立ち止まった。

左右は竹林、せせらぎの音が聞こえ、さえざえとした月光が地面を照らしていた。地面に人間の手足が落ちていた。襲撃された際、真鍋五千郎が斬った賊の手足である。切断された手足が月光に照らされているのを魂次は立ち止まってじっと眺めていた。眺めるうちに魂次はふと、人間の手足というものは妙な形をしているものだな、と思った。その瞬間、魂次は勃然《ぼつぜん》と、生きよう、と思った。

俺は生きよう。そう思い、ふっ、と笑みを浮かべ、魂次は踵を返して歩きだした、そのときである。魂次は脇腹に、焼け火箸を突き刺したような痛みを感じ、驚いて振り返った瞬間、ざん。ぷしゅーん。という音を聞き、銀色の大きな斧のようなものを見てそれきりであった。

「いききききき」「うきゃきゃきゃきゃきゃ」笑い声、鉦《かね》太鼓の狂騒的なビートが聞こえ、いかにも思慮のなさそうな野卑であほ丸だしの若者どもが腹を振りだした。どいつも前歯がなかった。

真鍋五千郎を襲撃した連中の仲間であった。襲撃して殺された連中同様に偶然、真鍋家に侵入、さらに方々を破壊した彼らは街道に魂次が立っているのを発見、おへどにしてやろうと衆議一決し、真鍋家から持ちだした槍で魂次の脾腹《ひばら》を刺し、さらに刀で首を切断したのであった。

連中は、「いききききき」「おきょきょきょきょ」とふざけあいながら竹田街道を城下の方角に向かって去った。

地面に転がった魂次の首が月を睨《にら》んでいた。「なんで?」と問うているようであった。


明朝。直仁軍五十名と大臼配下の猿兵五十四は奉行所を進発した。

というといかにも勇ましいが槍も鉄砲もなく騎乗しているのは直仁ひとりであとの者は隠居が碁会所にでもいくような足どりでだらだら歩いているというのは、やはりそれなりの装備をしていないから気合が入らぬからであろう。

しかしながら全員が紫の頭巾を被っているというのは奇観で、なぜそんなものを被っているかというとこれは大臼がそう言って用意させたものである。

昨夜の軍議の席で大臼は、

「みなさん。明朝、進発する前にみなさんに紫の頭巾を配ります。みなさんは例外なくこれをかぶってください」と言った。

聞いて一同は妙な顔をした。猿に頭巾をかぶれとか命令されて気色が悪かったからである。不平屋で有名な遠藤という侍が不平面で言った。

「なぜ左様なものをかぶらなければならぬのか」

「猿軍団は私が下知すれば人間につかみかかりますが、その際、敵味方の見境がありません。そこで私はある色の頭巾を被った人間には襲いかかってはいけないということを徹底しました。逆に言うと紫の頭巾を被っていないと猿に襲いかかられて目玉をほじくられたり鼻を噛みちぎられたりするわけです」

「相判った。左様な訳なればいたしかたない」と不服屋の遠藤も不承不承納得、近所の百姓家に泊まることになったろんとも手伝い、村の女総出で紫の布を集め人数分の頭巾を縫ったのであった。

進発直前になってさるまわ奉行所に頭巾を運んできたろんに掛は言った。

「ろんさん。あなたとオサムのことは内通者と言ってある。あなたとオサムはこの屁高村に隠れていてください。戦争が終わったら僕が迎えに来ます」

ろんは掛の顔を見上げ黙ってうなずいた。

掛は内心で、うまくいったと思った。茶山説得のため黒和藩を出て以降、いざというときは掛を殺害する目的でずっと同行していたオサムとやっと離れることができてせいせいしたのである。

そして掛は戦争が終結したらこの屁高村に戻ってこようと考えている自分に気がついて驚いた。掛はどうやら自分に惚れているらしいろんに本気で惹かれはじめていたのである。

掛は、じゃあ行ってくるよ。とろんに行った。ろんは、「気をつけてね。ばいばい」と言うと猿芝居の客席の方へ去った。一度も振り返らなかった。

通路に立ちその後ろ姿を見ていた掛は一度くらい振り返ればよいのにと思った。

真鍋も直仁軍に参加した。

さしたる手当も受けなかったが一晩で真鍋は回復した。やはり超人的剣客ともなれば身体のできが違うのであろうか。しかし後遺症は残った。あれほど不遜《ふそん》で狷介《けんかい》、殺人マシーン、なんらの感情を動かすことなく人を斬る、と恐れられた真鍋五千郎がすっかり温和というか卑屈というか、人と喋るのでも俯《うつむ》いて小さな声で、「すんません、すんません」と謝りながら喋り、「あの、それは、あの」と口ごもり、みなまで言わぬうちに、「すんません。私が悪いのです」と言って涙ぐんだ。

みな真鍋が怖いので初めのうちはこれもなにかの策略で、後になって、「俺のどこが悪いんじゃあ」と言って斬りかかってくるのではないかと恐れたが、そんなこともないと分かった後は、「あの真鍋がねぇ」と歎息《たんそく》した。

それは性格上の後遺症であったが、身体的にも深刻な後遺症が残った。脳を激しくどつきまわされた際に神経がどうにかなったらしく、下半身が麻痺《まひ》していっさい動かなくなった。或《ある》いはこれも精神的な問題なのかも知れなかった。

そんな真鍋であったが、ぜひ部隊にくわえてくれ、と言った。内藤は、足手まといである、と言って参加を許さなかったが、大臼が、「いいじゃん。入れてやれよ」と言い、直仁も参加を許したので紫の頭巾を被って部隊に参加した。

といって歩けぬのでは困るが、ちょうど猿回しの舞台用の乳母車があったのでこれに乗り、屁高村まで来る途中、直仁の乗った駕籠《かご》を担いできた者がこれを押した。

駕籠に乗ってきた直仁であるが当然、駕籠に乗って戦はできない。幸いなことにさるまわ奉行所には一頭だけ駄馬がいた。直仁はこれにまたがって進発した。

姿の見えぬ江下レの魂次は戦を怖れて逃亡したものとみなされた。後の者は徒《かち》である。

払暁、まだ暗い道を直仁軍は城下、尊大寺を目指して進軍した。街道の両側、梢のうえで、ざっざっ、ざっざっ、とときおり音がするのは大臼率いる猿兵が木から木へ飛び移る音である。

大臼その人は、直仁軍に同行、隊列の真ん中あたりにいてよちよち歩いていた。

暗いような明るいような奇妙な天気であった。天気。天の機嫌。


払暁。天幕のなかで茶山は屁をこき、慌ててあたりを見渡した。教主である自分が屁などこいたら、その後、権威ある者のように振る舞えないと思ったからである。

傍らで縄次がどこからか盗んできた干し柿をにちゃにちゃ齧《かじ》っていた。茶山は縄次に問うた。「転失気とはなんのことか知っておるか」

縄次は「わかりません」と答えるとまた干し柿をにちゃにちゃ齧った。

茶山は不愉快な気分になった。いつまで干し柿をにちゃにちゃ齧っておるのだ。教主たる俺が下問をしているのだからもう少し、真剣に考えたらどうだろうと思った。それをばなにも考えずに即座に、「分かりません」と答えるのは精神の怠惰である、と思った。

茶山は、ろんがいれば少し違っただろうか、と思ってろんを屁高村にやったのを少し後悔した。

まったく、馬鹿ばかりだ。と茶山は抑鬱《よくうつ》的な気分で天幕のなかを見渡し、俺はいったいなにをやっておるのか。と、ふと第三者的な気分になって思った。

まったくなんでこんなことになったのか。わけがわからない。だいたいにおいて俺はなぜこんな騒動を引き起こしてしまったのか。馬鹿みたいな奴が四人連れだってやってきて馬鹿なことを言うのでちょっとからかってやろうと思っただけなのにこんな大騒動になってしまった。おそらく自分は殺されるだろう。なぜだか知らぬが国中の馬鹿と気ちがいがぞくぞく集まってきて、その様はまるで蟻が砂糖にたかるようだ。蛾が光に集まるようだ。人数だけはおっそろしく多い。まだ増えつづけている。奴らは死ぬということがどういうことか分かっていないほどあほだし、俺が放出したトキジクの木の実で脳が痺《しび》れていて、へらへら笑って鳶口《とびぐち》をこめかみに突き刺したり、自分の腹を断ち割ってつかみだした腸を首に巻きつけてふざけたり、と通常ちょっと考えられないようなことをするから小藩の侍が百人やそこらでかかってもとうてい太刀打ちできないだろう。だから当分の間は俺が殺されるという心配はないが、しかしこの騒動が長びけば自国への波及を恐れて周辺諸国、そして中央政府が派兵してくるのは当然でそうなれば何千、何万という精兵がどっと押し寄せてきて俺はあっという間に殺されるに決まっているのだ。そんなことはしかし初めから分かっていた話で、だったらなんで俺はこんなことを始めたのだ。牛逐藩で静かに暮らしていれば俺は安泰だった。それを望んだからこそ俺は乱倫才を売ったんだ。にもかかわらずこんなことをはじめてしまったのはなぜ。もしかして自分だけ助かったという後ろめたい気持が自分のなかにあったから？　そんなものははっきりいってまったくない。じゃあなぜ俺はこんなことを始めてしまったのか。というか、でもこんな大事になってしまったことも不思議でならない。俺は俺のなかにこうして人間的な思考を持った俺以外にもうひとり別の化け物のようなものが棲《す》みついていてそいつがこんなことをしでかしたように思えてならない。それは俺の気が狂っているということ？　しかし俺の気が狂っているのならそれは俺のなかだけで完結しているはずで、しかしなんですか？　この体たらくは。狂騒的な音楽が鳴り響き、血と暴力。死の横溢《おういつ》。これはすべて俺が口走ったことが現実となった結果だ。俺は怖ろしいわ。塔はがんがん立ってるし。

と茶山が怯《おび》えたのは城下のそここに立つ塔であった。茶山は、「党を作りなさい。党は塔です。塔を作ればよいのです。それは必ずしも男根である必要はない。また女陰もこれは作られるべきでしょう」と周囲の者に言ったのである。

それがどのように伝わったのか定かではないが荒廃した城下に一晩で塔がたくさん建てられた。

茶山はこの騒動の急速な広がりぶりといい、塔のことといい、その他のことといい、なぜかくもたやすく自らの企図したことが実現するのか不思議でならなかったのである。

といって塔はまともな建造物ではなかった。破壊された商家や焼け跡から持ってきた廃材、墓石や石の仏などを適当に積み上げたもので多くは、木材を互いにもたせかけて拵《こしら》えた円錐《えんすい》に石材やがらくたを詰め込んだだけの代物で高さもせいぜい一丈かそこらであった、しかしなかにはものに偏執する人が拵えたのか、五丈に及ぶ立派なものや、表面に泥を塗り込めて男根そっくりに造形されたものもあった。

そのような城下の荒廃ぶりは確かにひどかったが、林立する塔がそうであるように、ただ戦火や略奪によって荒廃しているのとは様子が違って奇妙であった。

通常の往来だと思って歩いていると、突如として石を積み上げた行き止まりが拵えてあったり、芥が山と積み上げてあったりした。

表通りに面した大きな商店はたいてい略奪にあっていたが、ただ物を持っていったり家探ししたりするのではなく、座敷に大量の土砂をばらまく。店土間の中央に墓石一基をすえておく。鴨居から生首を吊《つる》す。といった奇怪で意味不明な細工が必ず施してあった。

意味ありげに桶がおいてあるので、蓋を取ってみると人間の鼻がぎっしり詰め込んであったりした。

またいたるところに絵が描いてあるのも城下の印象を一変させていた。

土塀、石垣、寺院の屋根瓦、あらゆるところに極彩色の植物や小鳥、動物、甲乙人《こうおつにん》の絵が描いてあった。ひとりの人間が描いたものではなく、そのタッチはさまざまであったが、いずれの絵も無闇に原色を使ってあり、破壊された城下は常に鳴り響いている鳴り物の効果も相まって満足な人間でも気がおかしくなりそうであった。

土塀や人家の屋根にはなぜか開いた傘がたててあったがこの傘も極彩色に彩色してあった。

辻々角々に煮売り屋が出ていた。

大鍋にスープを拵えて椀に入れて売っている者もあったし、串に刺した獣肉を鉄製農具のうえに並べて焼き、醤油に味醂、胡麻、蜂蜜を混ぜ、野蒜《のびる》、韮《にら》なども混入して焼いた肉をこれに浸し、焼き肉と称して商う者もあった。いずれも笠《かさ》を被った目つきの悪い男で、傍らにもうひとり太鼓を叩いている者があった。

諸人はこれをうまいうまいと喜んで貪《むさぼ》り食った。

目つきの悪い男はこれら食べ物の代価として銭百文を要求し、客はこれを支払ったがそんなことになんの意味もなかった。銭でも金でも、商家やお城の銭蔵金蔵からいくらでも持ってくることができたからである。

目つきの悪い男は受け取るなり銭を投げ捨てたし、客もそれを拾おうとはしなかった。通貨はもはやなんの意味もなかった。

ある一団は、ウハウハ笑いながら商家を回り、千両箱を集めて大八車にこれをつみこむと原画橋まで運んでいっては橋の上から様霊川にぶちまけた。

上流に堰《せき》が設けてあるため様霊川の水深は一尺程度しかない。

ぶちまけられた小判は朝日を反射して眩《まばゆ》い光を放っていた。

黒和・大臼連合軍が尊大寺に入ったのは明六ッ過ぎである。

黒和城の東南、浇誤山に連なる剝下毛連山《はげげもれんざん》の果てるところの海抜百尺、なだらかで女性的な前納山《まえのやま》の中腹に尊大寺の寺域は広がっていた。

敬和《けいわ》三年。三籠大師《みろうだいし》・崇伝上人《すうでんしょうにん》が開いたとされる尊大寺は黒和城下一の名刹で、寺域は広大であり、ことに本堂南側の急な崖に張り出した舞台からの眺望は非常にすぐれており、黒和城下が一目で見渡せた。

さすがの腹ふり党もここまではまだ押し寄せてきておらず、おののいていた寺僧は黒和軍の到着を底から歓迎した。

舞台に集結した侍どもはしかしあまりにも無残に変わり果てた城下のありように息を呑んで黙り込んだ。

なんと無残な変わり様だろうか。家並みは破壊され、ところどころ放火されていた。家々の屋根には奇怪な紋様が極彩色で描かれ、いかにもふざけています、という様子で、屋根の上に開いた傘が立ててある、その傘にさえ馬鹿みたいな絵が描いてあるのだ。往来のそこここに意味不明なバリケードやオブジェが設置され、その間と間をまっ黒なつぶつぶ、腹ふりの者どもが奇怪におごめいているのがみえた。狂騒的な鉦や太鼓の音が風に乗って響いてきていた。

しかしもっとも無残なのは黒和城であった。

小さいが美しい城であった。しかし茶山によって火を放たれた黒和城は無残に焼け落ち、後には石垣と黒焦げの残骸《ざんがい》が残っているばかりであった。

まっ黒く焦げた黒和城跡は大地に残った傷痕《きずあと》のようであった。

藩士達はみなこの光景に衝撃を受けた。

大臼は昂然《こうぜん》と身を逸らせて多少受け口気味の自信ありげな顔つきで風に吹かれていた。

猿軍団の猿たちは特に命令がないので梢から梢へと飛び移り楽しく遊んでいた。

掛十之進は、様霊川の原画橋あたりが光っているのを見て、「あの光はなんだろう」と思っていた。川底があんなに眩く光るということは通常ありえず、またおかしなことが起こっている。と思ったが十之進は、「俺はあの光をもしかしたら希望の光かもしれないと思っているんだ」と小さく言った。なんのためにそんなことを言ったのか。

黒和直仁は激怒していた。

城を焼くとはまったくもってなんということをするのだ。絶対に許さない。殺す。余が殺す。直仁は傍らに控えていた内藤に言った。

「内藤」

「は」

「総員、突撃せよ」

「は」

「よし、じゃあ行くぞ」

「は」

「は、ってその方、畏《かしこ》まってばかりでちっとも突撃しない。早く突撃せぬか」

「恐れながら申しあげます」

「なんじゃ、早く申せ。余はむかついておる。早く突撃してあの者らを殲滅《せんめつ》したい」

「しかしながら我々には武器がありません」

「その話は屁高村で終わったはずだぞ」

「え。そうなんですけどね、いずれにしても刀を振りかざしての白兵戦では限界があります。一度、槍《やり》、弓、鉄砲などを用意、具足、甲冑《かっちゅう》などもこれを装備してそのうえで戦した方が敵を効率的に殺戮《さつりく》できるじゃありませんか」

「しかし城は焼けておる」

「それはそうですが幸いにして見る限り武家地は焼けておりません。それぞれが一度屋敷にたち帰り、各々の屋敷から槍や鉄砲を装備したうえで突撃すればよろしいのではないでしょうか」

「なるほど名案である。左様、下知いたせ」

内藤の提案でそれぞれが屋敷に武具をとりに行くことになったが中途で腹ふり党にあうのが怖ろしいから全員で固まって行くことにして軍団はそろそろ武家地に向かう、案の定、山を下り武家地に入った途端、辻から腹ふり党の者数名が躍り出て、どこかから持ってきた槍で、山犬賢郎《やまいぬけんろう》という侍の腹を突いた、ううむ、山犬がうずくまったとき、すかさず大臼が、「ゲシゲシ」と叫ぶと、屋根の上から獰猛《どうもう》な若猿が真っ赤な口を開き、「きゃああ」と絶叫しながら飛び下りてくると、腹ふり党の者の顔面に飛びつき、目と言わず鼻と言わず、滅茶苦茶に掻きむしる、鋭い猿の爪で顔面をずたずたにされたものだからいかな狂気の腹ふり党とてたまらない、ぎゃっ、と叫んで地面に転がったところを、黒和の侍どもがよってたかって膾《なます》のように切り刻み、腹ふり党の者数名は朱に染まって絶命、数名の者は走って逃げた。

こんなことを二度、三度繰り返すうちに、不完全ながら武具整って、槍、鉄砲、弓。具足、甲冑を纏《まと》う者もあり、陣笠、陣羽織、足拵えを固めるもの、兜《かぶと》、鉢巻き、襷《たすき》掛けをするものもあって黒和軍はようやく本格的に戦をするような形になり、「やはりこうでなきゃ、やる気がおきませんなあ」「左様左様」と多少、士気もあがった様子であった。しかし珍妙なのはみな一様に紫の頭巾を頭に被っている点で、こればかりは情けない。

猿は別段変わりない。普段通りの猿裸で張りきっている。

直仁が叫んだ。

「敵は様霊河原に集結している。我々はこれから様霊河原に赴き、暴戻腹ふり党を膺懲《ようちょう》する。者ども。鬨《とき》を作れ」

「おおおっ」軍勢が鬨を作った。ばらばらで情けない鬨であったが五十人かそこらしかいないのだから仕方ない。猿の、きいいいっ、という声も混じっていたし。

辰の刻。茶山は自分で作ったクロックムッシュを食べていた。ひとくち食べた茶山が、やはりグリエールチーズがないとうまくできぬ。まずい。と顔を蹙《しか》めたそのときである。

縄次以下十数名の者が天幕のなかに入ってきていった。

言った。

「半郎さん」

「縄次。私を半郎さんなどと気安くよんではいけない」

「藩の奴らが攻めてきました。いまこっちに向かいつつあります。武家屋敷のところで十人かそこらが死にました」

報告を受けた茶山は、ついにきたか、と思いつつもなぜか嬉しく、にやにや笑いながら言った。

「腹を振りなさい。お下没ですか。またあなた方はお下没を望むのですか？　ただ腹を振ればよいのです。でもときには礫《つぶて》を持つことも大事です。礫があなたがたの重要な武器となるのです。花は菫《すみれ》だけですか？　木槿《むくげ》も金鳳花《きんぽうげ》も花でしょう。二つの低いものがたったひとつの花によって高いものの両端にされるのを許してはなりません。礫を持って敵をおへどにしなさい。しょせんはおへどですよ。自分だけがおへどになってはいけません」

石礫で敵を迎え撃て、と命令しながら茶山はいつものように不思議だった。なぜ自分の口からすらすらとこのような言葉が出てくるのか。

そんな茶山の懐疑とは裏腹に縄次らは、「わかったぜ」と言うと天幕を出ていき、しばらくするとひときわ大きく鉦《かね》、太鼓、奇声、罵声、怒声が聞こえてきた。

なぜこんなことになったのか。

茶山はまたそう思った。埃臭い天幕のなかで茶山はすすり泣こうと思ったが涙はほとんど出ず、しかたなく通常の顔でクロックムッシュの残りを食べた。

茶山はふと自分がなぜこんなものを作って食べているのか、と思った。

茶山にとってそれはいま腹ふり党の指導者として天幕のなかにいて四千人規模の暴動の指揮をとっていることと同じくらい不思議だった。

鉄砲が四挺《ちょう》、弓が四張あった。竹田街道側すなわち東側から侵入した黒和軍は北から南に向かって流れてきた様霊川がカーブして西に向きを変えるあたり、すなわち、原画橋の袂《たもと》近くの土手を河原にいる腹ふり党に気づかれぬようそろそろよじ上った。ここに銃座をこしらえて一斉射撃すれば、しょせんは百姓町人のこと、怯えて逃げていくだろうと考えての作戦である。橋を渡って西から、或《ある》いは土手沿いに北から、或いは竹田街道の方から、襲いかかってくるかも知れない腹ふり党については土手の叢《くさむら》に猿軍団五十四を伏せこれに備えた。

勇猛な猿軍団の活躍たるや目を瞠《みは》るものがあり、これにいたるまで徒党を組んだ腹ふり党に何組か遭遇したが、五人、十人の集団であれば瞬く間にこれを撃滅した。

河原では漸く土手上の黒和軍に気がついた様子で太鼓の音こそ鳴りやまぬものの河原にいた者はみな土手上を見上げている。

距離は十三間ほど。

先手必勝とばかりに内藤が叫んだ。

撃て。

引き絞られた弓が放たれ、ずどーん、という音ともに鉄砲が火を噴いた。

河原の中央の櫓《やぐら》近くにいた者、その手前の天幕の近辺にいた者が転がって、内藤が、にや、笑ったそのときである。内藤の鼻に、ぐわん、石礫が炸裂《さくれつ》、内藤はもんどりうって転倒した。その次の瞬間、石礫が雨あられと飛んできて、黒和の軍勢に命中したからたまらない、一同、「ぐわあ」「ぎゃん」「いててて」などと絶叫し、とうてい弓を番《つが》えたり火蓋《ぶた》を切ったりすることができない。

鼻先に激烈な痛みを感じながら内藤は、「土手裏に退避っ」と叫ぶとイノ一番に土手の向こう側に転がった。寝転がった内藤が空を見ると空中を石礫がびゅんびゅん飛んでいた。勢いがいいなあ。びゅんびゅんだ、と内藤は思い、そもそも俺は武張ったことが苦手なのだ、と思った。

しかし武士が戦に臨んで武張ったことが苦手などといっていられない。土手裏には直仁がいた。直仁は内藤を叱咤していった。

「なにをしておる内藤。早く敵陣に突入しないか」

「ところが殿、石礫が飛んできて御覧の通りのありさまなのです」

と内藤が言うとおり、黒和軍の面々は惨憺たるありさまであった。

河原にいて石を投げていたのは五百人程度ある。

五百人が投げる石は五百個、それが五十人の黒和勢に集中したからたまらない。運の悪い奴は一瞬の間に十発も食らって悶絶昏倒《もんぜつこんとう》した。

目に当たって目が見えないと叫んでいる者がある。頭が割れて血みどろになって泣いている者もある。それにつけてもなんと弱い軍隊であろうか。

直仁は怒り心頭に発して、

「なんて情けない奴らなんだ。もうわかった。もうよい。余が陣頭に立って斬り込む」

「その儀ばかりは、何卒」

「なにが何卒だ。将たるものが先頭に立って斬り込まいでどうする」

「そのような兵法はござりませぬ」

「兵法だかなんだか知らないけどおまえらが弱いんだからしょうがないじゃないか」

「ここは猿軍団に行って貰いましょう」

「なに、猿軍団」

「そうです。あの人達はどうも、実に強い。ここは一番、突撃していただいて敵が弱ったところへ我々、藩兵が突入して茶山を捕縛もしくは殺害することにいたしましょう。そうそう、それがよい」

と内藤は向こうの方で竹田街道の方を見て思索に耽《ふけ》っている様子の大臼のところへ走っていき、「大臼殿」と呼ばった。

大臼は振り向いて言った。

「なんだよ、内藤さん」

「卒爾《そつじ》ながら。猿軍団の突撃お願いいたす」

「いいよ」

「じゃいまいいかな」

「いいけど条件がある」

「どういう条件でござるかな。金子でござるかバナナでござるか」

「カネもバナナも要らないけどね。見てよ、この地形。河原ですよ。広闊《こうかつ》に開けて見通しがいい。言ったでしょう。猿は平原での先頭は苦手なんだよ。乱闘になれば別だけど敵は石礫を遠投してくるしね。突入するとなるとそれなりの犠牲は覚悟しなければならない。でもあんたらはそれを土手裏で見てるって言うんじゃね」

「ただ見てはおらぬ。掩護《えんご》射撃をいたす」

「どうかな?」

「しかし基本的な考え方として猿が人間の弾除けになるのはあたりまえではござらぬか?」と言ってしまってから、内藤は、しまった、と思った。

大臼があまりにも流暢に人間の言葉を話すものだと思っていたのですっかり人間と話しているつもりになっていたが大臼は猿であった。

案の定、大臼は言った。

「ほら。やっぱりね」

「いや、けっしてそのような……」

「いや、あなたがどう考えているかわかってますよ。だから僕も遠慮なく条件を出させて貰いましょう。勝利した暁には僕を士分に取りたててください」

　内藤は目を剝いた。

「そこもとを士分に」

「ええ」

「いっやあー、それはどうかなあ。猿を士分に取りたてるのはやはり……」

「無理と仰るか」

「ええ、やはりそれはちょっと」

「わかった。じゃあ僕らは突撃しない。ただちに屁高村に帰る」

「そ、それは困る」

「じゃあ僕を士分に取りたてるんですね」

「ううむ。しかし、ううん。私の一存では……。ううむ。しかし帰られると困るし。ううん。やむを得まい。相分かった。なんとかいたそう。とにかくいまはこの状況を打開することが先決。私が責任を持ってそこもとを推挙いたす。誰かになんか言われたら猿に似た人間とかなんとか言えばよい」

「どうもありがとう」

　大臼は皮肉な笑みを浮かべた。

「では、さっそく突入していただきたい」

「いや。もうひとつ条件がある」

「まだ、あるのか」

「いやならけっこう。我々は屁高村に引き揚げる」

「申されよ」

直仁が単独で突入しないか心配でそちらの方をちらちら見やりながら内藤はせかした。それに比して大臼はのんびりした口調で、

「さきほども申したように猿というものは平原の戦闘に弱い。河原も同様。そこへ突撃するのだから相当の犠牲が出ると予想される。あなたにとってはしょせん猿一匹かもしれんが俺にとってはどの猿もかけがえのない可愛い部下だ」

「分かりますよ」

「いやあんたには分からんよ。また分かってもらおうとも思わない、ただ」

「ただ？」

「身体で分かってもらう」

「どういうことです」

「あんたがた藩兵にも我々と一緒に突入してほしいのさ」

「え。我々も一緒にでござるか」

「そうだよ。なにも殿様まで一緒に突入しろとは言わないよ。ただ、なんでもかんでも猿にやらせて自分らは高みの見物というその姿勢が気に入らないんだよ。だいたいがあんたがたは侍だろう。戦争になったら命を投げだす。いつでも従容として死ぬ。だからあんた

らは普段から四民のうえに立って偉そうにしてるんだろ。それをばここにきて猿におっ被せるのはあまりにも卑怯だぜよ。みっともないっつうか」

「いやそれはそうなんだけど……」と内藤が理窟を言いかけたとき背後で、

「その方の申し条、いちいちもっともである」という太い声がした。

内藤がいつまでもごそごそ話し合っているのに業を煮やしてやってきた直仁が背後で話を聞いていたのであった。

「こういうときのために武士は禄を食《は》んでいるのだ。猿に負けてどうする。内藤、総員、突撃せよ。突撃せぬ者あらば」と言って直仁は刀を抜いた。

「余が斬る」

「分かりました。みなさーん。間もなく突撃ですよ、とつげきー」

内藤が叫んで土手の叢に倒れ伏していた侍どもはごそごそおきあがった。

みな抜刀して刀を肩に担ぎ、槍を構え、叢に伏せてはあはあ言っている。

敵は相変わらず河原で礫を握り締め、直仁軍がちょっとでもみえたら投げつけてやろうと待ち構えている。

「トツゲキー」「ゲシゲシ」

内藤が叫び、大臼が叫んだ。

「うわあ」「きゃあああ」

人猿一斉に土手下へ駆ける、それへ目がけて腹ふり党の石礫が雨霰《あめあられ》と飛んでくる、がんがんがんがん。石礫が命中するがみな興奮しているから痛くない、それへさして、「立ち止まるな、駆けろ」という内藤の声がして、みな前々へと駆ける。

やはり速かったのは猿軍団で、まともに石礫を食らって、ぎゃん、と鳴き卑屈なへっぴり腰で原画橋の方へ逃げていく者もあるにはあったが、たいていの者は河原の腹ふり党の顔面に取りつき、鋭い爪で顔面を引き裂き、眼球をほじくった。

「あひゃーん」腹ふり党の者は泣いて地面を転がり、逃げ惑った。

人間で敵陣へ一番乗りしたのは意外にも足腰の立たぬ真鍋五千郎であった。

猿回しで使う乳母車に乗った自分をこんな身体にした腹ふり党への復讐心に燃え、土手うえでふんふん言っていたが、ここまで乳母車を押してきた駕籠《かご》かきは逃げたくって仕方ない。突撃、と号令がかかるや、乳母車を、ぽーんと押して、「後は勝手にしてください。おれっちはもう知らねぇ」と言うと、原画橋の方へさくさく逃げていく。

乳母車は多少がたつきながらも土手を転がって河原の腹ふり党軍の方へ転がっていく、それへさして飛んでくる石礫。しかし真鍋は心得たり、とて乳母車のなかに身を伏せて、一発も礫を受けないで敵陣へ。頃合いよしとみてとった真鍋は首を出すと乳母車に乗って、「むはははははははははっ」と笑いながら大刀を振り回し、鮮やかな手並み、乳母車の走った後には死体の山。ほんの一瞬の間に三十人を斬って、これを称して真鍋三十人斬り。不安定に上下に揺れる乳母車に乗りながら一瞬にして三十人を斬るとは恐るべき剣客である。

しかしそれも乳母車が走っている間だけであった。河原をしばらく走っていた乳母車はやがてとまり、そうなると自力で動けない真鍋はあっけない、取り囲まれ乳母車をけり倒され、ようよう這《は》い出たところを槍《やり》で串刺しにされ、刀で全身数十箇所を切り刻まれ真鍋は絶命した。

真鍋五千郎。一片の感情も交えず多くの者を切害してきた刺客に相応しい無残な最後であった。

しかしそうして真鍋が三十人を斬り、猿軍団の奮闘もあり、腹ふり党軍が怯んだのをみて、「散るな。集まれ」と叫んで旗を掲げた者があった。

大臼であった。

大臼は旗を掲げたときに、「ゲシゲシ」と猿を叱咤し、ときに「集まれ」と叫びながら、河原に二基建った櫓のうち、もっとも原画橋に近い櫓を目指して駆けた。

兵らは棒や槍を持って殴りかかってくる腹ふり勢を突き伏せ切り伏せしながら櫓の元に集まり、大臼の声に従って敵を斬っては集まり、敵を斬っては集まりしながら、南側のもうひとつの櫓、天幕のあたりめざして進んでいった。

片岡《かたおか》些兵衛《さへえ》という侍は槍を持ち、「おらあ、だぼがあっ」と喚きながら、腹ふり党兵をぐさぐさ突き刺していた。二十過ぎぐらいの男が棒杭で片岡を殴りつけた。ぐわん。片岡は頭を振って僅かにこれを避けたが肩口に棒が当たった。鈍い痛みをおぼえた片岡は男を睨《にら》みつけた。男はへらへらしていた。そのへらへらした顔つきに片岡は猛烈なむかつきを覚えた。男の眉の脇に疣《いぼ》があってその疣から細い毛がひょろひょろ生えていて片岡はそれにも激怒した。痛みとへらへらが片岡のなかで合体して原初的な怒りになった。

「ああああああっ」

絶叫しつつ片岡は槍を振り回し、ぐわん、男の側頭部を殴った。あまりにも強く殴ったものだから脳が損傷して男はふらついた。片岡は、「ふらついても許さないっ」と絶叫すると、こんだは槍を返して穂先で男の腹部を突き、そのまま、「りゃありゃありゃありゃあ」と怒鳴ると突いたままの姿勢で前進した。二、三歩、後退して男は、握り締めた棒を手から落として、ぐにゃぐにゃになった。顔色が青黒くなった。癒介《ゆうすけ》という十八歳の三反百姓の倅《せがれ》であった。酒を飲み、また丁半の博奕《ばくち》に耽って百姓仕事を怠けてばかりの痴《し》れ者《もの》で、今回の騒動のことを聞きつけ、親のとめるのも聞かず、「俺の望む世がきた」と浮かれ出た揚げ句の惨めな死であった。片岡は、「ざまあみろ、馬鹿」と言って槍を抜こうとしたがなかなか抜けない、死骸に足をかけて抜こうとしているところへさして、ぐわん、背中を殴ってくる者があった。

片岡はまたも激怒して、

「なんで俺ばかり打つ。俺に怨みでもあるのかあっ。俺ばっかり、俺ばっかり」と怒鳴りながら後にいた奴に素手でつかみかかったところ、どこからか礫《つぶて》が飛んできて、ぐわん、横鬢にまともに命中、もんどりうって昏倒し、そのまま脳挫傷《のうざしょう》で絶命した。片岡些兵衛。

三十四歳であった。別に普段から怒りやすい性格だったわけではなく、どちらかというと温厚な人物で、こんな無謀な行動に出たのは心の準備もなくいきなり戦場に出され、一時的に気をおかしくしていたからである。

長岡主馬は戦場をちょらちょら走りまわってひとりの敵も倒していなかった。

主馬は幸運なことに礫を一発も受けていなかった。

無傷で河原にたどり着いた目の前に気色の悪い蓬髪《ほうはつ》の男が向こうを向いて立っていたので、「おひゃあ」と声をあげ斬りかかろうとしたところ男が振り返ったので、「あひゃひゃひゃ」と言って逃げたらまた誰かにぶつかり、こんだは必死の形相で斬りつけようとしたがその前に猿が飛んできて男の顔面に飛びついて眼球をえぐりだした。その凄惨《せいさん》なありさまに恐怖した主馬は、「いひゃひゃひゃ」と声をあげてその場を離れた。そんな調子で、あっちへちょらちょらこっちへちょらちょら逃げ惑ううち、後ろで「集まれ、集まれ」という声がするので振り向くと櫓のあたりで大臼が旗を掲げてしきりに兵を集めている。主馬は、「助かった」と思った。

それまで主馬は自分がなにをしているのか分からなかった。とにかく戦争なのだから敵を殺戮《さつりく》すればよいのであるが、そのことと自分の行動がどうも結びつかなかった。主馬は自分が自分の考えで、例えば目の前のこの顎が半分千切れた男を刀で斬ろうと考え、怖くなって、あひゃひゃ、と笑って逃げることが軍事的な行動であるとはどうしても思えなかった。主馬にはただ闇雲な騒動のなかを闇雲に駆けまわっているだけだとしか思えなかった。

たのである。

だから主馬は大臼の、「集まれ」という声を聞いてほっとした。これで自分の考えで逃げ惑わないで済む。と思った。主馬は後方を見やった。櫓の下で大臼が旗を背中に差して白刃を掲げて怒鳴っていた。埃が舞っていた。

主馬は、なんという有能な猿だろう、と思った。あんな猿に回されて俺は仕合わせだ。その俺に回された猿は仕合わせだっただろうか。外でつまらない奴、無能な奴と思われている奴も家に帰ればその家の主。そのような男を唯一の夫として信頼している妻がいたとしたらその男は妻に無限の哀れを感じるはずだ。でも俺は猿にいいように使われているおのれの不甲斐なさを少しは愧《は》じているんだぜ。誰に言ってるんだ。

一瞬、空を見上げてそれから主馬は櫓の方へちょかちょか駆けだした、そのときである。主馬の後ろで槍を振り回したのがあった。幸いにして柄《つか》が主馬の顔面にぶつかるということはなかったが、石突がひっかかって主馬の紫頭巾が、ぽーん、と空に跳ねあがった。

「ゲシゲシ」真っ赤になる視界。暗黒。激烈な痛み。気が狂いそうな。主馬は、「ぎゃあああ」絶叫して地面を転がった。

主馬にとどめをさしにくるものはなかったが、みな地面を転がる主馬を踏みつけにしたため内臓が破裂し、肋骨《ろっこつ》も折れて主馬は絶命した。四十八歳であった。

そのように戦死者があったにもかかわらず、概ね直仁軍は優勢であった。腹ふり軍は槍や棒きれをふりかざし、おめき声をあげて殴りかかってきたが、素裸のうえによれよれの単衣物《ひとえ》をまとったばかりの軽装で足元もふらついている者が多く、黒和藩士にずばずば斬られて転がった。

しかも腹ふり軍の士気はきわめて低かった。よくみると戦闘に参加しているのは、大臼が背にしている櫓と、そこから二町隔たったもうひとつの櫓の間にいる二百人ばかりで、その向こうの天幕が並んでいるあたりに屯《たむろ》している連中はなにもしないでにやにや笑って戦闘のありさまを眺めていた。櫓に登って太鼓を叩く者もあったし、それにあわせて腹を振っている者もいた。飯を食っている者もあった。

ときおり思い出したように礫を投げる者もあったがいかにもやる気のない投げ方で直仁軍のところまで届かず、ぽそんと地面に落ちた。

しかしその数は多く、八百から千はいるように見えたし、また土手沿いに南の方から続々と腹ふりの輩が河原目指して歩いてきているのが見えた。それを出迎えるかのように土手の斜面を登っていく集団もあった。土手上には直仁がいる、そう思った内藤が大臼に声をかけた。

「大臼殿」

「なんですか」

「いったん土手上まで退がろう」

「なんで」

「殿がおられる」

「心配だったら櫓の下に来て貰え。誰か殿様を土手上に迎えに行け」

と怒鳴りつつ大臼は殴りかかってきた敵を一刀のもとに切り伏せた。猿ながら鮮やかな手並みであった。

「私が行きましょう」と答えたのは掛十之進であった。

「じゃあお願いする」と言った大臼に内藤が食ってかかった。

「しかし敵は多勢。いったん土手上に退がった方がよいのではないか」

「なにいってんだよ。だったらなんのためにここまで突撃してきたんだよ。せっかく距離を詰めたのにまた距離を開けちゃっちゃあ、しょうがないじゃないか」

「しかしこれでは背水の陣だ。まだ土手上の方が退路が……」

「なにを言う。あんたは逃げることしか考えてないのか。少しは死ぬことを考えたらどうだ」

「それはできない。私は部下の命を預かる立場にある。君が退却を命じなくても私が家老として退却させる」

「目前にある勝利をみすみす見逃すのか」

「十倍以上の敵に突っ込んでいってどこが勝利なんだよ、まったく猿野郎の猿知恵だ」

ついに内藤は怒鳴ったが大臼はにやにや笑って言った。

「しかし」

「だめだめ」

「後を振り返ってみろよ」内藤は後ろを振り返った。

　内藤は驚いた。櫓の向こう、原画橋の上には何百、何千という兇悪そうな猿がびっしりとたかっていたからである。

「い、いつの間にあんなたくさんの猿が」

「言っただろう。俺は国中の猿を集めることができるんだよ。これでも猿野郎の猿知恵か」

「いや、そのようなことはけっして。いやあ、さすがは大臼殿だ」

「いまさら遅い」

そういうと大臼は両の手を頭上にふりあげて飛び上がり、着地と同時に振りおろして叫んだ。

「ゲシゲシ」

「きゃあああああ」叫び声をあげながら何千もの猿が欄干を乗りこえ橋桁《はしげた》を滑り降りて、河原をひた走り、紫の頭巾を被っている直仁軍には目もくれないで腹ふり党の者どもに襲いかかる。前方で槍や棒切れを振り回していた者どもは、猿に顔面をぐしゃぐしゃにされ、「ぎゃあああああ」叫び声をあげて悶絶、たちまちにして駆逐された。

しかし猿はそれには飽きたらず、後方で傍観者的な態度をとっていた者どもにも一斉に襲いかかり、腹ふり党員は悲鳴をあげて逃げ惑って南の櫓から向こう天幕周辺は大混乱に陥った。

「くはははは。これは小気味よい」内藤が笑っているところへ直仁が到着した。

「内藤。大儀である」

「あ、殿」

「戦況はどうじゃ」

「我が方が優勢でござる。この分だと間もなく敵方は全滅します」

内藤が得意そうに言うそばから大臼が言った。

「いや。どうかな」

「これは大臼殿。どうかなとはどうじゃ。御覧じろ。そなたの猿兵が敵方を押しまくっているではないか。どうです、殿。このもの凄い数の猿を。私はいちどきにこんなにたくさんの猿をみたのは生まれて初めてです」

「余も初めてである」

「ほら。大臼殿。殿もああおっしゃっておられる」

「いや油断は禁物ですよ。御覧なさい。土手上を馬鹿が集まってくる」

「あんなもの木偶同様の馬鹿じゃないですか。あんな者が何千集まろうと平気です」

「内藤さん。馬鹿を侮っちゃいけませんよ。馬鹿が集まるとときにそれは怖ろしい力になってどんな利口もこれをコントロールできなくなるのです」

「はて、とんと分からぬ」と内藤は首を捻《ひね》ったが、果たして大臼の言うとおりであった。

縄次に声をかけられて茶山は、「夢をみていた」と呟いた。

縄次は、「どんな夢です」とは訊かない。茶山はひとり語りのように喋った。

「クロックムッシュという食いものを食っていたらまずい。やはりグリエールチーズがないと駄目だ、なんて思っているのだけれども、そこへおまえがきて黒和直仁の軍勢が僕らを取り囲んだという。僕はそのことを悲しんで泣こうとするのだが泣けない。まったく奇怪な夢だ」

「先生。それは夢ではありません。いま現に黒和藩の軍勢が俺らを取り囲んでますよ。そして軍勢のほとんどは獰猛《どうもう》な猿」

縄次が棒読みのように言うのを聞いて茶山は自分にいつもの、感じ、が戻ってくるのを意識しつつ言った。

「わはははは。弾圧ですな。僕は岐阜でこの刺青をいれられてからこっちもうどこまでが夢なのかわからなくなっている。当然のことだな。恵愚母の婚礼でしょう。狐の。それで縄次さん。なにか用があっていらっしゃったのでしょう。その用を私に言いなさい」

「オサムが戻って参りました」

「よろしい。これへ連れてきて」

天幕の垂れをめくってオサムが入ってきた。埃だらけで紫の頭巾を被っている。

「あのあの、ただい、ただい、ただいま、ただいま、もど、戻りました」

「ろんさんはどうしました」

「あの、途中で、あの、あの、俺、ションベンして、俺、途中で、ション」

「途中で小便をしていたら逃げたというのだな」

「ごめんなさい」

「いいよ。オサムさん。気にするな。それより縄次さん、その猿は僕らをたくさん殺しているのだろうねぇ」

「ええ。でも大丈夫ですよ。竹田街道の北は猿で溢れてます。一億匹くらい居るかも知れません。ひしめくくらいの猿です。黒和藩の連中は猿に圧殺されているような状態です。ただ街道の南側は僕らの仲間で溢れています。みな糞化したくてうずうずしていますし、おへどでもよいという連中がほとんどです。みなもう性格もなく、人生もなく、ただの肉圧として猿にぶつかって行ってます」

「いいなあ。いいなあ。それだよ。たいして現実も知らないでただイメージでクソだ、ゲロだって言ってる奴が死のその瞬間、激烈な痛苦と恐怖を味わったその瞬間こそが何十年分かのリアルが一瞬に煮つまっていくんだよ。その熱が瀉《しゃ》の効果なんだよね。いいなあ。いいなあ。ただでもそれだけじゃ、お下没と同じことだ。牛逐の小崩れ、黒和の大崩れ。中崩れはなんでないんだろうねぇ。それが僕の根本の懐疑だ。とまれオサム君、南の櫓《やぐら》にたどりつけるのか」

「あの、俺、あの紫のずき、頭巾してるからやー、猿いっこもけえへん」

「紫の頭巾を被っておれば猿に襲われぬのか」

「あの、だ、だ大臼のアニキがゆうとったね」

「なるほど。じゃあ、オサムさん。君はいまからオサム尊になる。櫓に登りたまえ。そしてこの天幕に近寄ろうとする人、猿すべてを中空で爆発させてしまいなさい。ろんさんもろん尊だ。私はただの茶山半郎だがな。さあ、行きなさい」

言われてオサムは、俺、俺、と言いながら自分の鼻を指差していたが縄次に促されて、ばさばさ天幕の外に出ていった。


いまや河原の北半分は猿で埋めつくされて茶色い絨毯を敷いたようになっていた。南半分は続々集まってくる馬鹿で埋めつくされていた。馬鹿と猿の戦い。しかし戦いは一方的であった。猿は闘志を剝《む》き出しにして馬鹿に襲いかかり、その顔面をずたずたにするのであった。それまでにやにやして、なんだなんだ、と物見遊山のように太平楽な顔をしていた馬鹿はこれにいたって初めて激しい恐怖と痛苦に顔面を歪めてのたうちまわったが、そうなってからではもう遅い。ほとんどの馬鹿が大怪我を負うか、死ぬかした。

南の櫓に登ったオサムはこれら猿をみて、ごっつい数の猿やなあ、と思い、それから、頭のなかに雨が降っているようで気持ち悪くて仕方なく、それを振り払うように手の甲を上にして両の手を胸の高さまで上げ、それから頭の上に振り上げた。

と同時に、櫓の前にいた数百匹の猿が一枚の布のように波うって中空にもっちゃがった。

猿は中空できょとんとしていた。

オサムは指先をいったん窄《すぼ》めるようにして、それから水を弾《はじ》くように、ぴゃっ、とこれを広げた。

次の瞬間、怖ろしいことがおこった。中空で静止していた数百匹の猿がいちどきに爆発したのである。ぼふぁーん。くぐもったような鈍い爆発音がして、地上に血と内臓の雨が降った。

周辺にいたのは猿が多かったが入り乱れての乱闘をしていたので人間も相当数混じっていて、地上には猿のそれに混じって、人間の首や手足も落ちてきた。

それらは風に乗り、直仁らが陣どる北の櫓あたりにも飛んできて、ぴちゃ、と菅原の頰にへばりついたのは人間の鼻であった。

「おほほほほほ」菅原は悲鳴をあげて飛びあがりこれを手で払い落とした。

「いかがいたした」と菅原に問うたのは内藤である。

「いま、なんか気色の悪いものが頰にへばりつきました」

「鼻かなんかだろう。しかし菅原、我らが目にしたこの信じられない光景はいったいどういうことなんだ」と問うて内藤は黙った。

誰も口をきかなかった。きけなかった。

それはそうだろう。河原に何万という猿がひしめいている一方で、向こうの方からは明らかに馬鹿と分かる、無思慮無分別無教育無教養無思想の珍妙な風体の生き腐れみたいな人間が後から後からこれも何万と押し寄せてくる。ふたつの集団は河原の櫓と櫓の間で押しあいへしあいしてやがて混じりあい溶けあい、人とも猿ともつかぬものとなり果てている、それだけでも悪夢のような光景なのに、今度はその猿と人間が突如として中空にもちあがり、一斉に爆発してしまったのである。

　常識ではとうてい理解できない光景に黒和直仁ですら息を呑むばかりでなにも言えなかった。

　そしてまた次の爆発が起こった。またぞろ数百匹の猿が中空で爆発した。細かい血が空中に飛散して赤い霧が立ちこめたようになった。

　また次の爆発が起こった。次々と爆発が起こって、地上は猿と人間の裂けた五体が山積みになって地獄のようなありさまとなった。勇猛な猿軍団もさすがに恐怖してたじろぎ前進をとめた。詰め掛ける馬鹿も立ち止まった。後方から詰め掛ける者は訳が分からないから南の土手斜面で将棋倒しが起きて百人死んだ。

　静かな将棋倒しだった。静かな戦場だった。重傷者のうめき声だけが聞こえていた。掛十之進が、ぽつ、と言った。

「オサム。オサムが裏切ったんだ」

「なにい？　オサムが裏切っただと」

「そうですよ。内藤様。あれはオサムです。紫の頭巾を被っている」

「菅原。オサムはその方に心服してその方の命であればなんでもきくのであろう。行ってやめるようにいってこいよ」

「無理ですよ」

「なんで無理なんだよ、掛」

「あいつは馬鹿です。もっとも最近に恩を受けた者に義理を感じるんですよ。最初は魂次、次は菅原さん。そしていまは茶山半郎」

「え？　そうなの？」

「そうなんですよ。実はいまだからいいますけど、昨日、魂次とここにきたとき僕はオサムに茶山殺害を命じたんですよ。ところがオサムは、世話になった、とかなんとか言ってこれを断ったんです。ほんとむかつきました。オサムづれがなにを一人前の男みたいに義理を云々してるんだと思いましたよ。でも仕方ない。オサムはいまは茶山の言うことしか聞かないのです」

「なんて奴だ」

「って怒りますけどね、菅原さん。悪いのはオサムじゃなくてあんた方ですよ。だってそうでしょう。あんな馬鹿に重要な役目を押しつけて、あとはあの馬鹿がやるからいいや、と思って気楽にしてたわけでしょ。いまある状況っていうのは、そのツケが一気に回ってきたということにすぎない。あなたたちは最初からもっと真剣に取り組むべきだったし、自分の手を汚すべきだったんだ。それをお高くとまって僕らはそんな下賤《げせん》な仕事はしない。もっと高邁《こうまい》に仕事をするんだなんつって、僕や魂次、オサムや猿にまかせるからこんなことになるんだ」

「その方、無礼であろう」

「いまさらそんなことといったってしょうがない。いま目の前で黒和藩がどんどん滅亡していっているんですよ。どうするんですか」

「ううむ。かくなるうえは。ううむ。大臼殿に頼んでなんとかしてもらうしかあるまい」

「また猿頼みですか」

「うるさい。大臼殿はただの猿ではないわ」

と内藤が叫んだとき、また爆発が起きた。どっかーん。内藤は叫んだ。

「大臼殿っ」

大臼は櫓の上で腕を組んで戦況を眺めていた。

「大臼殿、ここにおられたか」

「まあね」

「これはどういう風にすれば」

「まあ、この爆発をとめるのは簡単だよ」

「どうすればよいのだろう」

「弓か鉄砲であいつを射殺すればいいじゃねぇか」

「あ、そうか」手を打って内藤は櫓を降りていった。

内藤が去った後、大臼は独り言のように言った。

「でもあいつを射殺したからといって事態がどうにかなるわけじゃないよね。人間があんな爆発を起こしうるということ。猿の俺がこうして喋っているということ。何万の猿と何万の人間がこんな嘘臭い河原で無意味に争っているということ。それらのことの根源にかかわる問題をきちんと解決しないとどうにもならない。でもあいつらは当面の問題の処理にばかり終始しているんだ！」

「ばははははははははは」オサムは爆笑しながら猿や人間を爆殺していた。

子供のころから馬鹿にされ虐げられ、その都度、「僕は脳が悪いから」と諦め、あらゆる哀しみを受け入れてきたオサムの唯一の楽しみはものを中空に浮かび上がらせ爆発させることであったが、義母にそれすら禁じられ、義母が轢死《れきし》した後もずっとやってはいけないことと思い込み、人に隠れて山で巨石を落とすなどした後、ひどい罪悪感に苛《さいな》まれ続けていた。それをはじめて大っぴらに許され、しかもかく大規模な爆殺を実行してオサムは楽しくて仕方なかったのである。オサムはもはや三千近くの人や猿を爆殺していた。

「ばははははははははは」オサムは笑い、また手をふりあげ、いままさに爆発させんとしたそのとき、しゅらしゅらしゅらしゅら。北の櫓から飛んできた矢が、ぶす、オサムの首に刺さった。ほぼ同時に飛んできた二発の銃弾が、ぶすぶす、オサムの胸と腹にめりこんで体内にとどまった。

オサムは喉に熱いものが溢れるのを感じ、それから、すう、と寒くなるのを感じた。頭のなかが薄墨色になっていくのを感じた。オサムは最後の力を振り絞って両手を振りさげた。数百の人と猿が地面に叩き付けられて全身打撲を負った。

一瞬、頭のなかが橙《だいだい》の色になりそれからすぐにまっ黒になってオサムは櫓の上に崩れ落ちた。最後の瞬間、オサムは、でもやっぱり一番楽しかったのは馬方をして自分で生活していた頃だ、と思った。

俺を馬鹿と侮って銭を払わないお客が多くて口惜《くや》しかったけどあの頃がいちばん楽しかった。

最後にそう思ってオサムは死んだ。三十五歳であった。

茶山は天幕の外に立ちオサムが次々に猿を爆殺しそして射殺されるのを眺めていた。茶山は言った。

「いいねぇ。いいよ。条虫が苦悶して。この分によるとリラの下支えもなく夢の集団の下痢か。いいねぇ。内臓もふんだんあらわれて、世界が裏がえってます。こんな素晴らしいおへど聖者は久しい。犬に仏性はありますか。猿もおへどになりますか。くだらないことを聞いたものだ。条虫が苦悶して。僕は城を焼いた自分が恥ずかしいな。この光景を前にして恥じるな。僕は城をひとつの喩《たとえ》と考え、これを焼けば条虫が苦悶して僕らは糞野郎になれると考えて、それでそれを焼いたのだけれども、この人畜破壊を前にしたらそんな城なんてものにこだわっているということがすでに現実に敗亡してる？　とりこまれてる？

そんなことだと思うのよ。わたしらはこの恥辱にまみれてもっと恥ずかしいことをせにゃならんのよ。条虫が苦悶して。城を焼くとかそんなことではなく僕らは、全存在をかけて全存在を否定しなければならない。もっともっともっと。もっともっともっと。そろそろそういう心の下支えもなく。条虫が苦悶して」

茶山は傍らに控えていた縄次に言った。

「縄次さん。鉦《かね》を打ちなさい。太鼓を鳴らしなさい。振りましょうおず。ドロシーのメレンゲもリュビの淫音楽もすべて盛り込んでゆるやかな四拍子をうちならしなさい」

命ぜられた縄次は天幕からぶら下げ太鼓を持ってきて叩き始めた。テケッテレン、テケッテレン、テケッテレン。

茶山は力任せに縄次を殴りつけ、「僕は四分の四拍子と言ったのだ。なぜ三拍子をたたくのか」と縄次を叱った。

縄次はすぐに立ち上がり鼻血を垂らして太鼓を叩き始めた。デンデンデンデン、デンデンデンデン。

「いいねぇ。いいねぇ。条虫が苦悶して。この錯誤がいいねぇ。一度間違って次に正しくなる。これが、型、だ。型は大事なんだ。ぼくらは、型、を何度も繰り返すのだ。いいねぇ。では始めよう」

嬉しそうに言うと茶山は、地面に落ちていた猿のか人間のか分からない、腸をひらって頭に乗せ、これが髪形に見えるように調えると、右足をやや前に左足をやや後ろにやり、ひじを脇腹につけて胸の前で柔らかに拳をつくって、ゆるやかに腹をふりはじめた。

「ああ、臭い。ああ腸が臭い。でもいいよ。この腸が頭に乗っているところがいいよ。こんな風に戦場で頭に腸を乗せて腹を振るなんてあほなことは空前絶後でしょう。しかしみなさん、私に負けてたらあかんよ。私はこの刺青を岐阜で入れられたのですよ。粥食って精つけて。心が弱ったらトキジクの実を齧りなさい。トキジクとは時而苦と書きます。時間がそうして苦しむという意味ですよ。首のすげ替えもけっこうでしょう。そこいらに猿の死骸があるでしょう。それから首を取って内容物を箆《へら》などでこき出して、その皮を被るのです。そうするとあなたはもう人間と猿の混ぜ合わせです。或いは猿の死骸に人間の生首を被せてあげるのもよいでしょう。条虫苦悶の御糞《みくそ》リディアンです。腐りきって荘厳なひとつの旋律かな」

まず太鼓が伝播《でんぱ》した。

猿の猛攻とそれに続く人猿の同時爆発によって混乱に陥り、南の櫓、天幕周辺の鳴り物はやんでいたが、縄次のたたきだす正確なビートに勇気づけられまたぞろ賑々《にぎにぎ》しく鳴り物が鳴りはじめた。

これに呼応するように、それまでてんでなリズムで力感に乏しく遠鳴りのようにしか聞こえなかった、土手から詰め掛けてくる馬鹿どもの打ち鳴らす鉦、太鼓も力強く鳴り始め、おちこちのリズムが大きくひとつになって律動してうねった。

「おほほほほほほ。振りましょうおず。振りましょうおず」

茶山が先導するまでもなかった。河原に参集しているのは木偶《でく》同様の付和雷同分子である。行列があればなんの行列かわからなくてもとりあえず並ぶし、売れていると聞けば買わなきゃと思う。芝居を真実だと思いこみ、著名人を敬慕しつつ憎悪する。絶対に自分の脳でものを考えないが自分はユニークな人間だと信じている。

そんな人間がこのリズムのうねりのなかで腹を振らないわけがない。

何万という馬鹿がリズムに合わせて腹をふりはじめ、その光景たるや馬鹿馬鹿しいことこのうえないというのはまったく茶山の思う壺であった。

しかし馬鹿馬鹿しいと同時に怖ろしく醜怪な光景でもあった。

四囲には人間や猿の首、胴、手足が散乱しており、地面は血と臓腑でぬらぬらであった。そのうえ腹ふりのあほどもが茶山の真似をして腸を鬘《かつら》のように拵《こしら》えて頭に被ったり、茶山のいうように猿の首を加工して、頭から被り猿人間になって腹を振るものもあり、醜怪なことこのうえなく、直仁以下、黒和藩士は、恐怖しまた戦慄して、「なんの意味があるのだ」「もはやこれは戦ではない」「末世だ」「おそろしい」などと口々に呟くばかりでその場から一歩も動けないでいた。

しかしもっともこれを恐れたのは猿どもである。

猿がなにをそんなに恐れたかというと猿の生首を被った猿人間を恐れた。

猿というのは利口な生き物で人間がこれを脅かそうと、鳥威《とりおど》し鹿威《ししおど》し式に脅かしてもそんなものには騙《だま》されない。

しかしながら猿が唯一恐れるのが仲間の死骸で、ある猿の被害に苦しむ村ではさまざまな手段を用いてさっぱり効果が出なかったが、最後に打ち殺した猿の死骸を道端にぶら下げておいたところ、猿はこれを恐れ、以降ぱたりと姿を現さなくなったという。そのように仲間の死骸を恐れる猿の前に、首から上が死んだ猿で身体が人間という奇怪な生き物が現れたのだからたまらない。猿どもは驚き惑い、訳が分からなくなって無闇に逃げ惑う者、気分が悪くなって吐く者、喚き散らしながら仲間につかみかかって行く者など異常な行動をとる者が続出した。

大臼は櫓の上で腕組みをしてこの様子を眺めていたが、

「なるほど。本当に人間と猿を混ぜ合わすのか。俺は俺が猿として支配層に入ることによって現実を破壊しつつ、最終的にはより低次のところで現実の一角をしめ、そのことによってこの世界を存続させようと考えていたのだが。しかしまあそんなものは大抵の革命政権がそうなわけで別に目新しいことではなかった。つまり俺は敗北した。我が事破れたり」

そう言うと、これまでの人間らしい態度、動作をかなぐり捨てまったくの猿のような形で櫓の柱を駆け降り、ふたつの櫓の真ん中あたりまで走っていくと、

「きいいいいいいいっ」絶叫した。泣いているような声であった。

絶叫しながら大臼は両手を広げもの凄い勢いで回転し始めた。

そのうち奇怪なことが起こった。

回転する大臼の身体が次第に細くなり、その分、上に伸び始めたのである。「きぃぃぃぃいっ」大臼は絶叫しながら回転を続けた。臼のように大きかった大臼は、櫓の柱と同じぐらいに細くなり、背丈も櫓と同じくらいになった。それと同時に声も甲高くなって、「きぃぃぃぃぃぃぃいっ」という絶叫が金属をこすりあわせたような耳に不快な音になってみな耳を塞いだ。

やがて大臼は綱のようになった。天空に向かって伸びる一本の茶色い綱。音はもはや人間の耳に聞こえない可聴範囲外の高周波と成り果てていた。しかし猿らには確実にメッセージが届いていた。

このメッセージを受け取った猿は綱となった大臼の元に集まり、綱につかまって天に昇り始めた。

ざーん。ざーん。ざーん。突如としてもの凄い低音も中音も高音も含んだ音が三度鳴り、その都度、天から茶色い綱が何千と降ってきてその様は恰《あたか》も豪雨のようであった。猿どもはこの綱につかまって一斉に天に昇り始めた。

誰かが呟いた。

「猿が天に退却していく」

正しくその通りであった。河原に垂れ下がった何百もの茶色い綱にすがって猿が昇天していく様はどこか神聖であった。

しかしその間も鳴り物はやまない、腹ふりもやまない、いつまで荘厳な猿の昇天にみとれているわけにはいかない。内藤がまっ先に叫んだ。

「猿が退却してしまっては我らに勝ち目はない。我らも退却せねば。殿、退却しましょう」

「うむ。かく、馬鹿馬鹿しくて非現実な光景をまざまざと見せつけられたのではさすがの余も抗しがたい。ゆっくり考えてから対応したい。この見苦しく垂れ下がった紐をどうするかなどについてな。切ろうとしても根元は天上にあるわけだし、引っぱってとれるものなのかどうなのか。まずは家中の力持ちに試させるのか、或いは力士を呼ぶのか。あとこの河原の掃除。そんな現実的なことをひとつずつ考えねばなるまいな。というかそういう現実的なことを考えていないと発狂する。というかもうしてるのかな。それでこんなビジョンを余はみてるのかな。ええい。わからぬ。とにかく余は退却を初めて許可する」

「殿もああ仰っておる。各々方退却でござる」と叫ぶ内藤に大浦が言った。

「しかし内藤」

「なんだ大浦」

「退却つってもどうやって退却すんだよ」

「どうやってってって別に二本の足を交互に前に出して」

「違うっつの。みろよ、橋の方をよ」

言われて内藤が振り返るとそれまで猿がひしめいて、大臼軍が完全に制圧していた原画橋から竹田街道方面に腹ふり党がびっしりたかって腹を振り鳴り物を打ち鳴らして蠢《うごめ》いていた。その頭上にも無数の茶色い紐が垂れ下がっている。

「囲まれた？」

「そうよ」

「ううむ。致し方ない、殿。我々は囲まれました。どうか御騎乗あそばされ、尊大寺目指して落ちのびてください。我々もじきに後から参りますゆえ」

「相分かった」

答えると直仁は櫓下に繋いであった駄馬にまたがると鞭《むち》を当て土手目指して駆けだしたが半町もいかぬうちに、猿がいなくなって勢いを取り戻した腹ふり党が槍《やり》で馬の尻を突き、馬は棒立ちになって落馬、そのまま見えなくなった。その様をみていた内藤は言った。

「やはり駄目だったか」

「殺しはせんだろう」大浦が答えた。

「でもなんでこんなことになっちゃったんだろうねぇ」

「わからない。とにかく俺は尊大寺に行くよ。おまえはどうするんだ？」

「わからんけど屁高村に帰ろうかな」

「それもよいかも知れぬ。じゃあ会えたらまた会おうぜ、大浦」

「いいとも。でもどの世界で？」

と大浦が笑ったところへ腹ふりがやってきて大浦も内藤ももみくちゃになった。

血と臓腑と奇怪な猿人間とふざけきった音曲のなかで黒和軍はちりぢりになったのであ

る。

矢細現馬《やほそげんば》という藩士は馬廻役で三十石とっていたが歌道に秀でていた。ただし矢細は自作の歌を誰にもみせたことがなかった。矢細の歌は通常の歌と大きく違っていたため、矢細は、こんなものを発表したら上司に叱られ、或いは失職するかも知れないと恐れたのである。そして矢細はいま、腹ふりのただ中でもみくちゃになりながら、歌というものの玄妙不可思議にうたれていた。

数か月前、矢細は、

無数の紐、天より垂れ
無数の猿、これを昇る
無数の豚、地に満ち
無数の犬、これを追う
みよ、この混淆《こんこう》
みよ、この混乱
猿豚の合一
豚犬の相剋《そうこく》
なんとおっしゃったのだ

天に遁辞《とんじ》せるあの猿はあの大猿は

という歌を詠んだ。異様な調べである。そのうえ歌意も不分明で矢細は、なんでこんな歌を詠んでしまったのか、と訝《いぶか》りながらこの歌を詠み捨てに捨てた。

まさにこの状況のことじゃないか。矢細現馬は驚き呆れ、また困惑しながら腹ふりの間をふらふら歩いていたが、矢細は、或いは、と思った。

矢細は左の如くに考えた。

自分は不遇の詩人である。不遇の詩人である自分が予見的な詩を書いた。これは間違いなく天啓である。つまり自分が同時代に受け入れられないのはその天才ゆえであるが、ただ神だけが自分の才能を見抜き、自分に例の詩を書かせた。その考えを一歩進めると、自分の詩は予見的なのではなく、未来を創造する力をもっているのではないか。すなわち神は自分に未来を予見させたのではなく、詩という形で未来を作る力を与えたのではないか。

そう考えた瞬間、さっきまで泣きながら逃げ惑っていた矢細は急にゆったりした気分になった。

こんな状況はしょせん自分がつくった状況で、好きに改変できる、と思ったからである。矢細はすぐ脇で、へらへら笑いながら腹を振っている男をみて、にやにや笑った。

オレの歌のパワーによってそんなことをしているおまえはらみんな可愛い。しかしオレには世界の創造主としての責任がある。いつまでもこんなことはしていられない。

そう思った矢細は北の櫓《やぐら》の上にあがると、どっかと腰を下ろして、矢立と帳面を取りだした。矢細はいつ霊感が訪れてもよいようにいかなるときも矢立と帳面を持ち歩いているのであった。

ええっと酒はないのか。ないよな。と矢細は独り言を言った。オレは酒がないと歌が詠めない人なのよね。しかし酒などあるわけがない。矢細は歌を作りはじめたが、そんなに落胆した様子もないというのは別に本当に酒が必要だったわけではなく、自分の精神を慰撫するためにただ言っただけだからである。

ええっと。不遜な態度で矢細は歌を作りはじめた。矢細の作歌法はきわめてでたらめで、すべての歌のルールを無視して思いつきを端から順番に並べていくという破格なものであったがこの場合は、この混乱を終息させるという目的があったから、矢細は、普段よりは多少、前後関係に留意して詩を書きはじめた。矢細は、

紐がなくなり
腹ふり党が全滅し
お城が再建され
すべて旧に復し
みんな平和になった
とても平和になった

と書いて、最後の繰り返しが実によい。さすがオレだ、と思いつつ、あたりを見渡した。なにも起こらなかった。矢細は訝ったが、やがて、あっ、そうか。と思った。自分が今日のこの状況を招来する詩を書いたのは数か月前、つまり詩が現実となって現れるには数か月のタイムラグがあるんだ。

そう悟った矢細はではいまのうちに将来の見取り図を書いておこうとあるべき未来を詩に書きはじめた。

初めのうちこそ矢細は、治水灌漑《かんがい》事業、新田開発などが成功して経済状況が好転し、君臣水魚の交わり、みな幸福に暮らして……、といったような詩を書いていたが、次第にその内容は変質して、自分が黒和藩主となり美姫《びき》を侍《はべ》らせ山海の珍味を並べて大宴会を開催、気に入らぬ奴の首を刎《は》ねる、好き放題に暮らす、みたいなことを書いたり、そんなことを書くうちに罪悪感が芽ばえてきたのか、それも領民のため、とか、あいつの首を刎ねたのはあいつが実は滅茶苦茶に悪い奴だからで、といった言い訳めいた詩にいつしかなっていた。

さしたる才能もない凡人が自分を神に選ばれた天才、などとひどい勘違いするからこんなことになるのである。

矢細はぶつぶついいながらいつまでも櫓の上で詩を書いていたが、

そして矢細は栄光に包まれ
藩内には賞讃の声が満ち

と書いて、にや、と笑ったときどこからか石礫が飛んできて脳天に命中、こんころ。と死んだ。四十六歳であった。

そうして矢細が死んだ頃、その北の櫓の下で内容物を取りだした猿の生首をかぶり、丸だしの下半身に緑色の塗料を塗り、上半身に菊の花をびっしりと貼りつけるという猿の菊人形のような恰好で、首を上下左右にがくがくさせて、周囲に比べてひときわ激しく腹を振っている者があった。

幕暮孫兵衛であった。

幕暮は腹ふり党と出会って以降、いっさいの責任、いっさいの義務から解放されて無苦無痛であった。

腹を振り続けてさえいれば霞のかかったような愉悦に浸っていられた。

しかし幕暮の魂が完全に平安を得たかというと必ずしもそうではなかった。

ふと腹を振りやめた瞬間、激烈に空虚な感覚が幕暮を襲った。或いはその感覚は恐怖の感覚であった。そんなとき幕暮は慌ててトキジクの実を食ったが、しばらく恐怖は去らなかった。

だからこそ幕暮は永久に腹を振らなければならない、と考えていたし、もっともっと突き進まなければならない、とも考えていた。だからこそ幕暮は猿の面を被ったし、身体に菊花も貼りつけた。この後は、どんな馬鹿げたことをすればよいのだろう、と幕暮は一抹の不安を感じていたのである。

しかしその馬鹿げたことには愉悦が伴うのであり、馬鹿な扮装は、通常、人間がせぬような馬鹿なことを自分はどこまででもやってよいのだ／できるのだという解放感があったし、腹ふりはリズムとビートを伴ってもっと身体的な解放感があった。幕暮は腹を振りながら、ああっ、ああっ、と小さな呻き声を洩らしていた。恍惚の声である。

そのうち幕暮は妙なことに気がついた。腹の辺りが奇妙に温かいのであった。猿が抱きついて小便を洩らしたような温かさであった。

むろん猿など抱きついていない。

おかしいな、と思いつつもなお腹を振っていると、腹の温度は次第に高くなっていき、ついに耐えられないくらいの熱さになった。これにいたって幕暮ははじめて腹を振りやめ、「腹が熱い、腹が熱い」と絶叫した。もはや腹のあたりは灼熱で、幕暮は燃えているのではないかと手で菊を払ったが別段燃えてはいなかった。ただ臍《へそ》からやや上が盆のように茶色くなっていて、その茶色くなったあたりが燃えるように熱いのであった。

「腹が熱い、腹が熱い」泣き叫ぶ幕暮の身体に奇妙なことが起きた。

幕暮の意志とは無関係に腹の茶色く変色したあたりがぐんぐん前に突き出ていくのであ

る。ところが足と頭は固定されたように動かず、幕暮は立ったまま逆海老《ぎゃくえび》のように反った恰好になった。腹が熱いのに逆海老になって苦しいことこのうえない、幕暮は、「ぎゃあぁ」と絶叫した。

周囲の者は相変わらず腹を振りつづけている。

幕暮は限界まで反った。人間の身体がこんなに反るのかと思われるところまで反った。しかし腹の突出はやまず、ぼきっ、ついに幕暮の腰骨が折れた。

「いたいいたいいたいいたいいたいいたいいたいいたいいたい」

激烈な痛みに大声で叫んで、同時に幕暮の身体は腹から二つ折りに折れて踵と後頭部が触れあった。

しかし奇妙なことにそうなったのにもかかわらず腹の、丸くて茶色い部分は元の高さにあった。すなわち二つ折りになった幕暮の身体は三尺の中空に浮かんでいたのである。

これにいたって初めて周囲の者は幕暮の異変に気がつき、腹を振りやめて宙に浮いた幕暮を丸く取り囲んだ。

そこへ縄次を伴って茶山がやってきた。

茶山は輪のなかに進み出て言った。

「みなさん。なにを腹を振りやめているのです。あなたたちはもっと腹を振りなさい。もっと太鼓を打ちならしなさい。この男、私は名前を知りませんが、この男こそ、いま御糞に、この世を飲み込んだ条虫の御糞になろうとしているのです。いいねぇ。いいねぇ。ほんといいねぇ。みなさんはもっと腹を振ってこの男が御糞になるのを補助してあげてください。いいねぇ」

群集は、どっ、と歓声を上げた。

真に腹ふりが成就しかかっていたのである。

輪になった群集はいっそう激しい腹ふりを始めた。

その間も幕暮は中空に浮かんで悲鳴を上げていたが、やがて異変が起きた。

幕暮の身体が二つ折りになった腹の部分から消失し始めたのである。

そしてその消失の仕方も奇妙奇天烈《きてれつ》で幕暮の身体は、ただ消えていったのではなく、なにかに吸い込まれるように、ずいっ、ずいっ、と消えていった。しかし幕暮を吸い込むような穴は特になく、折れ目の吸い込まれているあたりを頭と逆の方からみると、さしわたし一尺くらいな黒い円が中空に浮かんでいるばかりで、真横からみると幕暮はこの穴に吸い込まれているように見えたのである。

だが吸い込まれた先は円の反対に現れず、どんどん消失していくのであった。

自分の身体がなくなっていくのを知ってか知らずか幕暮は、

「ああ、わじゃわじゃする、ああ、気持ち悪い、なんか腹をゴムで揉まれてるみたいな……、ああ、わじゃわじゃする」と叫んでいたがその間にも幕暮の身体はどんどん穴に吸い込まれていく。

「いいねぇ。ほんと、いいねぇ。もう胸まで御糞になりました。あと一息です。どうか頑張ってください。みなさん、馬鹿げたことをしてください」

　茶山の声が聞こえたのか、幕暮は、「たすけてくれぇ」と絶叫した。しかし腹を振るばかりで誰も助けない、幕暮はついに、ずぼっ、頭と足も黒い円に吸い込まれ、もう声も聞こえない。両手ばかりが黒い穴から飛び出てだらりと垂れ下がっていて、誰かが手を触れようとした瞬間、すぽぽんっ、それも黒い円に吸い込まれ、と同時に黒い円は中空でみるみる小さくなっていき、しまいには、すっ、と消えた。

「かの男は御糞になられました」

　茶山が宣言して群集は狂熱した。茶山は続けて言った。

「なにを喜んでいるのです。あなたがたは悲しまなければならない。なぜならあの男はいま虚空でひとりだからです。あなたがたには分かりますか。虚空のただなかにたったひとりの糞野郎としてほうりだされる者のさびしさが。振りなさい。もっと腹を振りなさい。あの男に続きなさい。糞野郎になり果てなさい。肛門はひとつではありません。人間はみなそれぞれただひとつの肛門をその腹にもっているのです。みんな違った肛門です。みんな違った糞野郎なのです。みんな違った糞女郎なのです。みんなちがってみんないい」

　茶山に言われて群集が、おおっ、と歓声をあげて好き勝手に腹を振り、猿の死骸を振り回して暴れたり、空から垂れ下がった綱に登っては人が密集しているところ目がけて腹を振りながら飛び下りてくるなど、自由狼藉《ろうぜき》の限りを尽くしていたところ今度は、土手の上にいてゆるやかに腹を振っていた女が絶叫した。

「腹が灼《や》ける。腹が灼ける」

幕暮と同じく激烈な熱を感じるやいなや、女の腹はぐんぐん前に突出していき、ごきっ、腰骨が折れて女は二つ折りになった。

「ぎゃあああ」発狂しそうな痛さに泣き叫びながら中空で二つ折りになった女は向こう側の見えない穴に吸い込まれていった。ねくたれ髪がしばらくの間、中空に垂れ下がっていた。女の髪は排泄されにくいのか。

それからは一瀉《いっしゃ》千里、いたるところで悲鳴と泣き声があがった。河原で土手で群集は次々と糞になっていった。

日は中天にあって固着したように動かなかった。

狂いそうな晴天であった。狂ったような晴天であった。

これにいたって糞としてこの世の外側に排出されることを恐れ、腹ふりをやめてこの気ちがいじみた河原から逃亡を試みる者が現れたが無駄な努力であった。

大抵の者は中途で二つ折りになり、ひどいこと苦しみながら向こう側の存在しない穴に吸い込まれていった。

いまや人々は泣きながら逃げ惑うばかりであった。

もはや河原にたれひとりいなかった。日は変わらず中天にあり、まったく動かなかった。空はまっ青であった。その空の一角に突如として、真ん中に窪みのある細長くてまっ白な物体が現れた。物体は巨大で、空中をひらひら移動すると、浇誤山をひと掬《すく》いにすくいとった。一瞬で山の形が変わり、もの凄い風が吹いて天から垂れ下がった綱がいっせいに靡《なび》いた。河原の小石が風に吹き飛ばされて宙に舞った。

風はいつまで経ってもやまない。それどころか突然、さらに激しい風が吹いた。それはもはや風でなく怕《おそ》ろしい空気の重壓《じゅうあつ》であった。

空中でひらひらして山をすくい取るなどしていた巨大でふざけた物体は、風にあおられどこかへ飛んでいき、しばらくすると、基本的には、がっしゃーん、だけれどもなまなかな、がっしゃーん、ではない、世界中の茶碗という茶碗、皿という皿をいちどきに叩き割り、世界中の鐘という鐘をいちどきにうち鳴らし、世界中の窓ガラスという窓ガラスをいちどきに打ち割り、世界中のピアノというピアノをいちどきに窓から路上目がけて落としたような、怖ろしい、人がいたら間違いなく耳が潰れて全員、聾になるような音がした。

天から垂れ下がった縄は地面と水平に靡き、半分は千切れてどこかへ吹き飛んでいった。怖ろしく強い風は間歇《かんけつ》的に三度吹いた。三度目の風はもっとも甚だしく、あまりにも強く吹いたものだから、地面がめくれて垂直に立った。様霊川も立ちあがって滝のようになったが、それも一瞬である、地面は空中にぼろ布のように舞いあがり、くたくたになってどこかへ飛んでいった。

地面の下から白くつるつるしていておそろしく巨大な擂り鉢のような、めし茶碗の内側のようなものがあらわれた。

そのすべらかで真白なめし茶碗の底に罌粟粒《けしつぶ》のような黒点があった。

茶山半郎であった。

茶山は戦慄していた。

自分がどこにいるのかまるで理解できなかった。

三百六十度、どこをみても果てしない真白なスロープ・傾斜があるばかりで余のものはなにひとつ目に入らなかった。

ただはるか彼方に茶碗の白い縁とまっ青の空が鋭角的な対比をなしているのがみえた。

物音ひとつしなかった。

茶山は何度か傾斜をよじ登り、この真白な世界を脱出しようと試みたが、スロープは果てしないのにもかかわらず、なんの手懸かりもないうえつるつるしているので十メートルも登らぬうちにすべり落ちた。

何度試しても同じことであった。それでも茶山は何度も何度も傾斜をよじ登った。他にやることもなかったので。

しかしそのうち茶山はスロープを登るのをやめた。精も根も尽き果てたのである。茶山は真白な茶碗の底にぼんやり座りこみ、そして自分はいったいどうなってしまったのだろうか、と思った。

或《あ》るいは俺もまた御糞になったのか。と思った。

これが、ここが、俺の言っていた、真実真正世界なのか。

っていうかでもそれはおかしく、あんなにたくさんの人間が空中に消えていった。それがひとりもいないというのはおかしいし。

　っていうか、そんな訳がないのはいま見えている空はあの河原の空と同じ空であり、俺のイメージしていた条虫の腹の外というのは青い空などない、もっと黒っぽい虚無みたいな世界？　そんな世界を俺はイメージしていたのであって、ここはやはり元のままの世界でこの白い傾斜の外にはあの河原が広がっているに違いないんだ。

　でもなんで？　でもなんで俺ひとりが取り残されるのか。たとえそれが嘘であっても口から出任せであっても条虫の腹の外に脱出しようと言ったのはこの俺で、その俺がなぜたったひとりこんな白い、言った覚えのないところにいるのか。

　俺だけがこの世界を、この気違いみたいな世界をみている。世界には俺しかいない。俺だけがみている世界は俺の頭のなかにだけある世界だ。俺の頭を断ち割れば世界は変貌する？

　茶山がそんなことを考えていると、はるか彼方の空の一角を銀色の巨大な壁のようなものが垂直に落ちていったかと思うとまた上昇、そんなことが何度も繰り返された。茶山はごく自然に、「ああ、刃だな」と思った。

　巨大な刃が茶碗の外を切り刻んでいるのだ、と茶山は即座に理解した。

　してみれば。と茶山は思った。

　してみれば、このまっ白い傾斜に囲まれたこの底だけが安全な場所なのかも知れない。

そう思って少し元気になった茶山は腹を振ってみようかと思った。

その原理はまったく不明であるが腹を振ってこうなった以上、腹を振ればまた状況が変わるかも知れないと思った。いまより状況が悪くなるにせよ、しかしこの真白な世界にとどまって静かに狂っていくよりはましだ。

茶山は立ちあがって腹を振った。

なにも起こらなかった。

茶山は、こんなことをしてもなににもならない、と思ってすぐに腹ふりをやめた。

空は絶望的に遠く、白い果てしない傾斜がのしかかってくるようであった。

茶碗の外では相変わらず刃が上下していた。

少し眠ろう。或いは眠って起きたらすべてが夢であったということになるかも知れない。

そう思った茶山は白い底に横になった。底のひやりとして冷たい感触が心地よく、この分ならすぐに眠れる、と茶山は思ったが、目を閉じても瞼の裏に白が侵入してまったく眠れなかった。

茶山は日が昏《く》れたら眠ろうと思っておきあがった。

日は永久に昏れなかった。

掛十之進は破壊され尽くした城下を歩いていた。

あちらこちらに土砂が積み上げてあったり、天水桶が転がっていたり、家屋が倒壊したりして城下は潰滅的であった。

しかし静かであった。物音ひとつせず、人の姿もなかった。犬や猫もいなかった。

掛は、みなどこに逃げたのか。まだそう遠くへは逃げられぬはずだが、と訝った。

掛は、様霊河原からどのようにしてここまで駆けてきたのかよく覚えていなかった。河原を駆けながら掛は手当たり次第に人を斬った。真鍋五千郎は三十人斬って果てたが掛はそれ以上、斬った。斬って生きた。すぱん。手が落ちたり、首が落ちたりした。刀身の曲がった刀は捨てた。血脂で手がにちゃにちゃだった。掛は手を洗いたくなった。どこかに転倒していない天水桶でもないだろうかと物色しながら掛が歩いていると、あまり破壊されていない一膳飯屋があり、店土間に水壺がおいてあるのが見えた。

以前、掛と真鍋が話をした一膳飯屋であった。

水壺には清潔な水が入っていた。柄杓《ひしゃく》も浮かんでいた。

掛はまず手を洗い、それから水を飲んだ。

掛は水をうまいと思って何杯も飲み、それから思いついて店の奥に入っていった。酒や飯はないのかしら、と思ったのである。

店の奥もたいして荒らされておらず、瓶やふたものがあったので調べてみたが、醤油や塩が入っているばかりで酒も飯もなかった。

掛は諦めて奥から店土間に戻った。

尊大寺に行ってみよう、そう思った掛が表へ出ようとしたそのときである。表の方に、ぬう、と黒い影が立って、掛は、誰かっ、というなり飛びすさって脇差の柄《つか》に手をかけた。

しかし入ってきたものの姿を見るなり掛は安堵の溜息を洩らした。

「店のなかに人影が見えたものですから」と言って入ってきたのはろんであったのである。

「ろん殿」と思わず言った掛は気持が浮き立つのを感じた。

「いつ城下へいらしたのです」

「半刻ほど前です。で、その後、どうなったのでしょうか」

「滅茶苦茶です。訳が分かりません。みんな死にました。いったいどういうことなのかぜんぜん分からない。途中まではよかったんです。ただ途中からオサムが無茶苦茶を始めて、みんな爆発してしまった。そのオサムも射殺されました。猿がいっぱいきて。僕は無我夢中で斬り抜けてとりあえずここまできたのです」

「なにいってるかぜんぜん分かりません」

「僕にもぜんぜん分からない。はっきり言って、みんな口に出して言わないけどおかしなことばかり起こりすぎだ。僕はぜったいどこかおかしいと思います」

と掛が言ったとき、ろんはからからと笑った。

相手がろんだと思って正直な気持を吐露したのにもかかわらず、それを笑われた掛は少しく気色を悪くして言った。

「なにがおかしいのです」

「あら。ごめんなさい。でも掛様、掛様はなにがそんなにおかしいと仰るのでしょうか」

「だってそうじゃありませんか。いろんなことがおかしいですよ。例えばオサムです。オサムはなんであんな芸当ができるのでしょうか。説明がつきません。それから大臼延珍」

「ああ、あの猿」

「そう。猿です。ところがあの猿は人間の言葉を喋る。喋るどころかいっぱしの軍師面で猿軍団を指揮していたのです。その猿も訳が分かりません。天から降ったのか地から湧いたのか、突如として何十万という猿が現れて敵と戦った。それから空から茶色い縄が何万本も垂れてきて猿はこれを登って天に逃げました。なんで空から縄が垂れてくるんですか？　どこにひっかけてあるんですか？　まったく説明がつきません。おかしすぎる。わからなすぎる」

「でも掛様」

「なんです」

「では逆にお伺いしますがその他のことは分かると仰るの？」

「どういうことでしょうか」

「ほほ。呑気な方。掛様、例えばそこを御覧になってください」

と言ってろんは店の表を指差した。

ただの真昼、平凡な廃墟の真昼がそこにあった。ただ、そこにはありえないことも起きていた。

往来の真ん中、人の目の高さあたりのところに一尺ほどの、稲妻を横にしたような白い閃光が浮かんで、ときおりばちばち火花が爆《は》ぜていたのである。

「あんなものは通常、自然界に存在しません。なのに存在するということは茶山様の言うとおり、私たちをとりまく現実が虚妄の現実だからです」

掛はろんが茶山の名前を出したのを聞いて冷静でいられなくなった。また、掛は不安でもあった。さきほどから掛は、屁高村に向かう道中、そして屁高村で別れるときと比べて、ろんがなんだか冷淡になったように感じていたからである。掛はろんに訊ねた。

「ろん殿は茶山半郎の言うことを信じているのですか」

「はい。そう考えるのがもっとも理にかなっていると思いますから」

「では、あなたは」と掛はどきどきして訊いた。

「これから茶山半郎のところへ行くのですか」

「どうして?」

「いや、だって茶山を信じてるって……」

「茶山様を信じているのではありません。茶山様の仰ることを信じているのです。私は……

…」

「あなたは?」と問われてろんは掛の顔を真っ直ぐ見据えて言った。

「掛様と一緒に参りとうございます」

掛は興奮した。真っ直ぐなろんの申し様があまりにも心嬉しかったから。

掛は言った。

「ろんさん。もしかしたらこの世界は茶山半郎の言うとおり虚妄の世界なのかも知れない。というかきっとそうなんでしょう。しかし僕はこの通り生きている。僕はこれまでどんな組織にも属さず自分ひとりの力で生きてきました。これからも生きていく。生きていかなければならない。黒和藩の連中ならこの世界が虚妄と知ったら生きていけないでしょう。でも僕は違う。僕はこの世界の前提を問いません。世界なんて関係ないんだ。たとえ虚妄の世界であろうと虚構の世界であろうと僕は生き延びる。ろんさん、僕はパンク侍です」

掛はろんの目を見た。

「そんな僕と一緒にきて貰えますか？」

ろんは黙って頷いた。

掛は照れくさそうに笑い、「では参りましょう」と言い先に立って店を出た。

表は相変わらず廃墟で相変わらず白昼であった。人の姿はなく、空中で白い光が爆ぜていたり、空気が勝手に発狂したりしていた。青い空の一部が破れてところどころ空白になっていた。

「アイドンケアー」掛は吐き捨てるように言い、そしてろんに、とりあえず牛逐藩に行きましょう、と言おうとして振り返った、そのときである。

ろんは持っていた竹ベラで掛の腰のあたりを刺した。

竹ベラは掛の肝臓に突き刺さった。鋭利な竹ベラであった。

腰のあたりに重苦しい感触を感じて咄嗟《とっさ》に手をやった掛は血がべとつく感触にすぐに刺

されたと悟り、そして言った。

「なぜです」

言いながら掛はその場に膝を突いた。

ろんは掛の前にまわり掛を見下していった。

「私の顔を忘れましたか。あなたは城下外れの茶店近くで私の父親を殺したでしょう。これは復讐です。あの後、私は茶山様に匿《かくま》われ、目を治して貰いました。あなたに気がある振りをして接近したのは直接、あなたを切害するためです。ははは。思い知ったか、掛十之進」

どっ。どっ。どっ。どっ。血が通うたびに、激烈な耐え難い痛みを感じつつ掛は言った。

「確かにあれは俺が悪かった。でも、君はこの世界は虚妄の世界だと言ったよな。だったら親を殺した相手を殺す、つまり仇討ちなんていうことはしなくてもよかったじゃない。こんな虚妄の世界でなんでそんな単純な因果に固執するのか、僕にはさっぱり分からない。どうせ無茶苦茶な世界なんだからそんなこと忘れて生きた方が楽だと思うけれど、君はなんでこんな世界でそんな因果にこだわるんだ。因果律といってその律のない世界なのに」

「むかつくからよ。それに……」

「それに？」

「こんな世界だからこそ絶対に譲れないことがあるのよ」

というろんに掛はなにも言えなかった。

急速に身体が寒くなり歯の根ががちがちいってやまなかったからである。

掛は両腕で自らの胴体を抱き締め大地に突っ伏し、俺は虚妄の世界で竹ベラで肝臓を刺されて犬のように死ぬのだ、と思った。最後に美しいろんの顔を一目見たいと思ったが顔を上げる力が残っていなかったし、目を開いてもなにも見えなかった。

掛が絶命するのを見届けたろんはきびすを返して歩きはじめた。掛には一瞥《いちべつ》もくれなかった。二、三歩歩いてろんは立ち止まり上を向き、口からまっ青な空を吹いた。

空は美しく嘘くさかった。美しく、嘘そのものであった。

# 解説「日本文学におけるパンク侍としての町田康の役割」

高橋源一郎

ほんとうは、徹底的に無視したい。徹底的に貶《けな》して、こんな作家いなかったことにしたい。そんな気もする。いや、そんな気もしていた。ぼくは、町田康という小説家に、猛烈に嫉妬《しっと》していたのだ。

でも、腹をくくったよ。申し訳ないが、徹底的に誉めさせていただく。だって、町田康はすごすぎるからね。

「町田康」とは誰だろうか。作家であり、詩人であり、ミュージシャンであり、また時には俳優でもある、現代風のマルチな才能を持った人間である、とみなさんは見なしていないだろうか。それはまるで間違っているのだ。

町田康は、日本文学に、ある決定的ななにかをもたらすために、どこかから（もしかしたら、遊星Xから）派遣された、謎の生命体なのだ。

確かに、町田康の小説や詩は高く評価され、多くの読者が、それを読んでいる。だが、町田康の小説や詩を評価し、楽しむ人たちは、ただ優れた小説であるとか、ただ傑作であるとか、ただ面白いとか、そんな理由で、読んではいないだろうか。つまり、他の作家や詩人と同じレベルで（そのレベルの最上位に置いているにしても）、町田康を考えてはいないだろうか。

それが間違っている、とぼくは思うのだ。

ぼくは、町田康の小説デビュー作となった『くっすん大黒』を読んで、強烈なショックを受けて以来、この、規格外れの怪物の書く作品を、複雑な思いで読んでいた。

「複雑な思い」をした理由は簡単だ。

「こんな小説をぼくも書きたかった！」と思ったからだ。

「こんな小説を、ぼくも、どこかで思いついていた」ような気がしたからだ。

「でも、こんな小説、絶対に書けない！」と思って泣きたくなったからだ。

しかし、同時に「まだまだだ」とも思っていた（思おうとしていた、が正解か）。

「ガンガン書いているだけじゃないか、確かに勢いはすごいが、深い考えがあって書いているかどうかわからないじゃないか」とも思った（思おうとした、だな）。

その淡い期待（？）が裏切られる日が来た。ある雑誌で、この『パンク侍、斬られて候』の連載が始まり、それを読んだのだ。

最初はこんな感じだった。

「街道沿いの茶店に牢人が腰をかけていた。

晴天であった。

牢人は茶碗を手に持ち往来の人を放心した人のように眺めていたが静かに茶碗を置いて立ち上がると、茶店に面して道幅が円形に広がった広場のようになったあたりに生えた貧相な三本の松、その根元の自然石に腰掛けて休息している巡礼の父娘に歩み寄った」


ぜんぜんふつうである。いや、ふつう、純文学の作家は、時代小説なんか書いたりしないから、ぜんぜんふつうではないのだけど。

町田康よ、どうしたのだ。なんで、時代小説なの？

吉川英治に山本周五郎、司馬遼太郎に藤沢周平、日本人は、みんな時代小説が大好きだ。なぜだろう。それは、時代小説を読んでいると安心するからだ。現代という、なにもかもが猛烈なスピードで変化していく、この時代に心底うんざりしているからだ。

近代日本の百年は、進化と進歩の日々だった。激流の日々だった。現代文学とか純文学とか呼ばれるものは、その進化と進歩と激流を書くために存在していた。

でも、一般庶民は、とても疲れたのだ。近代日本にも、近代日本文学にも。もういいよ、進化も進歩も。そんなものがなにもなかった、ゆったり、まったり、安らぐことのできる、古き善き日本がいい。だから、時代小説がいいね。という人たちがたくさんいた。そういう人たちのために、時代小説は存在していたのである。

町田康よ、いきなり時代小説なんて、きみも、疲れたのかい？

そう思った——ら、まるで違ってた。

とある小さな藩に発生した「腹ふり党」と称する、小さな宗教運動と、それを巡る、藩の武士たち、あるいは、その他の魑魅魍魎《ちみもうりょう》どものドラマは、「古き善き日本」を描く時代小説とは、百八十度異なった方向へ転進していく。

「しかしこいつとて武士だ。いまは世の中が治まっているがひとたび戦が始まったら戦場で敵と戦わんければならぬ。その際はどうするのだ？　って、ああそうか。最近の若侍ときたらみなこうして傷つきやすいからお互い様っていうか、敵と遭遇した瞬間、ぎゃん、と叫んで双方が気絶してしまうからちょうどいいか。となるとこれは平和だ。武具馬具の散乱する戦場に累々たる屍、と思ったらみんな気絶・失神しているだけなんだからね。

そうなると大砲や鉄砲というのは馬鹿にされてるようなものでこれは一種の平和イベントだ。鎧甲冑を纏って弓矢、鉄砲、槍などを携行、馬に乗って戦場に向かい、敵と合うやいなや、その場に寝てしまうというパフォーマンス。

戦場のところどころに柱が立っていて、その先端にはスピーカーが設置されており、

「イマジン」が流れている。やがて正気に返った侍達は敵と目があうや、じきに目を伏せ、気絶した者どうし、照れくさそうに頭をかく。そして今度目があったときはもう仲間だ。ふたりの若者は美しい笑顔で笑う。そこへガンジャがまわってきてみなで一服をしていると、丘の上、あほらしくなって城に帰った御大将が陣取っていたあたりにいつの間にか特設ステージができていて、ボブ・マーリー&ウェイラーズが演奏を始める。「ワンラブ、ワンハート、レッツゲットギャーザアンフィールオーライ」みんなのこころがひとつになり、兵どもは、「アヨーヨーヨー」と言って踊ってみんな仲間になる。これが新しい世紀の戦争だ」

なんだこれは……。ふざけているのか？　ふざけている。いや、ふざけている以上だ。これは時代小説ではないのか？　美しい、日本の過去ではないのか？　いや、これは、要するに、なんなの？

お教えしよう。これは「日本文学の未来」なのだ。
近代日本（と近代日本文学）は行き詰まり、疲れた。疲れちゃったのだ、途方もなく。だから、ある者は、疲れを知らなかった過去に走った。時代小説とか。
また、ある者は、楽しそうなエンタテイメント小説を読むことにした。それなら、疲れないし。

ある者は、それでも、「戦うぞ！」とか叫んで、前進して、さらに疲れて、泡を噴いて倒れた。

ある者は、「もう文学とか近代とか、そんなめんどうくさいことは忘れた！　ああ、忘れたとも！」と叫んで、本を全部、ごみ捨て場に投棄して「今日からはテレビしか見ない」と宣言したり、酒屋に行って騒いだり、女の子と遊んだり、ＩＴ長者になろうとした。

おまえはどうしたって？

ぼくは、三番目ですね、たぶん。「戦うぞ！」と叫んで、前線に飛び出し、砲撃で吹っ飛ばされた。何回も。

何回も、か。進歩ないねえ。でも、他にやり方がわからなかったのだ。小説とか文学というものは、前に行くものだと信じていたのだ。

町田康は違った。彼は「過去」へ撤退するふりをして、一気に「未来」へと駆け登ったのである。まさに、これこそ、バック・トゥ・ザ・フューチャー……。

この小説をまだ読んでいない読者は、目を見開いて読んでほしい。もうすでに読んでしまい、驚愕《きょうがく》のあまり口も利けないに違いない読者は、少し落ち着いて、ぼくの話を聞いてほしい。

『パンク侍、斬られて候』には、古い日本と古い日本語が存在している。それらは、この百数十年の間に、忘れ去られてきたものだ。そして、それをいとおしむ人たちが、時々、骨董品のように取り出して、「いやあ、懐かしいねえ、これ。いまのものと違って、趣がありますわ」と昔話をするための、道具にだけ使われていたのだ。

だが、町田康は、そうやって、引退させられていた、ただの古道具になっていた、姥捨《うばすて》山《やま》に捨てられる老婆《ろうば》のように遺棄されていた、養老院に放り込まれたまま忘れられていた言葉たちに、現役に復帰するよう命じたのである。

「古き善き時代」の言葉たちが、おぞましい現代の言葉たちと合流した瞬間、奇蹟《きせき》が起こった。誰もが口にすることさえなくなっていた「希望」が、あるいは「未来」というものの可能性が、見えたのである。

それが、ほんとうはなになのか。そのことにどんな意味があるのか。いま、ぼくが詳しく、ここに書き連ねる必要はあるまい。

二十世紀末、極東の島国に突然出現した「パンク侍」町田康の振るった豪剣は、確かに、この時代、この小さな国を覆っている、見えない壁を切り裂いたように、ぼくには思える。

ほんとうに必要だったのは、その「一振り」だったのだ。

本書は二〇〇四年三月にマガジンハウスより
刊行された単行本を文庫化したものです。

# パンク侍《ざむらい》、斬《き》られて候《そうろう》

町田《まちだ》 康《こう》

平成18年 10月25日　初版発行
令和7年 9月30日　19版発行

発行者●山下直久

発行●株式会社KADOKAWA
〒102-8177　東京都千代田区富士見2-13-3
電話　0570-002-301（ナビダイヤル）

角川文庫 14436

印刷所●株式会社KADOKAWA
製本所●株式会社KADOKAWA

表紙画●和田三造

◎本書の無断複製（コピー、スキャン、デジタル化等）並びに無断複製物の譲渡および配信は、著作権法上での例外を除き禁じられています。また、本書を代行業者等の第三者に依頼して複製する行為は、たとえ個人や家庭内での利用であっても一切認められておりません。
◎定価はカバーに表示してあります。

●お問い合わせ
https://www.kadokawa.co.jp/（「お問い合わせ」へお進みください）
※内容によっては、お答えできない場合があります。
※サポートは日本国内のみとさせていただきます。
※Japanese text only

©Kou Machida 2004　Printed in Japan
ISBN978-4-04-377703-7　C0193

# 角川文庫発刊に際して

角川源義

第二次世界大戦の敗北は、軍事力の敗北であった以上に、私たちの若い文化力の敗退であった。私たちの文化が戦争に対して如何に無力であり、単なるあだ花に過ぎなかったかを、私たちは身を以て体験し痛感した。西洋近代文化の摂取にとって、明治以後八十年の歳月は決して短かすぎたとは言えない。にもかかわらず、近代文化の伝統を確立し、自由な批判と柔軟な良識に富む文化層として自らを形成することに私たちは失敗して来た。そしてこれは、各層への文化の普及滲透を任務とする出版人の責任でもあった。

一九四五年以来、私たちは再び振出しに戻り、第一歩から踏み出すことを余儀なくされた。これは大きな不幸ではあるが、反面、これまでの混沌・未熟・歪曲の中にあった我が国の文化に秩序と確たる基礎を齎らすためには絶好の機会でもある。角川書店は、このような祖国の文化的危機にあたり、微力をも顧みず再建の礎石たるべき抱負と決意とをもって出発したが、ここに創立以来の念願を果すべく角川文庫を発刊する。これまで刊行されたあらゆる全集叢書文庫類の長所と短所とを検討し、古今東西の不朽の典籍を、良心的編集のもとに、廉価に、そして書架にふさわしい美本として、多くのひとびとに提供しようとする。しかし私たちは徒らに百科全書的な知識のジレッタントを作ることを目的とせず、あくまで祖国の文化に秩序と再建への道を示し、この文庫を角川書店の栄ある事業として、今後永久に継続発展せしめ、学芸と教養との殿堂として大成せんことを期したい。多くの読書子の愛情ある忠言と支持とによって、この希望と抱負とを完遂せしめられんことを願う。

一九四九年五月三日

# 角川文庫ベストセラー

## 実録・外道の条件　町田康

約束の場所に行ってもおらず、携帯に電話してもつながらない記者。撮影現場で目もあわせず、紹介されても挨拶もろくにできないヘア&メイク。無知無能な業界人へ怒りの町田節が炸裂する小説集！

## 人生を救え！　町田康　いしいしんじ

芥川賞作家・町田康と、気鋭の物語作家・いしいしんじが人生について語り尽くす一冊。町田康ホストによる「どうにかなる人生相談」も収録。世の悩める人々へ贈る、パンクな人生応援歌！

## パンク侍、斬られて候　町田康

「腹ふり党」と称する、激しく腹を振って踊る新宗教が蔓延し、多くの藩が疲弊していた。牢人・掛十之進はそのいかがわしい弁舌と剣の実力を駆使し活躍するが……。

## 俺、南進して。　町田康　写真／荒木経惟

俺は過去の不始末のカタをつけるために南へ向かった……大阪の街を彷徨う町田康を荒木経惟が撮り下ろし、その写真にインスパイアされた小説を町田康が書き下ろした濃密な1冊！

## 町田康全歌詩集　1977～　町田康

デビュー前夜から、INU、FUNA、人民オリンピックショウ、至福団、町田町蔵＋北澤組、町田康＋ザ・グローリー、ミラクルヤング……パンクロッカーとしての全活動の歌詞を網羅！

# 角川文庫ベストセラー

## 爆発道祖神
町田康

独特の言語センスで日本文学史上唯一無二の光を放ち続ける異才・町田康。著者撮影の写真と、それに触発された文章の組み合わせによる、かつて見たこともない自由で新しい表現がビッグバン!!

## 人生を歩け!
町田康
いしいしんじ

ともに大阪出身の人気作家が、上京後に暮らした町を歩きながら、縦横無尽に語りあう。話は脇道に逸れ、さまざま道草食いつつも、いつしか深いところへ降りていく――ファン待望の対談集!

## 白の鳥と黒の鳥
いしいしんじ

はつかねずみとやくざ者の淫靡な恋。山奥の村で繰り広げられる天国に似た数日間のできごと――など、奇妙なひとたちがうたいあげる、ファニーで切実な愛の賛歌!

## 天地明察 (上)(下)
冲方丁

4代将軍家綱の治世、日本独自の暦を作る事業が立ち上がる。当時の暦は正確さを失いずれが生じ始めていた――。日本文化を変えた大計画を個の成長物語として瑞々しく重厚に描く時代小説! 第7回本屋大賞受賞作。

## 幸福な遊戯
角田光代

ハルオと立人とわたし。恋人でもなく家族でもない者同士の共同生活は、奇妙に温かく幸せだった。しかし、やがてわたしたちはバラバラになってしまい――。瑞々しさ溢れる短編集。

# 角川文庫ベストセラー

ピンク・バス　角田光代

夫・タクジとの間に子を授かり浮かれるサエコの家に、タクジの姉・実夏子が突然訪れてくる。不審な行動を繰り返す実夏子。その言動に対して何も言わない夫に苛つき、サエコの心はかき乱されていく。

薄闇シルエット　角田光代

「結婚してやる」と恋人に得意げに言われ、ハナは反発する。結婚を「幸せ」と信じにくいが、自分なりの何かも見つからず、もう37歳。そんな自分に苛立ち、戸惑うが……ひたむきに生きる女性の心情を描く。

GO　金城一紀

僕は《在日韓国人》に国籍を変え、都内の男子高に入学した。広い世界へと飛び込む選択をしたのだが、それはなかなか厳しい選択でもあった。ある日僕は、友人の誕生パーティーで一人の女の子に出会って——。

女神記　桐野夏生

遙か南の島、代々続く巫女の家に生まれた姉妹。大巫女となり、跡継ぎの娘を産む使命の姉、陰を背負う宿命の妹。禁忌を破り恋に落ちた妹は、男と二人、けして入ってはならない北の聖地に足を踏み入れた。

白痴・二流の人　坂口安吾

敗戦間近。かの耐乏生活下、独身の映画監督と白痴女の奇妙な交際を描き反響をよんだ「白痴」。優れた知略を備えながら二流の武将に甘んじた黒田如水の悲劇を描く「二流の人」等、代表的作品集。

# 角川文庫ベストセラー

## 堕落論　坂口安吾

「堕ちること以外の中に、人間を救う便利な近道はない」。第二次大戦直後の混迷した社会に、かつての倫理を否定し、新たな考え方を示した『堕落論』。安吾を時代の寵児に押し上げ、時を超えて語り継がれる名作。

## 13　古川日出男

左目だけが色弱の少年・響一は、幼い頃から驚異的な知能指数で、色彩の天才といわれる。進学をせず、ザイールに向かった響一が出逢ったのは、霊力の森、そして「黒いマリア」。言葉と色彩、魔術的小説。

## アラビアの夜の種族 全三巻　古川日出男

聖遷暦一二一三年、偽りの平穏に満ちたカイロ。訪れる者を幻惑するイスラムの地に、迫り来るナポレオン艦隊。対抗する術計はただ一つ、極上の献上品「災厄の書」。それは大いなる陰謀のはじまりだった。

## 少女地獄　夢野久作

可憐な少女姫草ユリ子は、すべての人間に好意を抱かせる天才的な看護婦だった。その秘密は、虚言癖にあった。ウソを支えるためにまたウソをつく。夢幻の世界に生きた少女の果ては……。

## 家族の標本　柳美里

家族ってなんだろう。社会の最小単位、万人のルーツでもある家族という名の病とぶつかり合い。それでも、今そこにある人々の心。淡々とした語りかけが深い共感を呼ぶ、芥川賞作家によるエッセイ集。